비데리 논 에쎄

- 무한대로의 모험

비데리 논 에쎄 - 무한대로의 모험

발행일	2021년 4월 12일		
지은이	이상우		
펴낸이	손형국		
펴낸곳	(주)북랩		
편집인	선일영	편집	정두철, 윤성아, 배진용, 김현아
디자인	이현수, 한수희, 김민하, 김윤주, 허지혜	제작	박기성, 황동현, 구성우, 권태련
마케팅	김회란, 박진관		
출판등록	2004. 12. 1(제2012-000051호)		
주소	서울특별시 금천구 가산디지털 1로 168, 우림라이온스밸리 B동 B113~114호, C동 B101호		
홈페이지	www.book.co.kr		
전화번호	(02)2026-5777	팩스	(02)2026-5747

ISBN	979-11-6539-667-1 03810 (종이책)	979-11-6539-668-8 05810 (전자책)

비데리 논 에쎄
Videri Non Esse

이상우 지음

- 무한대로의 모험

북랩 book Lab

목차

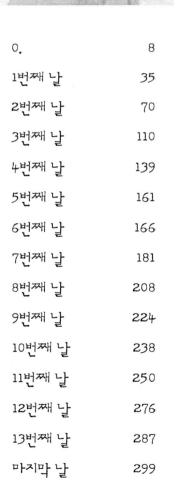

0.

호흡이 있다...
아주 기다란 호흡 하나.

없다...
끝이 없다.
끝없이 긴 호흡은 아찔하다. 아찔한 공허는 무한하다.

끝이 없는 호흡은 없는 호흡일까...

순간, 섬광이 피어난다.

강렬한 빛이 시야를 가득 채운다. 도무지 사그라지지를 않는다. 빛을 보는 것을 도저히 막을 수가 없다.

그저 어느 순간, 그의 의지와는 상관없이 빛이 스스로 꺼질 뿐이다.

꺼진 빛 너머에 있는 것은 회색빛 복도의 모습이다. 그는 지금 복도 안에 와 있다. 반대쪽으로 가라고 유도라도 하듯 한쪽은 콘크리트 벽

돌들로 막혀 있고, 벽면의 노란색/파란색 화살표가 그 반대 방향으로 뻗어 있는 복도다.

노란색인가? 아니, 파란색, 아니, 역시 노란색이다. 아니, 파란색인데...

참 기묘한 일이다. 그가 가만히 있을 때는 노란색이나 파란색 중 하나로 보이던 화살표가 고개를 조금이라도 움직이면 움직일 때마다 두 색깔을 왔다 갔다 한다. 아주 작은 움직임에도 반응하는 건지 왔다 갔다 하는 게 아주 정신없다. 그는 최대한 길게 가만히 있으려 하지만 쉽지 않다. 색깔은 영사기에 필름 넘어가듯 계속 변한다. 어지럽다. 이 이상 저 화살표를 보며 호기심을 충족시키려 할 바에야 차라리 반대쪽 벽에 기대어 쉬는 게...

"깜짝이야!!"

그는 소스라치게 놀라 바닥에 주저앉는다.

반대쪽 벽에 그가 아까는 보지 못했던 커다란 빨간색 버튼이 떡하니 나타나 있기 때문이다.

"이런 게 언제부터 있었지?" 반대 벽면의 화살표를 노려보고 있는 버튼을 그는 올려다본다. 버튼에는 검은색 글씨로 이렇게 쓰여 있다.

'눌러'

잠시 동안 놀란 가슴을 진정시키던 그는 엉거주춤하더니 손을 잿빛 바닥에 짚고 일어선다. 버튼에 천천히 다가서서 호기심 가득한 손가락을 올렸다 내렸다 한다. 잠깐 버튼의 표면에 손가락이 닿자 재빨리 떼면서도, 곧이어 다시 손가락을 가까이에 가져다 놓는다.

손가락이 손바닥으로 변한다.

침을 꿀꺽 삼킨 그는 호흡을 가다듬고 비장한 얼굴로 손바닥을 버튼에 밀어 넣는다!

위이이잉!

사이렌이 한차례 울린다.

그리고... 아무 일도 없다.

의아해하던 그는 다시 뒤돌아서야 버튼을 누르기 전과의 차이를 알아챈다. 화살표의 색이 변해 있는 것이다.

화살표의 색은 이제 하얀색이다!

그는 굉장한 혼란에 빠진다. 도대체 지금 무슨 일이 일어나는지를 모르겠다. 그는 다시 어지러워진다.

다시 반대편 벽으로 시선을 옮긴 그는 또 한 번 소스라치게 놀란다.

버튼은 사라지고 대신 하얀색의 문장이 벽에 적혀 있는 것이다.

'아까와 다르지 않아. 그저 시스템의 민감도를 올렸을 뿐.'

"…………."

뭔가 울리는 소리가 아주 먼 곳에서 자그맣게 들리는 듯하다.

그는 화살표와 반대편의 문장을 번갈아 쳐다보면서 깊은 의구심에 빠진다. 도저히 무슨 일이 일어나는지 믿을 수가 없어서 벽 앞에 주저앉아 화살표만 만지고 쓰다듬는다. 아무리 쳐다보아도 하얀색 화살표다. 눈을 어지럽히던 색상의 진동은 보이지 않는다.

그가 반대편의 문장에게 뭐라도 따지고 싶은 심정으로 뒤돌았을 때, 그는 또다시 혼란에 빠져 멈춰 선다. 하얀 문장의 내용이 어느새 바뀌어 있다.

'증명이 필요해? 좋아, 널 얼려줄게.'

순간 그의 몸이 완전히 굳어버린다!

그 어떤 미세한 움직임도 없다. 눈꺼풀조차 움직이지 않고, 숨도 쉬어지지 않는다. 그의 의식은 그의 몸에서 그의 의지로 움직일 수 있는 부위라면 가능한 한 어떤 부위라도 찾아 그곳의 근육에 명령을 내리지만 돌아오는 반응은 없다.

도대체 뭔가 움직이는 게 하나도 없다. 그의 각막상태와 상관없이 계속 눈을 뚫고 들어오는 질려버릴 시각 정보, 그에게 극심한 공포를 불러일으키는 잔인한 침묵만이 있을 뿐이다.

갑자기 그의 몸이 180도 회전한다. 어떤 힘이 그의 몸을 화살표 쪽으로 돌려놓았다. 이제 그의 시선은 화살표에 고정된다. 노란색 화살표...

"………."

왜 다시 노란색인 거야, 그는 생각한다. 화살표 바로 밑에 노란색 글자로 뭔가가 적혀있다.

'완전한 부동에 이르러서야 보이지.'

무언가의 힘이 그를 화살표 방향으로 약간 민다. 힘에 의해 움직여지는 순간 글자는 사라지고 화살표는 다시 흰색이 된다. 힘이 사라지고 몸이 멈추자 이번엔 파란색 화살표가 보인다. 그리고 그 아래에는 파란색 문장이 보인다.

'이렇게 가만히 있으니까 화살표도 안정을 찾잖아. 자꾸 움직이니까

새하얘지는 거라고.'

다시 그의 몸이 조금 이동한다.

멈춘다.

노란색 화살표. 노란색 문장.

'그러니까 그만 좀 촐싹거려.'

또 그의 몸이 조금 이동한다.

파란색 화살표. 파란색 문장.

'앞으로도 재미있는 일들이 많을 텐데, 그때마다 촐싹거리면 나도 골치 아프거든.'

또 몸이 이동한다.

노란색 화살표. 노란색 문장.

'그럼, 아무데나 떨궈 놓을 테니 알아서 잘 찾아와.'

그러자 갑자기 엄청난 속도로 그의 몸이 날아간다!

복도의 끝에 있던 금속 문이 열리고, 덕분에 제동을 못 받은 그는 문 바깥으로 곧장 튕겨나간다.

푸른 허공.

잠시 후 그는 아스팔트 지면과 충돌한다.

아무런 느낌이 없다. 엄청난 속도로 추락했는데도 여전히 그는 지면 위에 서 있다. 몸이 얼려져 있었기에 가능했던 것 같다. 곧 그의 몸의 얼림이 풀리고, 동시에 그는 온몸에 힘이 풀려 바로 땅 위에 주저앉고 만다.

그가 떨어진 곳은 어딘가의 주차장같이 보인다. 그러나...

입구도, 출구도 없다! 주차장은 그저 직사각형 모양의 옅은 회색 장벽으로 둘러싸여 있을 뿐이다. 높이는 그의 키의 5배는 되어 보여, 벽 바로 너머는 보이지 않고 저 멀리 수 개의 산봉우리만 사방에 보인다.

각각의 산봉우리는 모두 연기가 나거나 붉은 용암으로 뒤덮여있다. 화산인 듯하다. 그렇게 많은 화산이 모여 마치 어떤 공간을 둘러싸는 모양을 이루는 것을 그는 처음 본다.

화산 꼭대기에서 아스팔트 바닥으로 시선을 떨군 그는 무언가를 발견한다.

자그마한 갈색 봉우리들이 옹기종기 모여 있다. 일부는 빨간 액체로 뒤덮여 있다. 그 봉우리들이 모여 이룬 공간은 지면에서 약간 위에 떠 있으며 가운데에 직사각형 모양의 구멍이 하나 뚫려있다.

그것 바로 옆에서 그는 또 다른 무언가를 발견한다. 실린더 모양에 위아래로 하얀 뚜껑이 달려 있는 주황색 투명한 약병이다.

그는 그 둘의 조합을 굉장히 의아하게 생각한다. 하나는 중력을 무시하고 지면위에 떠 있고, 다른 하나는 중력의 영향으로 지면위에 서 있다. 곧이 서 있는 약병의 바깥쪽엔 뭔가가 쓰여 있는데, 잘 보이지 않아 약병을 잡아들기 위해 그는 다가간다.

"도대체 이런 게 왜 여기에 있는 거야? 아니 그것보다, 애초에 이게 다 뭐야?..."

몸을 굽혀 약병을 집으려는 중 그는 소스라치게 놀란다.

굽혀지던 그의 다리가 갈색 봉우리들의 공간을 그냥 지나가는 것이다.

경악을 한 그는 손을 휘둘러 봉우리들을 쳐 보려고 한다. 하지만 손역시 그것들의 존재를 무시하듯 봉우리들을 뚫고 지나간다. 봉우리들 역시 손의 존재를 무시하듯 손이 뚫고 지나간 후에도 형태가 전혀변한 것이 없다.

이상한 것은 그뿐만이 아님을 그는 그의 시야 위쪽 부분에서 어렴풋이 느낀다.

그는 고개를 든다. 화산들이 전부 사라졌다!

분명 그가 다리로 봉우리들을 건드렸을 때부터였다. 그걸 알아챈그는 그의 모든 신체부위를 봉우리들의 공간에서 빼낸다.

화산들은 다시 존재한다.

몇 번 손을 넣다 뺐다 하는 동작을 반복한 뒤에 그는 자신이 어느 부분이라도 봉우리들과 접촉하고 있으면 화산들은 보이지 않게 됨을 확신한다.

"그렇다면... 이 약병은? 이 약병이 닿게 되어도 사라지나?"

그는 약병을 집어 들고는, 벽 너머의 화산들에게 시선을 고정한 채로 어느 한 봉우리 위에 약병을 떨어뜨린다.

화산들의 모습에는 변화가 없고, 대신 소리가 들린다.

"응?"

고개를 약병 쪽으로 돌리고서야 알아챘다. 약병은 아스팔트 위에떨어져 있는 것이 아니라, 어떤 두 개의 봉우리 사이의 골짜기에 떨어져 있다.

"어째서?"

그는 자신의 손으로 화산을 사라지게 하는 것을 감수하고는 손을 뻗어 약병을 잡는다. 약병은 분명 손으로 느껴진다. 주위의 갈색 비탈들과는 분명 다르다. 하지만 밑으로 잡아 내리려고 해도 약병은 아래로는 움직이지를 않는다. 몇 번 시도하던 그는 결국 포기하고 약병을 골짜기에 놔둔다. 손을 거두자 화산들이 다시 보인다. 어째서인지 아까랑은 느껴지는 분위기가 다르다. 그는 묘한 느낌이 들어 화산들을 다시 둘러보고는...

"으아아악!!"

바닥에 주저앉는다. 비명을 지르며 불가항력적인 하강의 힘에 밀리듯 바닥에 주저앉는다.

구석에 있던 화산들의 골짜기에서 그는 발견한 것이다. 그 특유의 오렌지 빛깔을 뽐내며 골짜기에 비스듬히 누워있는 어마어마한 크기의 무언가를!

"저건...?!"

거의 무의식적으로 손이 움직인다. 골짜기를 스친 그의 손은 약병을 붙잡아 근처에 있던 봉우리의 자그마한 칼데라 호에 약병을 곧이세워 놓는다. 약병에서 눈을 떼지 못하던 그는, 떨리는 손을 거두고 나서야 다시 저 멀리의 화산들을 바라본다.

믿을 수가 없다!

정말 한 화산의 꼭대기에 거대한 약병이 세워져 있다!

그제야 그는 확신한다. 공중에 떠있는 봉우리들의 공간은, 사실 주차장을 둘러싸고 있는 배경인 것이다. 봉우리들의 공간 가운데에 나

있는 직사각형 모양의 구멍은 그가 있는 직사각형 모양의 주차장 그 자체이다.

그러한 확신이 서자 그는 약병을 직사각형 구멍 바로 옆의 산기슭에 세워놓는다. 봉우리들에게서 손을 떼고 약병을 좇아 주위를 둘러보던 그는 약병을 발견하고는 약간 소름이 돋는다.

일상적인 물건의 너무나 거대한 버전을 그렇게 가까운 거리에서 보게 되니 그는 약간 무서워진다. 그러나 그러면서도 호기심을 억누를 수가 없다. 그는 그 뒤로도 약병을 이곳저곳에 올려놓으며 실험을 더한다. 한 번은 직사각형 구멍에서 먼 곳에 뒀다가, 한 번은 가까운 곳에 두는 식으로 실험을 이어나간다. 약병을 구멍에 가까이 둘 때에는 고개만 들면 벽 바로 너머에 그 거대한 약병이 있을 거라고 상상하니 무서워지고 망설여지지만, 실제로 벽 너머의 약병을 발견하고 그 크기에 압도당할 때의 소름끼치는 느낌을 그는 오히려 조금 조금씩 즐기기 시작한다. 그리고 얼마 지나지 않아 완전히 익숙해져 버린다.

어느 순간 그는 약병을 직사각형 구멍 안에 집어넣는다.

봉우리들의 공간이 떠 있는 높이는 서 있는 약병보다 낮다. 따라서 다른 부분은 몰라도 약병의 꼭대기 부근만큼은 주차장보다 더 높이 있게 될 것이다.

봉우리를 관통한 그의 손이 떨리기 시작한다. 그는 손을 빼기를 주저한다. 그가 손을 빼는 바로 그 순간에 약병이 등장할 것이다. 그러나 어디에? 주차장 위에 등장할까? 아스팔트를 뚫고 튀어나올 수도 있다. 그럴 경우 어디서 튀어나올지 그는 가늠할 수 없다. 약병이 어떤 식으로 등장할지조차 모르는 일이다. 한 번도 해본 적 없는 시도 앞에서 그는, 다시금 약병의 거대한 크기를 떠올리고는 두려움에 휩싸인다.

에라 모르겠다, 그는 속으로 되뇐다. 뭐가 어떻게 나타나 내가 어떻게 되든 일단 한번 보기나 하자, 그는 손을 봉우리에게서 떨어지지 않을 정도로만 왔다 갔다 움직인다.

손이 멈춘다. 손이 떨린다. 손이 멈춘다. 깊은 심호흡 한 번. 마치 폭탄의 스위치를 누를 때의 심정. 그의 모든 신경은 오로지 손에만 집중되어 있다. 그는 손을 움직인다. 손을 이리저리 돌린다. 다른 쪽 손을 뻗어 손을 잡는다. 다시 손을 혼자 있게 한다. 손의 떨림을 느낀다. 손으로 주먹을 꽉 쥔다. 손을 편다.

손을 뺀다.

"…………"

그는 천천히 몸을 세운다.

아직 아무것도 나오지 않았다. 그저 주차장과 회색 장벽, 그리고 그 너머의 화산들만 보일 뿐이다.

그는 조금 더 기다려 본다. 그러나 기다림으로써 그가 얻는 것은 침묵뿐이다.

"음, 공중에 있는 산에 놓여 있을 때만 효과가 있는 건가? 아니면…"

혹시라도 다리가 봉우리에 닿았나 싶어 한 발짝 물러난 그는, 갑자기 눈의 초점을 잃고 비틀비틀 거린다. 도대체 방금 뭘 본 것인지 모르겠다. 사실 소름끼치는 짐작은 간다. 다만 그는 그 짐작을 도저히 구체화하고 싶지 않아 할 뿐이다.

몇 발짝 더 비틀거리며 그는 그것을 볼 때마다 깜짝깜짝 놀라 몸이 이리저리로 튀어나간다.

배경 전체가 오렌지색으로 변한다. 그러나 그냥 오렌지색은 아니고, 그 오렌지색의 이면에 엄청난 크기의 하얀 알갱이들이 그의 움직임에 따라 유동적으로 이동하다가, 어느 순간 오렌지색 배경과 함께 하늘 한 구석으로 마치 유성과 같이 사라진다. 정말 순식간이다. 그가 딱 한 발짝 이동할 순간에 다 일어난다. 발걸음을 옮기다 보면 어느 위치에선가 갑자기 일어나고, 갑자기 다시 푸른 하늘만을 남기고 없다. 나타날 때 사라질 때 소리 하나 내지 않는다. 말 그대로 그의 시각 정보만 잠깐 바뀌었다 원래대로 돌아오는 것이다.

그는 발걸음을 더욱 천천히 옮긴다. 하늘 한 구석에 오렌지색이 나타나는 바로 그 순간 멈춘다. 그리고 전보다도 더더욱 천천히 움직인다.

오렌지색은 한 구석에서 나타나 곧 하늘 전체를 뒤덮더니, 정반대쪽 구석으로 사라진다. 동작을 왔다 갔다 반복하며 그는 오렌지색 너머의 하얀 알갱이들을 관찰한다. 그의 눈에 익다.

"그럼 역시..."

시선은 곧바로 그가 아스팔트 바닥에 놓아둔 약병으로 이동한다. 더 정확히 말하면, 그 약병에 비쳐 보이는 내용물에게로 이동한다.

일제히 똑같은 모양을 유지하고 있는 수십 개의 하얀 알약들.

"역시나..."

다시 그는 자신의 발걸음으로 하늘의 관찰 대상을 소환한다.

하얀 알갱이들.

그는 그저 멍하니 바라본다. 뒤로 젖혀진 그의 고개가 그가 얼마나 눈에 비치는 광경에 압도당했는지를 보여준다.

그때 갑자기 다른 새로운 자극이 그를 압도한다. 그가 주차장 아스팔트에 발을 올린 이후로 처음 접하는 청각적 자극이다. 갑자기 허공에서 목소리가 들려오는 것이다.

((하나 둘 셋 하나 둘 셋. 마이크 테스트. 아아.))

반쯤 풀려있던 그의 눈이 휘둥그레진다. 목소리는 말을 이어간다.

((그래, 다 배경인 거야. 네가 놓은 약병도 네가 있는 공간의 주위 배경이 되지. 네가 '정상적인' 방법으로 놓기만 한다면 말이야.))

그는 놀라 주위를 돌아본다. 그러더니 결국 소리가 오는 방향을 따라 시선을 하늘 위로 향한다.

((네가 병풍에 그려져 있어야 할 꽃전을 밥상 위에 올려다 놓으니까, 일이 이상하게 되어버리잖아! 실수로 밥상에 놓여버린 그 꽃전 '병풍화'하느라고 골치 좀 썩었다.))

그는 하늘에서 내려온 그 비유를 이해하지 못한다. 그저 소리가 들리는 쪽을 향해 다급히 외칠 뿐이다.

"누구세요? 거기 있어요? 제 말 들리세요?"

그가 목소리의 말을 무시했듯 목소리도 그의 말을 무시한다.

((뭐, 실수로 놓았다고는 했지만 사실은 실수가 아니지. 그런 장난감을 쥐여 주면 언제가 되었든 필연적으로 일어날 일이라고 예측하고는 내가 들어갈 타이밍을 엿보고 있었던 거야. 자, 보여줄게.))

갑자기 하늘이 약간 어두워진다. 그가 몸을 움직여 봐도 더 이상 오렌지색이 하늘을 압도하지 않는다. 그저 불그스름하고 노르스름한 무언가가 하늘을 비집고 들어와 거대한 약병의 윤곽을 보일 뿐이다.

((잘 기억해. 미시적 공간에서의 패턴이 거시적 공간에서의 패턴이 돼. 그리고 거시적 공간에서의 패턴은 또, 그 거시적 공간을 미시적 공간으로 만들 정도로 큰 초거시적 공간에서의 패턴이 되는 거야. 그리고 그렇게 끝없이 반복되는 거지! 말 그대로 끝없이.))

진동이 땅을 뒤흔들더니 갑자기 아스팔트 지면이 사라진다. 회색 장벽을 포함한 주차장 전체가 사라져 버린다. 그는 비명을 지르며 추락하기 시작하고, 바로 그 순간 하늘이 맑아지며 윤곽만 보이던 약병이 그 온전한 거대한 모습을 그의 앞에 드러낸다. 그가 지금까지 본 것 중 가장 가까이서 보인다.

그와 동시에 저 아래에 검은 무언가가 나타난다.

그는 그것의 형체를 뚜렷하게 볼 수는 없었지만 그것이 곧 그의 추락을 받아줄 바닥이 되어줄 것임은 확실히 알았다.

착지.

손을 짚고 천천히 일어선다. 이번에도 몸에 이상은 없다. 주위를 둘러보고는, 여전히 그의 앞에 놓여있는 어마어마한 크기의 약병에 놀라 뒤로 물러난다.

약병 쪽을 보지 않으려고 고개를 반대쪽으로 돌린다. 그제야 그는 알아챈다. 주차장을 둘러싸고 있던 화산들에는 밑동이 존재하지 않는다. 즉, 화산들은 공중에 떠있다.

그가 회색 장벽 너머로 보았던 화산들은 모두 공중에 떠있다!

화산들과 바다 사이의 뻥 뚫린 틈으로 저 멀리 세상의 끝이 보인다. 세상의 회색빛 끝... 절대 도달할 수 없을 정도로 멀어 보인다.

그는 눈동자를 위로 굴려 화산들을 바라본다. 산맥의 비탈이 끝나는 지점은 마치 칼로 자른 듯 일정하며, 허공에 선분을 만들고 있다. 앞뒤로 뻗어있는 긴 선분 두 개, 좌우로 뻗어있는 짧은 선분 두 개. 그는 비유를 하나 생각해낸다: 천상의 화산들의 세계에 뚫린 직사각형 구멍. 사실 비유가 아니다.

그는 바닥을 만져본다. 이미 그의 직감은 그것이 거대화한 아스팔트라고 확신하고 있다. 그는 온몸에 전율을 느낀다.

그때 바닥이 또다시 진동한다.

그가 무슨 행동을 취할 새도 없이 또 땅이 사라지고 추락이 시작된다. 그와 동시에 약병과 화산들도 사라져 버린다. 주위에 있던 모든 것을 잃은 그의 눈에 새로이 들어온 건...

또 다른 약병.

훨씬 크다!

정말 너무하다!

이렇게 큰 게 가능할까 싶을 정도로 크다!

빠른 속도로 하강하며 그의 몸은 약병의 각 부위들을 하나하나 지나쳐간다. 하얀 뚜껑, 저녁의 노을빛 하늘을 연상시키는 몸통, 아까보다 훨씬 커다란 알갱이들, 그리고... 검은색.

어마어마한 속도로 그는 바닥과 충돌한다.

여전히 멀쩡하다. 무슨 마법에 걸린 건지 모르겠다.

그가 일어서자마자 바닥은 또다시 진동하며 사라진다.

"잠깐만!"

똑같은 일이 다만 훨씬 더 큰 세계에서 반복된다. 그가 또다시 만나게 된 약병은 이젠 그 크기가 실감조차 나지 않는다. 그저 아까랑 비슷하게만 느껴진다. 그의 두뇌가 수용할 수 있는 시각 정보의 거시감(巨視感)이 이미 한계에 다다랐기 때문이다.

이젠 그가 충돌하자마자 곧바로 바닥이 사라진다.

"그만!"

여전히 계속 떨어진다.

또다시 보는 약병, 그리고 아스팔트.

이젠 그의 몸이 닿기도 전에 바닥이 사라지고, 또 다른 약병이 그를 향해 올라온다. 그것을 밑에서부터 받치고 있는 시커먼 바닥과 함께.

또 바닥이 사라지고 또다시 약병이 올라온다.

또 사라지고 또다시 올라온다.

또 사라지고 또다시 올라온다.

"제발 그만! 그만해!"

어느 순간 문소리가 조그맣게 들리고, 그는 반복되는 이미지들 사이에서 초록색 문이 닫히는 것을 본 것만 같다.

"도와줘요!"

별안간 그가 바닥에 충돌하던 순간의 이미지가 그의 눈에서 수십 번씩 빠르게 재생되고, 점점 눈의 초점이 없어지는 듯하더니 시야가 하얗게 변해버린다.

그의 두뇌를 강렬히 자극하는 하얀색의 시각 정보. 그 자극적인 하얀 빛은 곧 그의 시야 가장자리부터 희미해지며 중심 쪽으로 점점 줄어드는 하얀 핵(核)을 이루어낸다. 시간의 바늘을 거꾸로 돌리며 초신성 폭발을 본다면 마치 이런 느낌일 것 같다.

점점 줄어드는 빛의 공 너머로, 물결처럼 일렁이는 뭔가 다른 공간의 이미지가 그에게 도달한다. 그는 직감한다. 그가 지금 있는 이곳은 분명 아까와는 다른 장소임을, 그가 어느새 다른 장소로 이동되었음을.

둥글기만 했던 하얀 빛에도 형태의 변화가 생긴다.

아래쪽에서 무언가가 비죽 튀어나온다... 그것은 옆으로 길게 삐져나와 하얀 빛의 전반적인 형태를 바꿔버린다.

빛이 충분히 약해져 주위가 선명히 보일 정도가 되었음에도 그의 눈은 하얀 빛이 이루어가고 있는 새로운 형태에만 몰두한다.

그것은 그가 익숙히 알고 있는 어떤 한 형태이다...

"한닿음... 그게, 얘 이름이란 말이지?"

어떤 부분은 딱딱하고 어떤 부분은 물컹물컹한, 한 조그만 생명체가 대리석으로 만들어진 책상 위에 주저앉아 홀로그램 유리판으로 한 인물의 프로필을 둘러보고 있다. 생명체가 방금 본인의 의사와 상관없이 이곳으로 불러낸 인물이다. 맞은편에 놓인 가죽 의자에서 둥그런 하얀 빛이 공간을 비집고 들어와 커지기 시작한다. 빛은 곧이어 생명체와 똑같은 외형으로 모양이 바뀐다. 그 상태로 얼마간 계속 자라나더니, 별안간 위아래로 길쭉해지며 네 개의 가지가 갈라져 나온다. 형태가 좀 더 뭉툭해지자 영락없는 사람의 윤곽이 나타난다.

"자네는 지금 다른 형태에서 자네의 원래 형태로 돌아오고 있네. 그만큼 자네 망막에 비치는 왜곡은 점점 줄어들고 있지." 생명체가 말한다.

하얀 빛은 옅어지기 시작하고, 빛 너머의 속살이 드러나기 시작한다. 한 소년의 모습이다.

"이제 내가 무슨 모양을 취한 채로 자네에게 얘길 하고 있는지 완전하게 보이기 시작할 거야, 한닿음 군."

소년의 몸을 감싸던 하얀 빛이 완전히 사라진다. 소년의 관점에서는, 자신의 바로 앞에 놓인 대리석 책상 위의 신비스러운 하얀 빛이 완전히 사라진다. 그제야 그의 눈에 상대의 모습이 정확하게 비치기 시작한다. 하얀 빛 공의 정체는 바로 이것이었다.

달팽이.

소년은 어떠한 서재 같은 방 안에 앉아있으며, 그의 뒤에서부터 그를 툭 건드리고 스쳐지나가는 햇살을 통해 창문이 뒤에 놓였음을 느낀다. 그의 시선은 그가 앉아있는 의자에서 출발하여 바로 앞의 대리석 책상을 지나 책상 위에 놓인 것들, 그 다음에 양 측면의 벽에 서있는 책장들, 마지막으로 방 끝 벽에서 그를 마주하고 있는 닫힌 초록색 문에 이른다.

초록색 문도 초록색 문이다. 그렇지만 지금 소년의 관심은 오로지 대리석 책상 위 흐느적대는 무언가에만 집중되어 있다.

그는 자신의 눈앞에 놓인 말하는 생물에 어리둥절해한다.

"다... 당신이 회색빛 복도에서 벽에 글자를 띄워 저에게 말을 한... '존재'인가요?"

"그렇지."

"당신이 주차장 같은 곳으로 저를 데리고 가 하늘에서 말을 건 존재인가요?"

"진실로 그러하다네."

소년은 어떠한 혼란스러움 때문에 그 대답이 선뜻 납득이 가지 않는 모양이다.

"⋯⋯그곳에서 들었을 때랑 말투가 너무 다른데요?"

"자네에게 나의 위엄 있는 모습을 보여야 하니 말투도 위엄스럽게 바꾼 것이네."

"그렇지만..." 소년은 웃음이 입으로 새어나오려는 것을 막느라 애를 쓴다. "⋯⋯당신은 달팽이인데요?"

결국 터진다.

도저히 이해가 되지 않는 혼란스러운 상황들을 지나오니, 결국 여기서 달팽이와 대화나 나누고 있더라는 지금 이 꼴이 너무 웃긴 것이다.

그에게 위엄 있게 보이려 했던 생명체도, 차마 화를 내지는 못한다.

"아니, 진짜! 이거는 평범한 모습으로 등장하면 재미없으니까 일부러 널 놀래 주려고 취한 형태일 뿐이라고!" 그 '위엄'한 존재의 말투가 하늘 위에서 얘기하고 있었을 때로 돌아온다.

"아까까지만 해도 먼저 달팽이로 등장했다가 발 달린 조그만 버섯으로 변하고, 곧 걸어 다니는 나무 밑동으로 변하고, 또 슬라임으로 변하고, 그래, 계속 그런 식으로, 그런 연속 변신으로 네 눈을 즐겁게 하는 방안도 검토하고 있었다니까? 뭣하면 팔 여럿 달린 거대한 석상으로 변할 수도 있어."

생명체는 유쾌한 웃음을 터트리지만 소년은 이미 웃음을 멈춘 채이다. 소년이 정색하고, 분위기는 어색해진다.

"제가 어디에 있죠?" 소년이 묻는다.

생명체 또한 잠깐의 무안함을 벗어던지고는 다시 진지해진다.

"오히려 이쪽에서 질문을 주지. 어떻게 해서 여기에 오게 되었나? 그러니까 내 얘기는, 네가 육신을 빠져나와 혼돈의 빛깔 속에서 이리저리 헤엄치고 있었을 때, 어떻게 해서 나의 통제력이 미치는 '이 세계'로 오는 길을 찾았냐는 것이야."

"그럼, 역시 저는 죽은 거군요?"

"그래. 기억 안 나?"

"나죠. 그냥... 확인해보고 싶었어요."

"어차피 그 '죽었다'는 말도 너희 세계에서나 쓰는 말이지. 그 울퉁불퉁한 둥그런 땅덩어리 위에 사는 존재들의 관점에서는 네가 죽었겠지만, 봐봐, 네 몸은 여기 의자 위에 잘만 살아 있잖아? 나의 세계로 접근해 오는 너의 영혼을 보고는 내가 널 데려와 복제된 너의 육신을 씌운 거야. 그러니까 이 질문이 중요해. 어떻게 나의 세계를 찾아왔어?"

"혼돈 속에서는 모든 것이 뒤틀려 보이더라고요. 뭐가 뭔지 도저히 알 수가 없었죠. 그 뒤틀림 속에서, 숫자 8처럼 생긴 문양의 윤곽만이라도 보일 때까지 돌아다녔어요. 언뜻 뭔가 내 직감을 자극하는 것이 보인 듯했고, 그대로 그 방향으로 돌진한 거죠."

"그건 누가 가르쳐 준 거지? 숫자 8 얘기 말이야."

"……제 누나가요."

"누나라..." 생명체는 씨익 웃어 보인다. "미안하지만, 그건 숫자 8이 아니야. 그건-"

"알아요. 무한대 기호죠. 모든 게 난장판으로 보이는 혼돈 속에선 그나마 숫자 8이 무한대 기호보다 눈에 잘 들어온다고 그렇게 가르친 거예요."

"음... 매우 '인간적'이군."

생명체가 입으로 손가락 튕기는 소리를 냄으로써 자신의 몸을 순간 공중으로 띄우고, 그 아래에 조그만 의자를 소환해 그 위에 착지한다.

"그나저나, 진짜로 너의 누나가 너한테 그런 얘기를 했단 말이야? 10살이나 어린 동생에게 하기엔... 약간 동화 속 얘기로 오해받을 소지가 있을 것 같은데."

"동화 속 얘기라기보다는... 아예 상상조차 잘 안 되는 아마득한 세상 얘기로 들렸죠. 누나는 임사체험자예요. 죽음을 경험하고 다시 이승으로 돌아오기까지 한 분이죠. 누나가 죽은 상태였을 때, 그러니까 누나의 영혼이 잠시 몸에서 빠져나온 상태였을 때, 누나는 저 세상에서 신이 다스리는 무한대의 세상을 보았다고 말했어요. 그곳에서 신을 직접 만나고, 무한대를 직접 경험했다고요. 죽음에서 깨어난 뒤로 누나는 계속 무한한 것에만 집착했죠. 임사체험을 하고 나면 인류애에 빠져 자원봉사를 시작하는 사람도 있지만, 지혜를 추구하게 되어 학문에 빠지는 사람도 있잖아요. 누나는 자신만의 학문에 빠진 거였어요. 또한 그때 보았고, 경험했던 세계라면서 저에게 끊임없이 그 무한의 세계에 대한 얘기를 하고 또 했죠. 얼른 그 세계로 돌아가고 싶어 했어요. 주위에선 다들 누나가 실성했다고 얘길 했죠.

……결국 얼마 전에 병원에서 또다시 이승을 떠났어요. 다만 이번에는 돌아오지 못했죠. 아마 여기에 눌러앉았을 테니까요, 맞죠?"

"글쎄..."

달팽이는 몸을 세로로 세워 등껍질의 윗부분이 의자의 등받이에 닿게 하고는, 등받이에 기대 쉬는 자세를 취한다. 한참 동안 어색한 듯 입을 비죽 내밀고 있다가 마침내 말을 한다.

"그런 사람 못 들어 봤던 것 같은데?"

소년의 얼굴에 냉소가 흐른다.

"확실해요? 진짜로?" 자신의 차갑고 밝은 얼굴을 가까이 들이밀며 소년은 재차 묻는다.

"진짜로. 네가 얘기하는 누나는 내가 모르는 사람임에 틀림없어."

"하지만 저보다 나이가 10살 많다는 건 아셨죠?"

"그건 여기 프로필에 나와 있으니까." 달팽이는 홀로그램 유리판을 그에게 내민다. "여기에선 네 삶을 열람할 수도 있고, 네 누나의 삶도 열람할 수 있어. 네가 살던 행성에 존재했거나 존재하는 생명이라면 전부 다 있어. 각각의 개체가 하나의 프로필로서 존재하지."

"거기에 누나가 임사체험자라는 얘기도 나오죠? 혹시 누나의 영혼이 몸을 떠났을 때 어떤 경험을 했는지도 기록되어 있나요? 그게 있다면 확실한 증거가 될 텐데."

달팽이는 또다시 입을 내밀며 뜸을 들인다.

"나는 본 적 없어. 그 여자애도 마찬가지야. 한 번도 본 적 없는 여자애라고."

"그럼, 저를 이곳의 절대자에게로 데려다주시겠어요? 분명 누나는 이곳의 절대자를 찾아갔을 거예요. 그분이라면 진실을 아시겠죠."

"절대자라면... 이곳의 '신'을 말하는 건가?"

"네."

그러자 달팽이의 입가에 회심의 미소가 떠오른다.

"호랑이 털로 이루어진 해변이라든지, 처음 칠 때는 음이 안 맞고 두 번째 칠 때 음이 맞는 피아노라든지, 네 영혼에게 육체가 씌워질 때 정말 별의별 영상들이 다 보였지? 그건 모두 이 '신성한 빛'이 보여주었던 거야. 네 영혼이 여기에 접촉하면 저절로 영상들이 떠오르지."

달팽이가 '신성한 빛'이라 부른 것은 어느 샌가 갑작스레 나타나 달팽이의 몸을 떠받치고 있는 빛기둥이다. 소년의 팔뚝 정도 길이의 빛 원기둥은 공중에 떠 있으며, 원기둥을 이루고 있는 빛과 같은 색깔의 전기 스파크 효과가 1초 주기로 아랫부분에서 생겨나 윗부분에서 사라진다. 또한, 그 주기에 맞춰 달팽이의 몸은 공중에 떠있는 채로 약간씩 올라갔다 내려왔다 한다.

소년은 그런 달팽이를 멍하니 바라보며 되묻는다.

"정말로 당신이... '신'이란 말이에요?"

"아니 여태 그걸 몰랐어? 그럼 내가 누구인 줄 알고 있었던 거야? 너에게 네 예전 육체를 돌려주고, 널 회색빛 복도로 데려가 몸을 완전히 굳게 만들고, 내가 특별히 만든 프랙털 공간에 떨어뜨려 놓고 가지고 놀다가 네가 하도 애원해서 이곳으로 텔레포트까지 시킨 존재인 나를 뭐라고 생각하고 있었던 건데?"

"그냥... 능력 있는 달팽이인 줄 알았죠! 도저히 신처럼 보이지 않아서요."

"말했잖아! 난! 달팽이가! 아니라고!" 원기둥에서 전기 스파크 효과가 솟구친다. "애초에, 신에게 형태란 게 존재해? 형태라는 건 너같이 유한한 존재들의 구속된 특징일 뿐이지. 난 그런 거에 구속받지 않아. 달팽이의 형태를 취하고 싶으면 취하는 것이고, 형태를 취하기 싫어도 형태 없이 존재하는 게 가능한 이 몸은 바로 신이란 말이야!"

달팽이는 별안간 사라진다. 즉, 형태가 없어진 것이다.

"너의 영혼은 '네 몸의 형태'라는 특징에 갇혀 있지. 그렇지만 날 봐봐. 아니, 들어봐!"

소년은 목소리가 어디서 들려오는지 분간을 할 수가 없다. 그에게 들리는 목소리는 마치 '들려오는 방향'이라는 특징에게 구속되는 것조차 피하는 것 같다.

"난 너와 달라. 나는 어떤 형태든 취할 수 있지. 그게 아무 것도 보이지 않는 형태든, 아니면 이런 형태든 말이야!"

빛의 원기둥과 달팽이가 있던 자리에는 어느새 긴 생머리의 한 소녀가 그에게 생긋 웃음을 짓고 있다.

소년은 그 얼굴을 알아보고는 기겁한다.

"누나?!"

그가 뭐라 말을 잇기도 전에 누나의 몸은 같은 크기의 호두까기 인형으로 변한다. 인형의 얼굴이 스프링처럼 튀어나와 손가락 하나 길이의 거리에서 그의 눈을 응시한다.

"내가 무언가로 변하기 위해 필요한 건 그것의 형태 데이터뿐이라고!"

인형은 곧 불에 타 재가 되어 바닥에 떨어지더니, 그 잿더미 속에서 또다시 누군가가 튀어나온다.

소년이 거울을 볼 때마다 항상 보이던 바로 그 모습이다.

"난 너야, 한닿음 군. 이젠 나도 한닿음이지."

그 소년은 이 소년에게 미소를 지어 보인다. 그 덕분에 자신이 보고 있는 대상이 자신과는 별개의 존재라는 걸 깨달은 소년은 정신을 차린다.

"이제 믿겠지? 내가 이곳의 신이야."

"알았어요. 알았으니까 이제 그만 좀 변하세요." 그가 말하고 있는 중에도 그의 앞에 있는 생명체는 여전히 변하고 있다. 더 키가 커지고 턱수염이 생기며, 얼굴에는 약간씩 주름이 잡히기 시작한다. 소년에서 신사로 변한 것이다. 모습만은.

"내가 이곳의 신이니까, 넌 내 말에 복종해야해. 복종 할 거야, 말 거야?" 키 큰 신사가 말한다. 그의 말투와 유치함은 이전과 다를 것이 없다.

"하, 알았어요, 알았어." 소년은 한숨을 내쉰다.

"좋아! 그럼 더 이상 지체할 이유가 없군. 우린 밖으로 나간다!"

키 큰 신사가 대리석 책상을 손으로 내리치자 책상이 둘둘 말린 카펫으로 변해 바닥에 떨어진다. 떨어진 카펫은 풀려 나아가 방 끝의 초록색 문에 다다른다.

"가시죠, 도련님."

신사는 소년을 문 앞으로 데리고 간다. 그가 손가락을 한 번 튕기자 문이 활짝 열어젖혀진다.

붉고 푸른 아지랑이들이 그의 발밑에서 펼쳐진다. 그것들이 앞으로 흘러가는 중 그들 사이에서 태어난 하얀 아지랑이와 함께 중심으로 다가가 소용돌이친다.

한 예술 작품이 공원의 바닥을 장식한다. 작품 위에는 공공의 이용을 위해 설치된 운동기구들이 몇 개 보인다.

그 너머로, 그가 고개를 들어야만 온전한 모습을 볼 수 있는 직사각 기둥들이 그의 눈에 들어온다. 그는 얼마동안 그것들을 바라본 후에야 각각의 직사각기둥들이 무엇의 이미지인지를 알아챈다. 지금까지 그가 이 세계에서 봐왔던 것들에 비하면 너무 평범한 것들이라 그가 미처 그것들이 이곳에 있으리라고는 예상하지 못했기 때문이다.

아파트 건물.

검은색 화강암의 옷을 입혔으며, 일정한 높이마다 태양 광선을 받는 따뜻한 창문을 내비치고 있다. 그가 죽은 존재가 아니라 죽을 존재로 살았을 때 도심 속 큰 공원 근처에서 많이 봐왔던 빌딩들이다.

그러나 주위를 둘러보면 꼭 평범하지만은 않다. 그 아파트들을 제외하면 지평선에 이를 때까지 건물 하나 그의 눈에 들어오는 게 없기 때문이다. 건물들은 도시의 거주자에게 지낼 곳을 제공하기 위해 지어진 게 아니다. 그냥... '땅 위에' 지어진 것이다.

"여기가 너의 숙소야. 이 건물들 전체가 말이야. 한 가구도 안 살고 있으니 어디든 들어가서 지내면 돼."

키 큰 신사가 찡긋 웃어 보이며 말한다.

"나도 알아. 이 건물들이 지리적 접근성도 없고 수요와 공급의 법칙을 따르지도 않지. 하지만 이렇게 생각하면 어떨까? 사람들이 있어 건물이 생기는 게 아니라, 건물이 생기면 그에 맞춰 사람들이 생기는 거라고."

그는 건물들을 올려다본다.

"사람들이 곧 입주할 거야. 그 시점은... 비행기 한 대가 지나간 다음이 적당하겠지, 언제?"

소년 쪽으로 고개를 돌린 그는, 한참 전부터 소년이 아무 말도 없이 그를 멀뚱히 쳐다보고 있었다는 사실을 깨닫는다. 신사는 살짝 머쓱해한다.

"미안해. 계속 뭔 소린지 모를 얘기만 해서. 하지만 내일부터는 겁에 질릴 정도로 명확한 말들만 듣게 될 거야. 너무 명확해서 그만큼 네가 쉽게 반박하려 들겠지."

"네?"

"불명확성에서 오는 안도감과 평화를 즐길 수 있을 때 실컷 즐겨 두라고. 자, 그럼 오늘은 이만 푹 쉬어. 한숨 자고 밖으로 나오면, 하늘의 화살표가 가리키는 방향으로 가기만 하면 돼. 그럼, 내일 보도록."

소년의 정신이 일순간 흐려지더니, 정신을 차렸을 때에는 이미 신사가 사라지고 없었다.

혼자 남게 된 소년은 신사를 찾아 잠시 주위를 두리번거리고는 그가 진짜로 사라졌다는 것을 재확인한다. 더 이상 쫓을 곳이 없어진 소년의 시선은 곧 자신의 숙소를 향한다.

별안간 소년의 눈에 물음표가 떠오른다.

"화살표?"

1번째 날

승강기가 꼭대기 층에서부터 1층으로 내려와 자신의 배를 가른다.

갈라진 배로부터 소년은 천천히 걸어 나오며 하품을 크게 한 번 한다. 꼭대기 층이라고 그의 수면에 도움을 주는 것은 아니었다. 오히려 그는 타 층의 집들과 가구 하나 다른 것 없는 집 모습에 실망하였다. 다락방도 없었다.

잠을 설쳐 탁해진 눈빛으로 출입문을 향해 걸어가는 그에게 출입문 바깥의 노오란 금빛이 생기를 돋운다. 출입문이 열리자 신선한 공기 또한 축 처진 그의 얼굴을 살려낸다.

밖으로 나와 하늘을 올려다본 그는 마침내 어제의 질문에 대한 답을 찾는다.

금빛 하늘의 한가운데에, 푸른 하늘의 영역이 화살표 모양으로 있다.

그 둘의 조화는 그에게 오묘한 인상을 심어준다. 해 뜨는 아침의 하늘과 오후 4시의 하늘이 공존한다는 느낌을 그는 받는다. 분명 그가 잠에서 깬 지 얼마 안 되었으니 아침 하늘을 보는 것이 더 편안하고 자연스러운 느낌을 주는데, 그러다가도 푸른 하늘을 보면 마치 잠에서 깬 지는 한참 되었고 그는 그저 하늘을 올려다보며 상념에 잠겨 있었는데 정신을 차려보니 오후 4시였더라는 느낌을 받으니 말이다.

어제 들은 대로 그는 화살표가 가리키는 방향을 향해 한 걸음 한 걸음 나아가기 시작한다. 하늘과 땅, 그리고 그 경계만이 보이는 곳을 향해 걸어간다. 아니다, 뭔가 더 있다.

"저건... 뭐지?"

그가 향하는 하늘은 어떤 것에 의해 두 조각으로 나뉘어 있다. 그것은 하나의 기다란 세로선처럼 보인다. 세로선은 아래로는 땅에 가려지고, 위로는 치솟아 올라가던 중 구름에 가려진 이후로는 보이지 않아 바닥과 꼭대기가 어디 있는지 갈피를 잡을 수 없다. 이것이 땅 위에 서 있는 것인지, 아니면 이 행성 바깥의 우주 공간에서 벌어진 현상 때문에 보이는 시각 효과인지 그는 알 수가 없다.

"애초에 내가 지금 있는 이곳이 지구처럼 행성일 거라는 보장도 없네..."

이곳에 와서 보아 왔던 온갖 것들을 떠올리며, 그는 더 이상 저 선이 무엇인지 생각하는 것을 그만두기로 한다. 그저 앞길을 바라보고 공기를 느끼며, 걸어간다.

한참을 걷다 고개를 들어 전방의 하늘을 응시한 그는 살짝 흠칫한다. 세로선이 그에게 한 발짝 가까이 다가와 있었다. 가까워지니 더 많은 것들이 보이기 시작한다. 그리고 그는, 세로선의 정체를 새로이 짐작하기 시작한다.

"흠... 송신탑이나 뭐 그런 것 같네. 그래도... 그렇다 치면 너무 높은데... 어쨌든, 땅 위에 서 있는 구조물이란 것만은 확실하군."

뒤에서부터 그를 스치는 갑작스런 바람이 있다. 강하게 그를 스치면서 살짝 위로 올라간다. 그 힘을 받아 그의 고개는 떨어지지 않고 계속 하늘을 향해 있다. 그가 한 발 한 발 내딛을 때마다 머리카락이 조금씩 위아래로 흔들린다.

그렇게 한참을 정적인 풍경과 하나 되어 그는 걸어가는 그림이 된다.

바람이 송신탑이 있는 곳까지 닿은 모양이다. 송신탑을 가리던 구름이 조금씩 걷혀나가고, 구조물의 더 높은 부분이 모습을 드러낸다. 구름이 더 떨어져나감에 따라 그의 눈에 보이는 탑이 높아지는 속도도 빨라진다.

"뭐야, 이거 얼마나 높은 거야?"

약간의 현기증이 찾아온다. 탑이 그가 상상할 수 있는 것 이상으로 높아 그는 놀란다. 구름이 다 사라졌는데도 여전히 꼭대기가 보이지 않아 약간 혼란스럽기도 하지만, 그는 이곳의 신이라 불리는 그 작자를 찾아서 따져 물으면 된다는 생각으로 마음을 다스린다. 신이 나타나면 가장 먼저 자신의 혹사당한 발과 다리에 대한 책임을 물을 생각이었지만 이젠 그의 관심이 온통 앞에 놓인 저 구조물로 향한 것이다.

잠깐... 그런데 이렇게 걷는다고 그 달팽이가 나타난단 보장이 있나?

이렇게 생각하니 그는 망설여진다. 하지만 이미 반복운동에 완벽히 익숙해진 그의 다리는 여전히 하던 일을 계속 한다.

만약 지금 내가 걷는 것이 그저 날 괴롭히기 위한 함정이라면? 돌

아가야 하는 것 아닌가? 차라리 그냥 숙소 안에서 쉬고 있으면 누구든 찾아와서 뭐든지 간에 할지 모르지만, 이렇게 아무것도 없는 벌판만 걷는다고 뭔 일이 일어나나?

그는 마음만 조급해진다. 겉으로 보이는 행동에는 아무런 변화도 없다. 행동의 변화를 주기엔 그의 몸이 너무 피곤한 것이다.

역시 돌아가야 하는 것 아닌가?

그때 계속 전방을 향해 있던 그의 눈이 무언가를 눈치챈다.

"어? 이거... 건물인가?"

멀리서는 송신탑의 흐릿한 모습으로 보였던 것이, 그가 더 가까워지자 외벽 전체가 유리창으로 덮여있는 시퍼런 기둥으로 보인다. 건물의 일부분은 태양 광선을 반사해 번쩍거린다. 셀 수 없을 정도로 많은 유리창이 그가 예전에 두바이에서 보았던 초고층 건물을 연상시킨다. 한 가지 차이점이 있다면, 그때의 그 건물과 달리 이 건물은 층이 올라가면서 너비가 줄어들거나 하진 않는다는 것이다. 바닥 부분에서도 저 위 하늘 끝에서도, 건물은 일정한 모양을 유지하고 있다.

"그럼, 이 건물은 도대체 높이가..."

그는 마침내야 멈춰 서서 고개를 최대한 위로 젖힌다. 눈이 어지러워 시야의 초점이 흐려진다. 그가 도저히 높이를 가늠할 수 없는 커다란 건축물 앞에서 그는 아찔함만을 느낀다.

그는 도저히 더 못 올려다보겠는지 일자로 펴진 고개를 그만 숙인다. 그러고는 깜짝 놀란다.

그의 눈앞에 새로운 건물 하나가 어느새 생겨나 있었다.

순백의 암석을 깎아 만든, 신전의 모습을 연상케 하는 건물이다. 이 건물이 지금 그의 눈에 보이는 앞모습의 이면에서 얼마만큼 뻗어나갈 지는 모르겠지만, 앞모습만 보았을 때 상당한 높이를 자랑하고 있는 걸로 보아 꽤 큰 건물일 거라고 그는 추측한다.

어쨌든 이 건물이 갑자기 자신의 앞에 나타난 것이 우연은 아닐 거라고 생각하며, 그는 건물로 들어선다.

키 큰 신사가 강연대에 등을 기대고 자신이 눈앞의 칠판에 커다랗게 새긴 기호를 바라보고 있다. 몸 하나 움직이지 않고도 그는 이 강의실에 점점 근접해오는 한 존재를 느낀다.

"오고 있군."

갑자기 천장의 일부가 열리더니 일 나누기 수 초의 비명과 함께 소년이 바닥에 떨어진다. 한동안 신음과 함께 팔을 휘젓더니, 겨우 정신을 차리고 바닥을 짚으며 일어난다. 그리고 항의한다.

"도대체 이 건물은 어떻게 된 거예요? 왜 문을 열 때마다 물리적으로 불가능한 일들이 자꾸 일어나는 거죠?"

"앉기나 해." 신사가 턱을 내밀자 소년은 공중으로 떠올라 빙그르르 돌더니, 의자에 앉혀진 채로 바닥에 내려온다.

소년은 자신이 앉은 의자를 자꾸 만지작거린다. 이상하게 의자에 앉은 온몸이 편하다.

신사가 이리 오라는 손짓을 하자 의자가 앞으로 날아와 연단 바로 앞, 칠판이 훤히 보이는 곳에 착지한다.

"솔직히 말해 봐." 그가 소년에게 가까이 다가서며 입을 연다. "누나 때문에 이곳에 왔다고는 했지만, 실제로는 너도 이 무한대의 세계를 한번 경험해 보고 싶었던 거지?"

소년의 얼굴에 냉소가 흐른다.

"누나 찾으러 왔다고 몇 번을 말해야 믿어주시겠어요?"

"앞으로 한 번."

"어..." 소년은 신사의 꿍꿍이가 뭔지 몰라 머뭇거리면서도, 곧이어 확고한 눈빛으로 선언한다. "전 여기에 누나를 찾기 위해 온 게 맞고요, 누나만 찾으면 이 세계가 어떻게 되든 상관없어요."

"그것 참 잘 됐네. 네 누나를 찾았거든."

"네?"

소년의 놀란 얼굴에 신사는 헛웃음을 짓는다.

"뭐야? 그 눈빛은? 난 신이야. 그런 내가 영혼 하나 찾는 것도 못 할 거라고 생각한 거야? 엄연히 저승의 한 구역을 관장하고 있는 관리자로서, 이곳저곳 다른 구역의 관리자들에게 전화를 넣었지. 금방 찾아지더라고. 네 누나는 여기 못 왔어. 이곳은 너도 알다시피, 말하자면 샛길 같은 곳이잖아. 큰길을 따라 흐르는 저승의 본류를 거슬러, 숨겨진 통로를 찾아야지만 이곳에 올 수 있다는 거지. 네 누나는 여기로 오는 통로를 놓친 거야. 그대로 본류에 휩쓸려, 심판장까지 이동해 와 지금은 몇 달씩이나 걸리는 기다란 줄의 꽁무니에 서 있다고 하는군.

네 얘기를 해 줬어. 널 기다리겠다는군. 그쪽으로 가는 연결 통로를 열어줄게."

신사가 손을 앞으로 휘젓자 소년의 뒤에 하나의 포털이 생긴다. 포털의 너머는 보이지 않는다. 다만 가장자리부터 중심으로 회오리치는 무늬가 뭔가 당장이라도 빨려 들어갈 것만 같은 느낌을 소년에게 준다.

"심판장에 바로 닿는 직항 포털이야. 이걸 타면 네 누나 옆에 바로 떨어질 수 있어. 그리고 너는... 그대로 누나와 함께 줄을 서서 심판을 받아야겠지. 심판장에 도달한 이상 당연한 거겠지만."

소년은 자리에서 일어나지만, 아직 납득이 잘 되지 않는 모양이다.

"그러니까... 그냥 이렇게 가면 되는 거라고요? 이 포털로 들어가면 그냥 이곳을 떠나게 되는 거예요?"

"뭐, 가고 싶으면 가는 거고, 여기에 남고 싶으면 남는 거고. 네 마음이지. 근데 여기는 네 누나 찾으러 왔다며?"

신사는 능글맞은 미소를 지어 보인다. 소년은 어찌할 줄을 몰라 고개를 두리번거리며 머뭇거린다.

"포털로 들어갔다가 누나와 함께 이곳으로 돌아올 수는 없나요?"

신사는 고개를 가로젓는다.

"그런 편법을 쓰면 누구라도 이곳에 올 수 있었겠지. 특례는 없어. 그게 규칙이야."

신사의 단호함에 소년은 그저 물끄러미 포털을 돌아볼 뿐이다. 망설임의 표정이 그의 얼굴에 스쳐 있다.

"어서 누나에게로 가보지 그래? 지금 이 순간에도, 네 누나는 속을 태우며 기다리고 있을 거야."

신사에게서 풍기는 압박감과, 눈앞에 떠오르는 듯한 누나의 이미지에 등을 떠밀린 소년은 일단 포털 바로 앞까지는 발을 옮긴다. 그러나 마지막 한걸음에서 그는 자꾸 멈춰 서서 뒤쪽의 신사를 돌아보기만 하고 있다. 무엇이 맞는 것인지 알려달라는 표정으로.

"어서 가보라니까? 네가 누나를 기다리게 만드는 1분 1초가, 누나에게는 속이 그만큼 더 타들어가는 고통이라고. 아, 내 동생을 만나기 위해 앞으로 얼마 동안을 기다려야 할까, 이런 생각이 꼬리에 꼬리를 물고 이어져 아마 지금쯤 미칠 지경일 걸?"

신사는 이제 성대모사까지 섞어가면서 대놓고 소년에게 쐐기를 박는 듯 말한다. 조롱받았다고 느낀 소년은 포털에 몸을 밀어 넣으려 하는데, 바로 그 찰나에 뒤쪽에서 신사가 또다시 입을 연다.

"하지만 이리 말한다면 어떨까?"

발걸음이 멈춘다.

"아직 네 누나는 널 1초도 기다리지 않았다면?"

소년의 고개가 뒤로 돌아간다.

"무슨 말이에요?"

"여기는 여기만의 표준시간이란 게 있단 말이지." 신사는 강단에서 내려와 그에게로 다가오며 말한다. "저승의 각 구역들은 모두 자기만의 물리 법칙으로 돌아가기에, 구역마다 시간의 흐름에 차이가 날 수밖에 없어. 그래서 각 구역마다 그 세계만의 표준시간을 정해 항상 다른 구역과 실시간 통신을 하며 시간을 비교하지. 여기 표준시간은 심판장의 것하고는 달라. 단순히 몇 시냐가 다른 게 아니라 시간의 속도가 다르다고. 현 시각을 기준으로 보면, 지금 거기서의 1초는..."

신사는 어디서 꺼냈는지 손목시계를 손에 들어 바라본다.

"여기선 약 1년에 해당하는 기간이네."

소년은 자신이 방금 들은 말을 머릿속으로 정리한다.

"그러니까..."

"그러니까 지금 가나 여기서 1년 놀다 가나 별 차이 없다는 것이지. 네 누나한테는 그게 그거라고. 물론 사별한 혈육을 지금 당장이라도 빨리 보고 싶어서 미칠 지경인 게 누나 쪽이 아니라 네 쪽이라면 얘기는 달라지겠지만 말이야. 네가 그런 거라면 지금 들어가야지. 자, 어떻게 할래?"

소년은 긴 한숨을 내쉬고는, 고개를 앞으로 돌린다. 눈 바로 앞에 놓인 포털을 잠시 동안 멍하니 바라보고만 있다.

"지금 들어갈래? 뭐, 그래도 되고."

"아니요. 안 들어가요."

소년은 갑자기 확고해진 표정으로 뒤돌아 선언한다. 그리고 그대로 신사 쪽으로 성큼성큼 다가온다.

신사의 얼굴에 회심의 미소가 깊게 파인다.

"거봐. 이제 너도 인정하지? 너 역시 이 세계를 경험해 보고 싶었던 거잖아. 누나보다는 여기가 먼저란 거지."

"아니요. 누나가 여기 있으니까 제가 여기 남는 거예요. 당신은 거짓말을 하고 있어요. 저 포털은 저를 이 세계에서 몰아내기 위한 수단이겠죠."

소년의 입꼬리가 올라가며 당돌한 웃음이 떠오른다.

"포털 너머에 누나는 없어요. 그렇죠?"

신사는 웃는 얼굴에서 표정의 변화 없이 미묘한 코웃음을 몇 번 친다.

"어째서 그리 생각하는 건지 모르겠네."

"방금 그러셨잖아요. 너 '역시' 이 세계를 경험해 보고 싶었던 거라고. 저 말고도 다른 사람이 있다는 얘기죠. 그게 누구인지는 우리 둘 다 알고 있잖아요. 안 그래요?"

신사는 표정의 변화를 최소화한 채 그저 시선을 먼 곳으로 돌릴 뿐이다. 대답은 하지 않는다.

그런 신사를 보며 소년은 여전히 미소를 띤 채로 말한다.

"계속 꿀 먹은 벙어리로 있을 거예요? 그럼 우리는 교착 상태에 빠질 걸요. 당신은 이곳의 절대자니까, 마음만 먹으면 굳이 저를 속이지 않더라도 이곳에서 쫓아낼 수 있었죠. 근데 그렇게 하지 않았단 건, 저를 쫓아내는 게 목적이 아닌 거죠? 제가 관객이 되길 바랐던 거예요. 누나에게 들었어요. 이곳의 절대자는 항상 관객을 필요로 한다고. 자신의 신적인 능력을 뽐내서 감탄시킬 유한한 존재를 계속 찾아다닌다고, 그게 절대자의 유일한 약점이라고."

소년은 신사를 지그시 올려다본다.

"당신은 제가 실은 이 세계를 경험하고 싶어서 왔다고 인정하길 바라고 있어요. 그래야 마음껏 절 가르치려 들 테니까요. 저는 당신이 누나가 이곳에 있다고 인정하길 원하죠. 우리 둘 다 한 발씩만 양보해볼까요? 제가 이 세계를 경험하고 싶다 치고 당신이 원하는 걸 보여주는 거예요. 그리고 다 끝난 뒤에는 저를 누나에게 데려다주는 거죠. 어때요?"

"오..." 신사의 눈동자가 동그랗게 뜨인다. "신에게 거래를 제안하는 건가?"

"그게 아니면, 우리 둘 다 이 공간에서 누구 한 명이 포기할 때까지 눈치 싸움 하는 수 외에는 없으니까요."

"난 시간 많은데."

"그렇지만 여기 오는 유한한 존재의 수는 적죠."

신사는 입을 비죽 내밀고, 자신감 있게 쏘아붙인 소년은 아까 앉았던 의자로 돌아간다. 신사는 손가락을 튕겨 의자를 없애 앉으려는 소년을 바닥에 떨어뜨린다.

"네 자리는 여기야, 한닿음 군." 소년이 당황해 뭐라 하기도 전에 그는 소년을 공중에서 빙그르르 돌게 한 다음 책상이 딸린 의자에 앉히고는, 열어두었던 포털을 닫는다.

"거래 성립이야."

그는 소년의 책상 앞을 지나 강연대에 털썩 걸터앉는다. 의기양양한 얼굴로 소년이 재차 확인한다.

"누나가 이곳에 있다는 건 인정하시는 거네요?"

"없지만 뭐 상관없지. 내가 충분히 내 지식을 전수했다고 생각이 들면 모든 능력을 총동원해서 네 누나를 찾아낼 테니까. 그러니까 뭐,

아까 네 말처럼 있다고 '치'던지. 어쨌든 난 보여줄 게 많아. 괜히 너한테 숙소를 잡아준 게 아니지. 그러니 한시라도 빨리 시작하자고."

소년은 익살스럽게 실망한 표정을 짓는다.

"끝까지 발뺌하시는 거예요? 그래도 이곳의 절대자시니 좀 더 솔직하실 줄 알았는데요."

"조용히 하고 칠판이나 봐." 약간 짜증이 난 듯한 신사는 주의를 환기시킨다.

"저게 현재 너와 네 누나 사이의 거리니까."

마침내, 길고 긴 길을 돌아 칠판 위 기호에 모두의 시선이 집중된다. 신사가 새겨놓았던 기호... 그것은 혼돈 속에서 소년을 이끌었던 유일한 이정표이기도 했다.

∞

소년은 저 기호의 의미를 잘 알고 있다. 적어도 그게 소년의 생각이다. 신사가 말한다.

"정의."

"네?"

소년은 잘 못 들은 듯 반문한다. 신사는 살덩이를 붙여 다시 말한다.

"저 기호를 정의해 봐."

갑작스런 주문에 소년은 약간 당황한다.

"정의요?"

"그래, 정의 말이야 정의. 저 기호가 뭔지 규정을 해야 우리가 저것에 대해서 이야기를 할 수 있겠지? 이 세계의 모든 것은 저 기호에 대한 정의에서부터 나와. 그러니까, 정의해 보라고."

"음..."

소년은 생각하는 사람의 자세를 취한다.

"정의... 정의라..."

이윽고 한 가지 답을 내놓긴 한다.

"무한히 큰 것? 그래, 무한히 큰 것을 나타내는 기호라 할 수 있죠."

신사는 쌀쌀맞게 쏘아붙인다.

"그러니까, 무한히 크다는 게 뭔데? 우린 지금 무한대를 정의하는 거야. 무한대를 정의하는데 '무한'이라는 말은 쓰지 말아야겠지? 결국 네 대답이 가치가 있으려면, '무한히 큰 것'에 대한 개념을 정의해야겠네. 그게 결국은 무한대와 같은 말이기도 하고 말이야."

청산유수인 소년이었지만 이번만큼은 별 말을 하지 못한다. 그저 입을 굳게 닫고 칠판만 바라보고 있다.

"한 번 더 기회를 줄게. 자, 무한대를 정의해 봐. 무한히 크다는 게 뭔지를 정의할 수만 있으면 되는 거야. 쉽게 생각하라고. 가장 간단히 정의할 수 있으면 그게 바로 답이야. 말 그대로 정의하면 돼."

소년의 얼굴은 또 곰곰이 굳어있다.

"자, '무한대'가 뭐야?"

계속되는 압박에 고민하던 소년의 입에선 책에서 외운 내용이 튀어나온다.

"변수 x가 아무리 큰 양수보다도 더 큰——"

"그런 폼 잡는 용어 필요 없어! 쉽게 생각하라니까? 그냥 말 그대로 정의하면 된다고!"

신사는 답답해졌는지 그냥 자신이 얘기하기 시작한다.

"그냥 말 그대로야. '무한대', 그 언어적 의미를 그대로 읊어. '무한'이란 게 뭐야? 한계가 없다, 제약이 없다, 뭐 그런 말이잖아? 쉽게 말하면 끝이 없다는 얘기지. 끝이 없는 것, 그냥 그거야. 그럼 결국 '무한대'는 뭐다?"

신사는 이젠 대답할 수 있겠지 하는 의미로 손을 힘차게 꺼내들어 소년의 앞에 내민다.

머뭇거리던 소년은 조심스레 입을 연다.

"끝없이... 큰 것?"

"그거지! 그래!" 신사는 과격한 리액션과 함께 이제야 알겠냐는 표정을 지으며 말을 이어나간다.

"그게 무한대야! 끝없이 큰 것. 무한히 크다? 끝이 없이 크다는 얘기지. 무한히 많다? 끝이 없이 많다는 얘기야. 무한히 길다? 끝이 없이 길다는 얘기고. 어떤 물체가 무한히 길다고 해 봐. 그럼 그것은 너무나도 길어서 물체의 끝이란 게 존재하지 않는 거지. 어떤 기간이 무한히 길다고 해 봐. 그럼 그 기간은 너무나도 길어서 절대 끝나지 않는 거야. 끝이란 것 자체가 존재하지 않으니까!"

신사는 오른팔을 확 펼쳐내어 보인다. 쫙 펴진 손바닥이 향한 벽에서 마법이 일어나 한쪽 벽 전체가 사라지고 오로라 빛의 하늘 아래 끝없는 풀밭이 나타난다.

그는 소년이 앉아있는 책걸상을 공중으로 띄우고는 자신도 공중에 떠서 함께 풀밭으로 나아간다.

풀밭에 이르자 허공에 커다란 두루마리를 하나 띄운다. 족자처럼 생긴 길쭉한 두루마리는 공중에서 몇 번 돌다가 천천히 내려와 소년의 책상에 사뿐히 내려앉는다. 소년이 손을 조금만 올려도 닿을 거리에 두루마리는 세로로 누워 있다.

이게 뭐냐는 표정으로 소년이 올려다보자 신사가 대답한다.

"무한대의 두루마리야. 끝이 없다는 게 정확히 어떤 의미인지를 보여주려고 준비했지. 안에는 딱 한 개의 숫자가 들어있어. 딱 한 개. 다만 자릿수가 꽤 되어서, 뭐, 꽤나 '기다랄' 거야. 한번 확인해 보라고."

소년이 손으로 두루마리를 밀쳐나가자 왼쪽부터 숫자의 모습이 조금씩 드러나기 시작한다. 두루마리의 펼쳐진 부분이 늘어감에 따라 윤곽을 보이는 그 숫자는 오로지 하나의 문양만을 계속해서 보이고 있다. 똑같이 생긴 기호의 무한한 반복이다.

9999999999999999999...

말린 종이가 책상의 가장자리를 넘어 바닥까지 떨어지지만 펼쳐진 종이에는 여전히 '9'라는 글자밖에 보이지 않는다. 책상 맞은편에서 잠자코 지켜보던 신사가 왼팔을 들어 올리자 두루마리는 책상 모서리부터 바닥까지 굽어내려가 있는 부분만 휙 올라와 책상 위의 부분과 수

평을 이룬다. 신사는 이윽고 소년의 몸을 띄워, 옆으로 이동해 허공에 기다랗게 펼쳐진 두루마리를 더 잘 볼 수 있게 한다. 그가 말한다.

"펼치고 펼쳐도 '9'만 나오는 두루마리야. 이게 얼마나 큰 숫자인지 감이 안 오지? 이 두루마리에 적힌 수만큼 밤을 보낸다고 생각해 봐. 9일도 아니고, 99일도 아니고, 50일도 아니고, 999일도 아니고, 그냥 999999⋯⋯. 네가 깜빡 잠들었는데 시간이 그만큼 지나면 네 침대엔 네 몸만큼 함몰된 자국이 남고 벽에 걸어놓았던 그림은 낮밤이 뒤바뀌어 있겠다."

그 말 직후 그는 소년에게 윙크 섞인 웃음을 짓는다.

"농담이야. 사실 그 정도로 안 끝나지."

그는 종이가 말려있는 두루마리의 끝부분에 손을 올려놓는다.

"왜냐하면 이건..."

뭔가 큰일이라도 하는 것처럼 숨을 한번 깊게 들이쉬며, 그는 기합 넣듯 외친다.

"이건 무한대거든!"

순간 소년은 뭔가 엄청난 것이 폭발하는 듯한 기운을 받고는 그대로 머리카락이 쭈뼛 서며 정신이 혼미해진다. 어마어마한 굉음을 들은 것처럼 귀마저 먹먹하다.

잠시 눈이 풀려 있었던 소년이 정신을 차리고 주위를 둘러봤을 때에 그는 신사가 무얼 한 건지 단숨에 직감한다.

두루마리의 끝을 무한히 멀리 보낸 것이다!

종이가 말려있는 끝부분은 더 이상 소년의 눈에 보이지 않는다. 그저 펼쳐진 종이만이 옆으로 쭉 뻗어 있을 뿐이다. 무한히. 즉, 끝이 없이.

신사가 말한다.

"펼치고 펼쳐도 계속 종이가 나오는 두루마리. 이런 두루마리를 완전히 펼친다는 것은 불가능하지. 완전히 펼친다는 것은 끝까지 펼친다는 것인데, 여긴 '끝'이 없으니까. 그렇지만 내가 가진 신의 권능으로 한번 불가능한 일을 해내 보자고. 일단 끝까지 다 펼쳤다고 해 보는 거야. 펼칠 때마다 계속 종이가 나와 분명 끝이 없이 펼쳐져야 할 두루마리를, 만약 끝까지 다 펼쳐보았다고 한다면, 펼쳐진 종이의 양은 얼마큼 많을까? 펼쳐진 종이의 길이는 얼마가 될까?"

신사는 소년과 눈을 마주친다.

"답은 이미 알고 있지? 펼쳐진 종이의 길이는 무한대여야만 해. 만약 무한대가 아니라면? 유한대라면? 그럼 펼쳐진 두루마리의 끝은 존재한다는 얘기잖아. 종이가 계속 나오는 게 아니고 펼치다 보면 어느 순간 끝이 나니까 펼쳐진 종이의 길이가 유한대라는 얘기잖아. 그럼 무한대의 두루마리가 아니지. 지금 여기 있는 건 계속 펼쳐지는 두루마린데 말이야."

뭔가 찜찜한 거라도 있는지 말없이 눈을 굴리는 소년을 보며 그가 말을 이어간다.

"알아. 뭔가 이상하지? 분명 끝없이 펼쳐지는 두루마리라 했는데 말이야. 끝없이 펼쳐지는 두루마리를, 끝까지 펼친다니. 어떻게 끝이 없는 두루마리를 끝까지 다 펼친다는 가정을 할 수가 있는 거지? 애초에 말이 안 되잖아? 그렇지?"

소년은 자신의 몸이 조금씩 왼쪽으로 되돌아가고 있다는 것을 느낀다. 신사를 바라보니 그 또한 자신과 함께 움직이고 있다. 그가 말을 잇는다.

"하지만 과연 그럴까? 아까 우리는 무한히 긴 물체를 가정해 보았지? 무한히 긴 물체, 시작부터 끝까지의 길이가 무한대인 물체지. 근데 무한히 긴 물체는 끝이 없이 긴 물체라고 했잖아? 그러면 그게 무슨 말일까? 물체의 시작부터 물체의 끝부분, 그 끄트머리까지의 길이가 무한대라는 것이, 물체의 끝부분이 존재하지 않는다는 것과 같은 의미란 거야. 반대로 얘기하면, 끝부분이 존재하지 않는다는 것은 끝부분이 무한히 떨어진 거리에 존재한다는 의미와 같다는 거라고.

자, 두루마리 얘기로 돌아와 보지. 끝이 없는 두루마리를 끝까지 펼쳤다고 하면 뭔가 모순되는 것 같지? 뭔가 두루마리를 끝까지 펼치는 것 자체가 두루마리에 끝이 있다고 얘기하는 것 같잖아. 끝이 있으니까 끝까지 펼쳤겠지. 근데 그 끝이, 어디 있어? 무한대만큼 떨어진 곳에 있잖아. 그럼 결국 이게 모순이 되는 거야? 안 되잖아! 무한대만큼 떨어진 끝을 향해 두루마리를 펼쳤다는 얘기는, 유한대가 아니고 '무한대'만큼 떨어진 끝을 향해 두루마리를 펼쳤다는 얘기는, 두루마리에 끝이 있다는 얘기가 안 되니까! 반대로 두루마리에 끝이 없다는 얘기가 되니까!"

"어..." 아직 어리둥절하고 반신반의한 소년의 어깨를 툭 치며 신사는 너무 괘념치 말라고 한다.

"지금은 뭐가 뭔지 잘 모를 수도 있겠지. 하지만 여기 계속 있다 보면 결국 다 이해하게 될 거야. 너무 어렵다고 생각되면 최대한 간추려서 이렇게만 기억하면 돼: '무한히 길다는 것은 끝이 없이 길다는 것이다.' 그리고... '끝이 없이 길다는 것은 무한히 길다는 것이다.' 이렇게 놓고 보면 엄청나게 당연한 얘기들이지?"

어느새 소년과 신사는 두루마리의 시작점으로 돌아와 있다. 두루마리가 놓여 있는 책걸상을 가리키며 신사는 소년에게 앉으라고 권한다.

"한 문장만 더 추가해 줄래? '무한대는 끝이 존재하지 않는 것이면서도, 그와 동시에 존재하지 않는 끝을 존재하는 것으로 뒤바꿀 유일한 수단이기도 하다.'

네 주위에 보이는 것들, 너한테서 유한한 거리만큼 떨어져 있는 것들, 그런 것들은 실제로 존재하는 것들이지. 유한한 거리에 존재하니까. 말하자면 유한이라는 반경 안에 들어 있는 거야. '존재'의 영역 안에 들어와 있다고 할 수 있지. 그렇다면 무한히 떨어져 있는 것들은? 어떤 것이 너한테서 무한히 떨어져 존재하게 되면, 그건 이미 '존재'의 영역을 넘어간 거지? 존재하는 것들의 영역을 넘어서 무한히 먼 곳이라는, 존재하지도 않는 곳에 가 있게 되는 거야. 말하자면 '비(非)존재'의 영역에 있는 거지."

그는 손가락으로 두루마리를 내려짚는다.

"이 두루마리의 시작은 '존재'의 영역에 있지만, 끝은 '비존재'의 영역에 있어. 두 영역 사이에는 무한히 커다란 장벽이 있어 한쪽에서 다른 쪽에게 절대 영향을 미칠 수 없지. 서로 완전히 차단된 두 세계라고. 그런데 그걸, 또 무한대가 뒤집는단 말이야. 애초에 무한대로 인해 '존재'와 '비존재'의 세계가 나뉘었는데, 그 둘을 뒤집는 것도 또 무한대라고. 무한대를 쓰면, '존재'와 '비존재'를 뒤바꿀 수가 있어. 지금 이 두루마리에서 존재하는 것은 시작이고 끝이 아니지? 그걸 한번 뒤집어 보자고. 어서 의자에 앉아. 네가 경험한 것 중 가장 '먼' 여행을 너에게 선사해 줄게. 한번 이 두루마리의 끝까지 가 보는 거야."

소년은 의자에 앉으면서도 약간 멍한 상태다. 아무래도 곧 펼쳐질 일이 실감나지 않는 모양이다.

"그럼 이제 드디어..."

"드디어 우리 스스로 유한대를 넘어서는 거지! 무한히 먼 곳, 존재하지 않는 그 곳에 가는 거야. 무한히 빨리 움직여서 말이지!"

신사는 소년이 앉은 책걸상을 뒤로 밀친다. 책상이 뒤로 빠져 두루마리를 받치는 것은 아무것도 없어졌지만 두루마린 여전히 공중에 떠 있다. 뒤로 밀친 책걸상을 그는 손으로 붙잡고, 앉아있는 소년과 함께 좀 더 위로 올라간다.

"이론 설명을 하자면 이런 거야." 올라가며 그가 말한다. 곧이어 높은 곳에서 보는 전경이 펼쳐지고, 그는 그만 멈춰 한 장의 파노라마를 위해 소년의 책걸상을 한 바퀴 빙 돌린다. "두루마리의 시작은 존재하지만 끝은 존재하지 않지. 우리가 아무리 두루마리를 따라 걷거나 해도 끝은 나오지 않아. '비존재'의 영역에 있기 때문이지. 하지만 생각해 봐. 끝이 '비존재'의 영역에 있는 것은 단순히 그게 우리한테서 무한히 떨어져 있기 때문이잖아? 만약 유한히 떨어져 있다면? 끝은 존재하는 게 되는 거지. 그럼 끝을 유한히 떨어져 있는 것으로 만들면 되잖아?

끝이 우리한테서 유한히 떨어져 있는 것이게끔 만들려면, 어떻게 해야 해? 끝과의 거리를 무한대에서 유한대로 바꾸면 끝이지? 그걸 바꾸려면 어떻게 해야 되고? 무한대를 써! 무한히 긴 두루마리의 끝이라면, 우리 스스로가 무한히 긴 거리를 이동해서, 두루마리의 무한히 긴 길이를 우리의 무한한 이동 거리로 채우면 되잖아! 무한히 멀리 있으면 무한히 멀리 가면 된다는 거지! 바로 이렇게!"

순간 소년 주위의 모든 것이 사라진 듯이 형체를 잃고, 단색의 하늘과 초록빛 바닥, 그리고 쓰여 있는 숫자가 더 이상 보이지 않는 한 줄의 띠만이 존재한다.

아찔한 도약. 더 이상의 감각은 소년에게 들어오지 않는다.

별안간 누가 이동을 멈춘 듯 주위의 모든 것이 형체를 되찾는다. 책상과 신사의 모습, 하늘의 오로라 무늬, 그리고 두루마리에 적힌 숫자가 다시 보이기 시작한다. 유일한 차이점이라면, 이번의 두루마리는 일방적인 방향이 아닌 양쪽 모두에게로 끝없이 뻗어 있다는 점이다.

소년이 신사를 쳐다보자 그는 머리를 긁적인다.

"아, 실수. 아직 다 안 왔는데 멈춰버렸네."

다시 아찔한 도약. 이번엔 제대로 도착한다.

그러자...

"짜잔!"

그냥 끝이다. 두루마리의 시작과 별 차이가 없다. 숫자도 그냥 '9'로만 계속 이어져오다가, 끝에 가서는 그저 마지막 '9'가 있을 뿐이다. 유한대를 뛰어넘어, 존재의 영역을 뛰어넘어 비존재의 영역에 들어가 존재하지 않는 것을 존재시켜 놓았더니 이게 다다. 별 감흥을 얻지 못해 실망한 기색이 역력해지는 소년이다.

"내 이런 반응일 줄 알았어. 여긴 분명 환상 속의 장소여야 할 텐데 말이야. 너무 별 거 없을 줄 알고 내가 미리 이런 걸 준비해 놓았지."

신사가 손가락을 튕기자 풀밭에 감춰져 있던 폭죽들이 터지면서 종이쪼가리들이 흩날리고 팡파르가 아주 짧게 울려 퍼진다.

"그러니까 무한히 먼 거리를 이동해 무한한 두루마리의 존재하지 않는 끝에 도달했더니 축하 폭죽이 있었다 이 말이야."

그는 재미있으라고 한 말일지 모르겠지만, 소년은 전혀 웃지 않는다. 그가 말한다.

"야, 얼굴 펴. 존재하지 않는 끝을 존재하게 만들어 눈앞에서 보면 뭐 기적의 아름다움이라도 느낄 줄 알았어? 뭐 이 세상의 모든 질문들에 대한 답이라도 있을 줄 알았냐? 끝은 그냥 끝이야. 존재하지 않는 것이라고 해서 더 특별해야 할 이유는 없다고. 게다가 지금은, 오히려 이쪽이 '존재하는 세계'야. 무슨 말인지 알겠어? '존재'와 '비존재'가 뒤바뀌었다고 했잖아. 이젠 두루마리의 끝이 존재의 영역에 있는 거라고."

"그럼 시작은요? 시작은 존재의 영역에 없다는 건가요?" 소년이 한참 만에 입을 연다.

"그러게 말이야. 그걸 확인하기 위해선 두루마리의 시작이 존재하는지 안 하는지를 보면 되겠지? 자, 두루마리의 시작. 어디 있어? 두루마리의 시작이란 게 어디에 존재한다고 말할 수 있지?"

신사는 몸까지 회전시키면서 주위를 한 바퀴 빙 돌아보고는 말한다.

"존재 안 하네? 아, 물론 존재한다고 말할 수도 있겠지. 이 두루마리의 방향으로 무한히 먼 곳에 말이야. 근데 결국 그게 존재 안 한다는 말이잖아. 단순히 '사실상 존재하지 않음' 이런 얘기를 하는 게 아니지? 진짜 '말 그대로' 존재하지 않잖아. 실제로는 존재하는데 너무 멀리 있어서 존재하지 않는 것과 마찬가지다, 도달할 수 없는 곳에 있기에 존재하지 않는다고 해도 된다, 이런 얘기가 아니라고! 너희 유한한 존재들은 유한한 거리에 있는 것도 너희들 기준에 너무 멀리 있는 것 같으면 그냥 존재하지 않는다고 하는 것 같더라? 그건 존재하는 거야! 떨어진 거리도 고작 유한대잖아! 그건 존재하는 거고, 이건 존재하지 않는 거고. 둘은 다른 거야! '실질적으로 존재하지 않는 것과 마찬가지'인 게 아니라, 진짜로 존재하지 않는 거라고! 왜? 무한대의 정의가 그러하니까!"

신사는 어느새 목에 힘 팍 주며 열변을 토하고 있다. 소년은 엄청난 혼란에 빠진다.

"그렇지만... 두루마리의 시작은 분명 존재하잖아요?! 우리가 방금 똑똑히 보고 왔는데... 어떻게 분명 존재하는 것이, 존재하지 않는다는 결론이 성립할 수가 있는 거죠?"

신사는 손가락을 튕기며 하 하고 회심의 미소를 짓는다.

"이제 우리가 무슨 짓을 한 건지 알겠어? 우린 그러니까 마법을 부린 거야. 무한히 먼 거리를 이동하는 것 자체가, 너희 유한한 존재들의 세계에서는 가능할 수가 없는 마법이라고. 분명히 존재하던 것을 존재하지 않는 것으로 만들어 버리고, 분명히 존재하지 않던 것을 존재하게끔 바꾸어 버리는 마법의 단어. 그게 무한대야. 무한히 먼 거리를 이동하는 것이 유한히 먼 거리를 이동하는 것의 연장선상에 있다고 생각하지 않았으면 좋겠어. 그 둘은 차원이 다른 거거든. 유한히 먼 거리를 이동하는 것은 존재하는 공간 안에서의 이동일 뿐이고, 무한히 먼 거리를 이동하는 것은 존재와 비존재를 완전히 뒤바꾸어 버리는 거라고."

신사는 두루마리에 주저앉아 적혀 있는 숫자에 뭔가를 끄적이기 시작한다. 그가 말을 잇는다.

"존재하는 것들이 있는 영역이니까 존재의 영역인 거야. 유한한 존재인 너의 관점에서는, 너의 위치가 어디로 바뀌든 간에 존재하는 것은 계속 존재하는 것이지? 네가 이동한다고 해서 존재의 영역이 바뀔 일은 없는 거야. 그리고 그건, 사실 맞는 말이야. 유한한 존재인 너에게 이동이라 함은 원래 '유한한 거리'의 이동을 말하는 것이거든. 유한한 존재이니 이동하는 것도 유한한 것이 당연한 것이고, 그게 말하자면 지켜져야 할 법칙과도 같은 것이지. 그런 너에게 무한히 긴 거리를 여행하는 건... 뭐랄까, 게임으로 치면 '버그'라고나 할까? 하여튼 원래는 없어야 할 일이야. 내가 너에게 무한대의 여행을 시켜줌으로써 그 법칙을 위반한 거지. 그리고 그 대가로 존재하는 것과 존재하지 않는 것이 뒤바뀌는 괴현상이 일어난 거고."

그는 주저앉았던 몸을 일으키고, 소년은 그제서야 그가 하고 있던 것이 무엇이었는지를 알아본다. 두루마리 행렬의 끝에 있는 마지막 '9'

에 낙서가 덧붙여지면서 '9'가 '8'이 되어 있었던 것이다.

"계속 '9'만 보느라 질렸지? 사실 딱히 '9'로만 두루마리를 채울 이유는 없었어. 그냥 무한대의 거대함을 조금이라도 더 강조하려고 십진법의 한 자릿수에서 쓸 수 있는 최대한 높은 숫자를 쓴 거지. 자, 이제 마지막 자리의 수는 '8'이 되었네. 말하자면 전체 수에서 1을 뺀 건데, 이게 뭐, 무슨 차이가 있을까?"

신사는 공중에서 걸어와 소년에게로 다가온다. 어떨 것 같으냐고 묻자 소년은 과연 차이가 있을지 모르겠다고 답한다.

"그렇지? 네가 봐도 아무 차이가 없을 것 같지? 우리가 여기다가 무슨 낙서를 휘갈겨 놓든 무슨 상관이겠어? 이 숫자의 시작점에서는, 이곳 자체가 존재하지 않을 터인데."

그는 소년의 책상에 툭 걸터앉아 말을 잇는다.

"아라비아 숫자의 특성상, 숫자의 값을 매기는 데 있어서 제일 중요한 것은 첫 자릿수이지. 끝의 자릿수로 갈수록 중요도는 점점 떨어져, 결국 마지막에는 제일 덜 중요한 자릿수만 남아. 그렇기 때문에 두루마리에 적힌 숫자의 값을 매길 땐 여기가 아니라 첫 자릿수의 위치에서 봐야 한다는 것이지. 첫 자릿수, 우리가 아까 거기에 있었을 때, 뭐가 있었지? 무한히 반복되는 '9'의 행렬이 있었지. 지금 내가 여기 있는 숫자를 바꾼 시점에서, 거기에 다시 가면 뭐가 있을까? 무한히 반복되는 '9'의 행렬이 있겠지. 우리가 여기서 우리 눈에 보이는 숫자들 전부 엉망진창으로 만들어 놓는다면, 최대한 바꿀 수 있는 만큼, 손에 잡히는 대로 최대한 아무렇게나 바꾸어 놓는다면, 그땐 거기에 뭐가 있을까? 무한히 반복되는 '9'의 행렬이 있겠지."

그는 말의 임팩트를 배가시키기 위해 잠시 숨을 고른다.

"무슨 얘기인지 알겠어? 이제야 무한대란 것이 어떻게 돌아가는지 좀 알 것 같지? 그러니까 여기서 네가 무슨 짓을 해도 전체 숫자에는 영향이 없다는 얘기야. 애초에 넌 여기 있으면 안 되는 것이었으니까. 애초에 여긴 존재하지 말았어야 할 공간이니까. 이곳이 존재하고, 네가 이곳에 존재하는 것 자체가 이미 '버그'니까. 모두 내가 유한대인 너에게 무한대의 여행을 시켜줘서 일어난 일이지."

그가 앉은 채로 손을 공기 중에 이리저리 휘두르자 책걸상이 그에 맞춰 서서히 움직인다. 손으로 허공에 뜬 책걸상을 움직이는 모습이 꼭 노를 젓는 뱃사공 같다. 그가 이어 말한다.

"하지만 또, 그런 '버그'를 의도적으로 일으키는 것도 재미있잖아? 유한대의 존재인 너에게는 허락되지 않는 일탈과도 같은 것이지. 그 일탈을 한번 즐겨보려고 날 찾아온 거 아닌가? 오직 나를 통해서만 그런 경험을 할 수 있으니까."

소년의 손엔 어느새 펜 하나가 쥐어져 있다. 손안의 갑작스런 존재에 당황한 소년은 펜과 신사 사이에서 시선을 왔다 갔다 한다.

"여기 두루마리에 다녀갔다는 징표라도 남기라고. 이제 돌아갈 거야. 돌아가면 넌 다시는 이곳에 오지 못할 테니까. 적어도 나의 도움 없이는 말이야."

신사는 소년이 앉은 상태에서 두루마리에 펜을 대게끔 그가 앉은 의자를 두루마리 바로 옆에다 댄다. 소년이 얼추 낙서를 끝마치자, 신사는 자신이 앉은 책상이 조종석이라도 되는 양 헬기 조종사 시늉을 낸다. 그러자 책걸상은 진짜로 위로 부상한다.

"다 됐지? 이제 발차할게." 신사는 장난삼아 입으로 칙칙폭폭 소리를 내고는 밑으로 손을 내려, 진짜로 뭔가 레버 같은 것을 잡아 올리는 시늉을 한다.

다시 또 아찔한 도약. 먼젓번과 크게 다르지 않은 광경이 펼쳐진다. 다만 이번에는 도중에 서는 일 없이 단번에 목적지까지 다다른다.

무사 귀환. 소년은 원래 그가 있어야 할 존재의 영역에 다시금 들게 된다.

"자, 버그가 원래대로 고쳐졌어. 이제 다시, 존재하는 것은 시작이고 끝이 아니야."

신사는 책상에서 하차하면서 말한다.

"당연히 네가 아까 남긴 낙서도 존재하지 않지."

소년은 그를 빤히 바라본다. 목소리가 약간 낭만에 젖어 있다.

"그렇지만, 우린 알잖아요. 저 너머 어딘가에, 분명히 두루마리의 끝이 존재한다는 것을."

그 말을 들은 신사는 잠시 소년을 멀뚱히 쳐다본다.

"그래. 무한히 먼 곳에 존재하지. 근데 그게 존재하지 않는다는 말의 동의어라고 얘기했을 텐데."

"하하. 그래요." 소년은 멋쩍은 웃음을 짓는다. "그렇지만 무한히 멀리 있는 것 뿐. 제가 유한한 존재라서 제 힘으로는 갈 수 없다 뿐이지, 거기에 끝이 있다는 걸 우리는 알잖아요. 지금은 존재하지 않지만 무한히 가다 보면 언젠가 존재하게 될 그곳에."

"너 아직도 무한대를 이해하지 못 했구나."

"예?"

뜻밖의 말에 소년은 어리둥절해 한다.

"네가 두루마리의 끝에 갈 수 없는 이유는..." 잠깐 시계를 보고 있던 신사는 시계 뚜껑을 덮는다. "네가 힘이 모자라고 그런 게 아니야. 끝이란 곳 자체가 존재하지 않으니까 갈 수 없는 거라니까? 처음부터 가고 말고 할 대상 자체가 없다고."

"네. 그렇지만 방금처럼 ──"

"마법을 부려 존재하지 않는 걸 존재하게 만들어 갈 순 있지. 그래. 결국 절대자인 나의 의도적인 '버그 생성'이 있을 때에만 가능한 얘기란 말이야."

"그렇죠. 그렇지만 그 마법이란 게 결국 무한히 간다는 거니까 저도 무한히 가다 보면 ──"

"어느 순간 무한히 먼 곳에 있게 될 것이다? 그래서 존재하지 않는 끝에도 갈 수 있게 된다?"

"아닌가요?"

당혹한 소년은 도무지 신사의 의중을 모르겠다는 투로 말한다. 소년은 오히려 '애초에 너한테는 어딘가로 무한히 간다는 것 자체가 불가능하다.' 식의 소리를 들으면 들었지, 지금 신사가 하는 말은 그에겐 속뜻을 알 수 없는 질문일 뿐이다. 신사는 그의 혼란스런 의문에 바로 답하는 대신 또 다른 질문을 던진다.

"무한히 가는 것, 무한히 먼 곳에 가는 것, 이 두 개가 과연 같은 것일까?"

소년이 생각하는 동안 그는 두루마리에 걸터앉아 시계 초침 넘어가는 소리를 낸다. 얼마 후 대답을 못 찾은 소년이 고개를 들어 그를 바라보자 그는 소년의 몸을 들어 올려 자신의 옆에 앉힌다.

"무언가가 꼭 달라야만 하는 건지 모르겠어요. 그냥 무한히 가면, 그게 무한히 먼 곳에 가는 것 아닌가요?"

"강의 시간 얼마 안 남긴 했는데, 끝내기 전에 이거 하나는 짚고 가도록 하지." 그는 일어서서 숫자를 발판 삼아, 두루마리가 뻗어 있는 방향으로 고개를 향한다. "한번 네가 저 방향으로 무한히 간다고 하자. 이 두루마리의 시작점에서 출발해서, 정말 말 그대로 끝없이 가 보는 거야. 대신에 가면서 숫자 하나하나씩 밟고 가고. 밟은 숫자들의 개수로 네가 얼마큼 멀리 왔는지를 확인하는 거지."

소년도 신사와 같은 방향을 바라본다.

"문제는 이거야. 너는 무한히 가기만 한다면 반드시 무한히 먼 곳에 가게 될 거라고 생각하는 모양인데, 애초에 뭐로 무한히 갈 거냐는 말이지. 내 도움은 받을 수 없으니 저 책상은 못 쓰고, 그렇지? 그냥 저 책상에 탄다면 간단히 될 텐데, 내가 조금 도와주기만 해도 넌 무한히 빠른 속도로 이동해 금방 도착할 수 있을 텐데 말이야. 근데 지금 여기서 요점은 그런 식으로 마법을 써서 가는 것이 아니잖아? 별 수 없이 넌 스스로의 힘으로 걸어가야 한다는 거지. 유한한 속도로, 느릿느릿 말이야."

그는 고개를 내려 소년을 바라본다.

"자 그럼 방금 말한 대로, 네가 이 두루마리 위에서 걷기 시작해, 숫자를 하나하나 밟으며 존재하지 않는 끝을 향해 유한한 속도로 나아간다고 했을 때, 과연 너는 무한히 먼 거리를 갈 수 있을까? 네가 밟은 숫자의 개수가 무한대가 될 수 있을까?"

"물론 실제로는 불가능하겠죠. 실제로는... 그게 되기 전에 제가 죽을 테니까요."

"무슨 소리야? 너 지금 여기가 어딘지 잊은 거야?"

그제서야 소년은, 생명을 지닌 유기체라면 어떤 존재라 할지라도 피할 수 없는 삶의 필수적인 과정을 자신은 이미 지났음을 상기한다.

"아..."

"네가 그 울퉁불퉁한 행성에서 살고 있었을 때나 그 말이 맞았겠지. 과거의 버릇은 과거에 남겨 두라고."

소년은 다시 곰곰이 생각하기 시작한다.

"그렇더라도... 지금 제 몸은 지구에 있었을 때랑 똑같은 신체잖아요. 제가 죽지 않는다 하더라도 제 몸이 남아나지 않겠죠? 몸에 비축된 에너지는 제가 무한대에 이르기 한참 전에 전부 소진될 거예요. 물론 그 전에 기력을 너무 많이 써서 힘들어진 제가 포기하고 드러눕는다는 경우가 현실적이겠지만요."

"아, 재료는 다 줄게." 신사는 그건 애초에 문제가 아니라는 냉소적인 말투로 말한다. "네가 유한한 속도로 무한히 걷는 데 필요한 것이라면 뭐든 계속 공급할 수 있어. 예를 들어, 네 몸의 에너지가 유한하다? 그럼 네가 걸을 때마다 내가 옆에서 계속 네 몸이 쓸 수 있는 에너지를 공급해 줄게. 여긴 무한대의 세계고 난 신이기 때문에, 그 정도는 충분히 무한하게 해줄 수 있어. 네 몸의 에너지가 바닥나는 일은 없겠지. 네 몸 자체가 망가지는 것도 걱정할 필요 없어. 신체의 세포가 죽어갈 때마다 내가 찾아서 새 세포로 바꿔 줄 테니까. 두루마리 위를 걸을 때 한정으로 너에게 무한정 제공되는 의료 서비스지."

"신체는 그렇다 쳐도 제 의지력이 ──"

"의지력? 문제없어! 네가 걷다가 반복되는 풍경에 질릴 때쯤이면, 내가 너의 기억을 초심 때로 되돌려 줄게! 네가 시작점에서 출발하는 순간부터 그때까지의 기억을 전부 지우는 거야. 그리고 계속 앞으로 걸으라고 재촉하는 거지. 네가 얼마큼 왔는지, 밟은 숫자 세면서 확인하는 건 내가 대신 해 주고 말이야. 어때? 이제 됐지? 너는 그냥 걷기만 하면 돼. 그냥 걷는 거야. 그냥 걷는 거. 다만 무한히 걸어야 한다는 거지! 자, 어떨 것 같아? 과연 너는 유한한 보폭으로 걷는 것을 너의 그 집념으로 끝없이 반복하여 혼자 힘으로 유한의 영역을 뛰어넘을 수 있을까? 사상 처음으로, 유한대의 속도로 움직여서 무한대의 거리를 이동하는 존재가 될 수 있을까? 아직 나도 안 해 봤는데? 신도 안 해본 일을, 일개 인간이 스스로의 힘으로 해내는 일이 일어날 수 있을까? 물론 나한테서 도움을 조금 받기는 할 테니 완전히 스스로의 힘으로 하는 건 아니지만, 사실 그런 도움은 별 의미가 없지? 도움을 받든 안 받든 답은 이미 정해져 있으니까. 그렇지?"

신사는 소년이 아무 말도 안 하자 그냥 스스로 말한다.

"못 가! 못 간다고! 그냥 처음부터, 애초에, 일어날 수가 없는 일이야! 유한대의 존재는, 무한대의 거리를 이동할 수가 없어! 그 전에 네가 늙어 죽어서가 아니라, 그 전에 네 몸이 걷지 못 할 정도로 망가져서가 아니라, 그 전에 네 기력이 소진되어서가 아니라, 네 의지력이 모자라서가 아니라, 그냥 처음부터 무한대의 존재하지도 않는 끝에 다다를 방법이 없어서라고!"

소년은 아직 잘 납득이 안 가는 모양이다.

"잘 들어. 네가 몇 번 발을 내딛든, 넌 유한한 거리를 이동한 거야. 매번 발을 내딛을 때마다 네가 밟아온 숫자의 개수는 하나씩 계속 늘어나겠지. 근데 네가 그 과정을 아무리 반복해도, 몇 번이고 몇 번이고 계속 반복해도, 넌 그걸 유한 번 반복한 거야. 무슨 얘기인지 알겠어? 네가 몇 번 발을 내딛든, 넌 유한 번 발을 내딛은 거야. 밟아온 숫자의 개수가 몇 번이고 늘든, 유한대만큼 늘은 거야. 유한한 속도로 이동하고 있는 그 상태를 네가 얼마나 오랫동안 지속하든, 넌 항상 유한한 거리로만 이동하게 되는 거라고! 그게 법칙이야. 유한한 존재는, 유한한 거리 이외의 이동을 할 수가 없어. 처음부터 너에겐, 무한한 거리를 이동한다는 것 자체가 존재하지 않았던 거라고! 왜? 무한한 거리를 이동한다는 것은, 자신의 위치가 무한대의 존재하지 않는 끝이 된다는 얘기니까! 애초에 존재하지도 않는 위치로 가겠다는 얘기니까!"

소년은 아무 말도 못 하고 멍하니 서 있기만 한다.

"이제 무한히 가는 것과 무한히 먼 곳에 가는 것의 차이를 좀 알겠어? 무한히 간다고 꼭 무한히 먼 곳에 갈 수 있는 게 아니야. 이동속도가 유한대라면, 무한히는 가도, 절대 무한히 먼 곳에는 갈 수 없어. 무한히 가는 그 과정 내내, '유한히 먼 곳'에만 가게 될 뿐이야. 같은 이유로 무한히 커지는 것과 무한히 큰 것은 다르지. 무한히 길어지는 것과 무한히 긴 것은 달라. 무한히 많아지는 것과 무한히 많은 것도 다르고 말이야. 이동성이 있는 개념이라면 그 무엇도 이 명제를 피해 갈 순 없을 거야."

"그렇지만... 그건 무한히 가고 있는 과정 때의 얘기잖아요. 무한히 간 다음에는요? 무한히 간 다음에는 무한히 먼 곳에 있게 되는 것 아닌가요?"

"무한히 간 다음이라는 건 무한히 가는 일이 '끝난' 뒤라는 얘기지? 무한한 일이 끝났다? 무한의 정의가 무엇이었더라?"

"무, 물론 무한히 간다는 것은 끝없이 가는 것이긴 하지만... 그래, 시간! 무한히 가는 상태에서 시간이 무한히 지난다면 존재하지 않던 끝도 존재하게 되잖아요. 그럼 결국엔 무한한 일도 시간만 무한히 지난다면 끝날 수 있는 것 아닌가요?"

"그래, 맞아. 시간이 무한히 지나면 무한한 일이 끝나기도 하지. 아마 이 두루마리의 끝까지 가는 일도, 네가 끝없이 걷고 있는 상태에서 시간이 무한대만큼 지난다면 성공할 거야. 뭐, 무한대만큼 시간이 지난다고 꼭 끝에 이르는 것은 아니지만 끝에 이르렀다고 가정할 경우, 도착하기까지 걸린 시간은 무한대가 된다는 것이지."

"그러면 결국 유한한 시일 내만 아닐 뿐, 유한한 속도로 걷다 보면 언젠가는 무한히 먼 곳에 도착한다는 것이잖아요."

"그렇지. 무한 시간 후에 말이야."

"그러면 제가 제 발로 끝없이 걸어서 유한의 영역을 뛰어넘는 것도 결국은 가능하네요?"

"아니. 불가능하다니까?"

"그렇지만 아까 분명 무한 시간이 지나면——"

"그게 무슨 말인지 모르겠어? '무한 시간 후'라는 게 어떤 의미인 건지 아직도 모르는 거야?"

"'무한 시간 후'는 결국 무한히 먼 시점…"

그제서야 소년은 얼굴이 일그러지면서 깨닫는다. 그의 표정 변화를 눈치챈 신사는 마지막으로 질문을 던진다.

"자, 끝으로 하나만 대답하고 가 봐. 무한대의 정의가 뭐야?"

"끝없이… 큰 것."

말이 끝나자마자 두루마리에 새겨져 있던 모든 숫자 '9'가 일제히 튀어나와 소년을 에워싸기 시작한다. 멀리 있는 숫자일수록 오는 데 시간이 걸리기에 에워싼 숫자들의 수는 무한대가 되진 않지만, 숫자들은 순식간에 불어나 얼마 안 있어 소년을 빈틈없는 어둠에 가둘 정도로 큰 덩어리의 암실이 되어 버린다. 셀 수 없이 많은 숫자들에게 시야가 꽉 막힌 소년은 소리를 고래고래 지르지만, 비명을 멈추고 정신을 차렸을 때 주위는 이미 다른 곳으로 변해 있었다.

소년은 어느새 자신의 숙소에 돌아와 있었던 것이다.

여러 가지로 혼란스러운 그는, 창문 밖이 어둑어둑한 것을 보고는 그저 조용히 잠자리에 들기로 한다. 뭔가를 이해하려는 시도는 더 이상 하지 않는다. 오늘 있었던 일에 대해 차분히 생각해 보자니 이미 머리가 너무 아픈 것이다.

"생각을 멈춰야 정신이 남아날 것 같다..." 잠들기 전에 마지막으로 그는 생각한다.

2번째 날

솔. 시. 레.

실로폰 소리가 세 번 연속으로 울린다. 눈을 뜬 소년이 주위를 둘러보려는 찰나 어떤 음성이 뒤를 이어 들려온다.

"입주민 여러분, 잠시 안내 말씀 드리겠습니다. 잠시 후, 지정 시각 10시 정각에 항공기 한 대가 본 건물을 스쳐지나갈 예정입니다. 항공기는 메디아 인피니타스 공항 발 여객기로, 지극히 근거리에서 건물을 지날 예정이니 입주민 여러분의 양해 부탁드립니다. 덧붙여, 항공기의 동체 길이는 무한대 미터입니다. 참조하시기 바랍니다. 감사합니다."

갑자기 이게 웬 안내 방송인가 싶어 의아해하는 소년은 미닫이창을 열고 발코니로 나와 본다. 묘하게 엄습해오는 불안감에 한번 주위를 두리번거렸지만, 하늘에 눈에 띄는 물체는 없다.

"뭐지..."

다시 안내 방송이 들려온 방 안으로 고개를 돌리는 소년은 바로 그 순간, 뒤쪽에서 뭔가가 공기를 가르는 소리를 듣는다.

눈에 들어오고 있는 것은 작은 숙소 방뿐. 하지만 그럼에도 보인다. 숙소 방 전체를 덮는 거대한 그림자.

섬뜩.

뒤에 있는 무언가. 공기로써 느껴지는 그 크기. 기억의 먼지 속 그가 느꼈었던 원초적 공포. 견디지 못해 그는, 뒤돌았던 고개를 다시 제자리로——

"으악!!"

그는 눈앞의 광경에 그만 주저앉고 만다.

비행기의 동체는, 단순히 그저 잘 보이는 거리에서 날고 있는 것이 아니었다.

지금 그가 두 눈 똑바로 뜨고 보고 있는 이 순간에, 그가 있는 곳 바로 앞을 지나가고 있다!

"컥...!!!!"

소년은 호흡이 그대로 멎어 버린다. 그가 어떻게 통제할 수 있는 상황이 아니다. 그의 정신 속 뿌리 깊은 곳에서부터 올라오는 발작적 공포에 그는 신체의 통제력마저 완전히 상실한 상태다. 그저 지금 눈앞에 보이는 저 거대한 덩어리가 제발 실재하는 것이 아니길 빌고 빌 뿐이다.

그가 가장 마주하기 싫어했던, 그러나 지금 버젓이 그의 눈앞에 존재하는, 악몽 속 괴물...

심지어 비행기는 엔진 소리조차 들리지 않는다. 날아갈 때 바람이 갈리는 소리만 들릴 뿐. 그 고요함이, 현재 그가 악착같이 부정하고 있는 이 상황을 더욱 현실감 없게 만든다.

"나, 날개..."

한참 만에 그가 입을 뗀다.

"이대로라면... 분명 부딪힐 거야...!"

점점 얼굴이 보랏빛으로 변하는 그가 겨우 숨을 내뱉으며 부르짖는다.

과연 그의 말대로다. 비행기의 몸통이 거의 스치듯 가까이 발코니 옆을 지나고 있는 상황에서, 그 몸통으로부터 옆으로 삐져나온 날개가 이곳에 다다르는 시점에는 비행기도 이 숙소 방도 모두 끝장이 날 것이다. 주저앉은 채인 소년은 고개도 마음대로 안 움직여지는 상태에서 어떻게든 뒤로 가려고 발버둥을 치지만 몸이 말을 듣지 않는다. 그저 비행기와 충돌할 것이 확실시 되는 이 상황 앞에서 호흡만 미친 듯이 빨라지고 가빠질 뿐이다. 눈이 떨리고 초점이 없어진다. 하늘이 노래지는 것을 넘어서 모든 것이 점점 흐릿하게 보인다. 눈앞의 현실을 부정하고 싶은 광기가 그의 감각과 의식을 잡아먹는다. 그는 자신이 사라지는 듯한 느낌을 받으며, 점점 더 의식이 흐릿해져 간다. 더 이상 아무것도 또렷이 느껴지지 않는다. 그가 애원하던 바이기도 했다.

바로 그 때, 공포로 자멸하고 있던 그의 정신을 무언가가 깨운다. 그가 아무것도 못하고 멍하니 있을 때마다 등장하는, 머릿속 깊이 울려 퍼지는 청각적 자극이다.

((두려움에 사로잡혀 있지 마.))

두리번거리던 그는 이내 목소리의 정체를 깨닫고는 몸의 긴장을 약간 푼다. 고개를 약간 위로 젖히며, 이어질 신의 말을 기다린다.

((극복해 버려. 그런 인간적인 감정은 네가 그 울퉁불퉁한 행성에서 살고 있었을 때나 유효했다고. 그 행성에서 무슨 일이 있었든, 넌 이미 그것들을 초월해 있는 존재야. 과거의 상흔은 과거에 남겨둬. 여기서 네가 두려워할 것은 아무것도 없어. 극복해 버려. 정복하는 거야. 너에게 두려움을 주는 것들의 위에 올라 네가 더 이상 그것들에게 휘둘리지 않겠다는 것을 확실히 보이라고. 그러고 나면 이제 네가 그것들을 이끌게 되는 거야. 이끌고 나한테로 와. 두려움에 지배당하지 말라고. 지금 네 모습을 봐. 두려움 때문에 기본적인 두뇌회로조차 마비되었잖아. 다시 머리를 켜. 생각을 하라고. 기억을 더듬어 봐. 안내 방송에서 뭐라 그랬지?))

소년은 그제야 눈앞에 지나가는 비행기가 이상하게 보이기 시작한다. 비행기가 처음 발코니를 스쳤을 때부터 꽤 되었을 법한 시점인데도 아직 날개는 코빼기도 안 보이는 것이다.

그는 안내 방송의 내용을 상기해 낸다.

항공기의 동체 길이는 무한대 미터입니다. 참조하시기 바랍니다.

"무한대 미터..."

그제야 그는 깨닫는다. 날개는 영원히 오지 않는다는 걸.

"항공기의 동체 길이가 무한대라는 것은 항공기의 처음부터 끝, 그러니까 머리부터 꼬리까지의 길이가 무한대라는 것... 통상 비행기의 날개는 머리부터 꼬리까지의 중간 지점에 있으니까... 그래! 날개까지의 길이도 무한대겠네. 무한대는 2로 나눠도 무한대잖아."

다시 두뇌가 살아난 그는 주저앉은 몸을 일으키며 계속 몰입감 있게 중얼거린다.

"머리부터 날개까지의 길이가 무한대, 그 머리 부분이 이곳을 지나간 게 좀 전이니까 당연히 이곳에서부터 날개까지의 거리도 무한대. 즉, 날개는 이곳에선 존재하지 않을 정도로 무한히 먼 곳에 있는 거야. 날개는 존재하지 않아! 물론 비행기가 계속 움직이고 있으니까 날개의 위치도 점점 가까워져 오긴 하겠지만, 비행기가 무한히 빠른 속도로 이동하는 게 아니잖아? 비행기의 이동 속도는 유한대니까, 비행기의 날개 부분이 이곳에 도달하는 시점은 지금으로부터 무한 시간 후가 된단 말이지."

신사에게서 배웠던 내용들이 그의 머릿속에 불꽃놀이처럼 팡팡 터진다.

"무한 시간 후... '무한 시간 후'라는 건 결국 무한히 먼 시점. 무한히 먼 시점이라는 건 결국 끝이 없는 시간의 끝에 있는 시점. 끝이 없는 시간의 끝이란 건 존재하지 않는 것. 즉, 끝이 없는 시간의 끝에 있는 시점은 존재하지 않는 시점. 그러니까 비행기의 날개 부분이 이곳에 도달하는 시점은 존재하지 않아!"

소년은 더 이상 고개를 피하지 않고 곧게 서서 비행기를 정면 응시한다.

"그저 이대로 지나가기만 하는 거지, 저 비행기는. 영원히 동체 부분만 계속 지나갈 거야. 이렇게 계속... 날개에 부딪히는 일 따위 아무리 시간이 지나도 일어나지 않아. 시간이 유한한 속도로 흐르는 이상, 날개가 나타난다는 일 자체가 처음부터... 처음부터 성립하지 않는 거야."

그제야 소년은 자신의 눈앞에 보이는 것을 하나의 반복된 패턴으로 인식하기 시작한다. 그에게 해를 끼칠 거였으면 진작 끼쳤을, 그러나 아직까지도 아무런 일이 안 일어나고 있는, 지루할 정도로 똑같은 패턴. 더 이상 두려움은 없으며, 오히려 저걸 가지고 뭔가 해 보고 싶다는 호기심마저 소년의 머릿속을 맴돌 정도이다.

소년은 정복하라는 신사의 말을 받들어 그가 했던 말들의 의미에 대해 잠깐 곰곰이 생각해 본다. 곧이어 힘찬 동작으로 그는 숙소 방 쪽으로 발걸음을 옮기더니, 얼마 후 아예 위층 발코니에서 등장한다. 숙소 방을 나와 한 층 위의 방으로 올라간 것이다.

위층 발코니에 서자 비행기 동체가 내려다보인다. 그는 일말의 머뭇거림 없이 발코니 난간에 발을 올린다.

"위에 오르라고 했지...!"

그는 발코니 난간에서 펄쩍 뛰어올라 비행기 동체 위에 착지한다. 동체가 움직이고 있어서 착지하는 순간 중심을 잃고 넘어져 데굴데굴 구르지만, 어떻게든 손을 뻗어서 비행기 아래로 추락하는 것만은 막는다.

추락에서 안전한 위치를 확보하고, 몸이 어느 정도 중심을 잡게 되자 그는 두 다리로 지탱하며 몸을 일으킨다.

"휘둘리지 않을 것임을 보이라고 했어...!"

세찬 바람에 감고 있었던 눈을 뜨자 비행기 위에서 보는 엄청난 광경이 그의 눈에 들어온다.

그가 밤을 지냈던 숙소 방을 포함한 아파트 건물들이 엄청난 속도로 멀어져 가고 있다. 자동차로 전력 질주할 때조차도 느끼지 못 할 빠른 속도감이다. 위에서 내려다보니 땅바닥에 붙어 있는 모든 것들이 장난감처럼 보인다. 이따금씩 구름이 그의 눈썹을 스쳐지나가며, 심지어 어떤 구름들은 그의 아래쪽에 보이기도 한다.

그야말로 하늘 위의 유아독존이다.

스케이트보드를 타듯 자세를 잡은 그는 엄청난 속도로 앞을 향해 돌진해 간다. 그가 향한 곳에는 어제 보았던 가느다란 수직선이 있어, 어제와는 급이 다른 빠르기로 가까워져 오는 그 건축물을 그는 여유로이 감상한다.

순식간에 외벽의 유리창이 눈에 들어올 정도로 가까워진 건물을 보며 그는 불평한다.

"쳇, 이렇게 빨리 도착하는 방법이 있는데... 이런 게 있으면 어제 진작 태워줄 것이지."

그가 어제 이유 없이 혹사당한 자신의 발에 대해 연민의 감정을 느끼고 있을 때, 또다시 목소리가 들려온다.

((다 왔어. 내려.))

"네?" 그는 황당해하며 실소를 내비친다. "이 상태에서 어떻게 내려요? 비행기를 착륙시켜 주셔야죠!"

((귀찮게 뭘 이 기다란 걸 땅바닥에 내리냐. 그냥 너만 거기서 내리면 되지.))

말이 끝남과 동시에 어딘가에서 세찬 바람이 불어 소년을 추락의 허공으로 밀친다. 영문도 모른 채 떨어지게 된 그는 공중에서 허우적

대지만, 신의 섭리대로 정확히 어제의 그 순백색 건물의 지붕에 달린 문을 향해 떨어질 뿐이다.

어제와 마찬가지로 강연대에 몸을 기대고 칠판을 바라보며 그를 기다리던 신사는, 자신이 있는 강의실로 근접해오는 뭔가 이곳저곳 부딪히는 소리와 그때마다 짧게씩 반복되는 비명소리를 듣는다.

잠시 후 천장의 일부가 열리고, 일 나누기 수 초 길이의 마지막 비명과 함께 소년은 바닥에 떨어진다.

신음소리를 내며 그가 겨우 일어서지만, 신사는 여전히 뒷모습만 보이고 있다. 그에게 눈길 한 번 주지 않고 계속 칠판만 올려다본다.

"고마워요." 소년은 처음엔 냉소와 함께 비꼬며 말한다. 그러나 잠시 후 표정을 풀고 이번엔 진심으로 말한다. "진짜 고마워요."

"강의를 시작하지." 신사는 무심한 듯 말하면서 몸을 일으킨다. 그는 연단에서 나와 천천히 소년의 뒤쪽으로 발걸음을 옮긴다.

한동안 그를 따라 움직이던 소년의 시선은 어느 순간 추적을 그만두고 전면에 보이는 칠판으로 옮겨간다.

어제 있던 무한대 기호가 다른 기호로 바뀌어 있다.

3

"저 기호에 대한 정의도 말해야 하나요?" 소년이 묻는다.

"뭐? 아니야." 흠칫한 신사는 가던 길에서 뒤돌아본다. "저건 그냥 네가 살던 세계에선 어떤 기호를 쓰나 찾아보던 중 우연히 눈에 띄어서 적어본 거라고. 별 중요한 의미는 없어. 오해의 소지가 없게 지금 지워놓아야겠군."

신사가 손가락을 튕기자 칠판 앞에 지우개가 나타나 그 기호를 지운다.

"굳이 뭔가를 적어서 표현해야 한다면 저 기호를 쓸 바에야 차라리 이렇게 쓰겠지."

칠판 위에 어떠한 형상들이 나타난다. 기호 세 개로 이루어진 아주 단순한 표현이다.

1 / ∞

일 나누기 무한대, 혹은 통상적으로 무한대분의 1이라고 일컬어지는 수이다.

끝없이 큰 것 다음은 끝없이 작은 것이구나, 소년은 깨닫는다.

"유한한 양을 무한한 양으로 나누면 어떻게 될까?" 신사의 목소리가 뒤쪽에서 들려온다.

"어제 우리는 무한한 양에 대해 이야기를 했잖아. 무한히 큰 것, 무한히 많은 것, 무한히 긴 것... 전부 무한대이지."

소년이 뒤를 돌아보자 바퀴 달린 칠판을 끌고 오고 있는 그의 모습이 보인다. 칠판에는 가로로 일직선 하나가 그려져 있으며 일정한 간격으로 눈금이 나 있다. 일직선 정중앙 눈금의 0을 기점으로 좌우마다 각 눈금에는 하나씩 숫자가 적혀 있다. 각각 음의 숫자와 양의 숫자이다.

"그렇다면 무한대의 반대말은 무엇일까?" 신사가 칠판의 오른편 끝에 무한대 기호를 그려 넣으면서 말한다. 그는 그런 다음 칠판의 왼편 끝으로 가 똑같은 기호를 그리고는 그 앞에 조그맣게 마이너스 기호를 붙인다.

"마이너스 무한대... 뭐 이렇게 말할 수도 있겠네. 근데 그것도 결국 '끝없이 큰 것'이잖아. 마이너스 방향으로 크다 뿐이지."

그는 칠판 바로 앞에 있는 책상에 걸터앉으며 칠판의 이곳저곳을 가리킨다.

"그저 방향이 반대인 무한대 말고, 무한대의 '크다'는 성질에 있어서 무한대와 정반대의 위치에 있는 개념. 바로 무한대를 나누기 기호 뒤편으로 보냈을 때 나오는 수이지. 나누기 기호 뒤편에선 큰 게 작은 거니까, 그 기호 너머의 무한대가 의미하는 것은 결국 무한히 작은 수. 부호에 상관없이 크기 자체가 무한히 작은 값이야. 무한대로 유한대를 나누면 무조건 나오는 값. 정의하자면 '끝없이 작은 것.'"

어느새 칠판의 왼쪽 절반인 '음수의 영역'은 깨끗이 지워져 있고, 지워지지 않은 오른쪽 부분의 일직선은 늘어나 정중앙에 있던 0이 칠판의 왼편 끝까지 밀려난다. 신사는 칠판의 새로운 왼편 끝에다 앞쪽 칠판에 그가 띄워 놓았던 글자들을 그대로 베껴 적는다.

"이름하여... '무한소.'"

그림이 완성된다. 끝없이 작은 것에서부터 끝없이 큰 것까지, 얼마되지도 않는 길이에 다 욱여넣어 놓았다. 그가 묻는다.

"어떻게 생각해?"

"네?"

"유한대 나누기 무한대 말이야. 1을 무한대로 나누면 무엇이 되어야 한다고 생각해?"

"글쎄요... 그냥 그런 걸 무한소라고 하는 거 아니에요?"

"그 얘긴 내가 방금 했잖아. 그러니까 그 무한소가 어떤 값일까? 내가 물어보는 것은 그거라고. 한번 저 칠판에 그 값의 위치를 표시해 볼래? 무한소는 확실히 1보다는 작은 값이지? 저 일직선에는 1도 표시되어 있고 0도 표시되어 있으니까, 무한소가 어떤 값이든 간에 분명 저 일직선상의 어느 한 위치에 표시할 수 있을 거야. 그렇지?"

그는 소년에게 짤막한 막대 하나를 던져준다.

"그걸 칠판에 두드리기만 하면 돼. 한번 표시해 봐."

"음..."

소년은 무한대의 정의를 질문 받았을 때처럼 쉽사리 답을 내지 못하고 고민한다.

"조금 도와줄까?" 신사는 걸터앉은 책상에서 일어난다.

"숫자 1의 값을 0부터 1까지의 선분이라고 생각해 봐. 저 일직선에 0이라고 표시된 눈금과 1이라고 표시된 눈금이 있잖아. 전체 일직선 중 딱 그 두 눈금만을 잇는 부분, 그게 1의 값이야. 1을 무한대로 나누는 것은 그 선분을 무한대로 나누는 것이지."

그는 0부터 1까지의 선분에 하이라이트 표시를 더해 그 부분만 눈에 더 잘 띄도록 한다.

"일정한 길이를 지닌 선을 무한대로 나누기. 그리고 그렇게 나눴을 때의 한 조각, 그 한 조각이 바로 무한소겠지? 그 조각을 찾는 열쇠는 선이라는 1차원 도형의 본질에 있어. 선을 구성하고 있는 게 뭐라고 생각해? 선은 뭐가 모여서 만들어진 것이라고 배웠지?"

소년은 이번엔 답을 쉽게 낸다. 한 차원의 존재는 그 하위차원의 도형들이 무수히 모여서 형성되는 것이기 때문이다.

"……점이죠. 0차원 도형. 점."

그는 혹시 모를 오해의 소지를 막기 위해 부연 설명을 더한다.

"마침표 찍듯이 종이에 찍는 점이 아니라, 어떤 위치를 나타낼 때 쓰이는 이론상의 점 말이에요."

"잘 알고 있네. 그럼 0부터 1까지의 선분에 있는 점의 개수는?"

"무한대."

"그래. 선을 구성하는 점의 개수는 무한할 수밖에 없지. 그 무한히 많은 점들이 모여, 1이라는 길이를 만들어 내는 거야. 그러면 그 선분에서 딱 한 개의 점만 뽑았을 때, 그 점은 선분을 몇 등분한 조각이지? 그 점은 몇분의 1이 되는 거야?"

"무한대... 분의... 1."

"맞았어!"

신사는 무릎을 탁 치며 그를 칭찬하지만 어째 당사자는 조용하다. 아무래도 어딘가 석연치 않은 모양이다.

"그래, 그냥 이렇게 결론 내리기에는 의문점이 너무 많겠지."

신사는 그를 보며 알 만하다는 표정을 짓는다.

"과연 그게 그렇게 잘 맞아떨어질까? 결국 선을 구성하는 점 하나하나가 일 나누기 무한대라는 거잖아, 지금 얘기는. 점 하나가 일 나누기 무한대인데, 그러면 1이라는 선분을 무한대로 나누면 하필 점 하나만 남도록 딱 떨어지게 되어 있는 건가? 무조건 결과가 그렇게 정확히 떨어질까? 1을 무한대로 나누면 무조건 점 한 개만 남나?"

소년 역시 똑같은 문제를 생각했는지, 표정이 사뭇 진지해진다. 곰곰이 생각하는 그의 얼굴 앞에 신사는 질문 하나를 들이민다.

"만약 점이 두 개가 남으면, 그건 계산을 잘못한 걸까?"

"음..."

소년은 잠시 생각한다. 점 한 개가 무한대분의 1이라면, 점 두 개는 당연히 그의 두 배가 되어야 할 것이었다.

"점 두 개면... 무한대분의 2가 되어야 하는 거 아닌가요?"

"무한대분의 2라... 무한대분의 1인 점이 두 개가 있으니까 무한대분의 2다? 뭐 나름 합리적이긴 하네. 근데 무한대분의 2라는 건 2를 무한대로 나눈 거잖아. 그러면 점 두 개는 1을 무한대로 나눴을 때의 값이 될 수 없는 걸까? 점 하나면 되는데, 점 두 개면 안 되는 걸까?"

생각하느라 막상 할 말이 없어진 소년은 입술을 지그시 깨문다.

"또 하나 더. 반대로 점 한 개는 1을 무한대로 나눴을 때에만 나오는 값일까? 2를 무한대로 나눈 것이 점 한 개가 될 수는 없는 걸까? 어떻게 생각해?"

"그러게요..."

"단답형으로 말해 봐. 점 두 개는 1을 무한대로 나눈 값이 될 수 있다? 없다?"

어느새 소년의 코앞에 다가온 신사는 얼굴을 부담스럽게 들이밀며 답을 끌어내려 한다. 그러나 이번에도 소년의 답답한 미적지근함에 성미를 참지 못하고 자신이 먼저 실토해 버린다.

"될 수 있지! 점 두 개를 한 쌍으로 묶어서 생각해 봐. 1이라는 선분을 이루기 위해선 점 무한 쌍이 필요하잖아. 안 그래? 선이 무한 개의 점으로 이루어져 있다는 것은, 선이 무한 쌍의 점으로 이루어져 있다는 얘기도 되지. 낱개로는 무한 개였던 점이 쌍으로 묶었다고 해서 유한 쌍의 점이 되지는 않잖아. 무한대는 2로 나눠도 무한대니까 말이야. 점 한 개든 점 한 쌍이든, 거기에 무한대를 곱해야만 1이라는 양수가 나올 수 있는 거라고! 그런 관점에서 보면 당연히, 점 한 쌍도 1을 무한대로 나눈 값이지? 점이 세 개가 돼도 네 개가 돼도 결과는 같아. 전부 무한대분의 1로 표현할 수 있지. 자, 그럼 여기서 우리는 무슨 결론을 이끌어 내야 할까?"

소년의 입이 여전히 굳게 닫혀 있는 걸 보고는 그의 입에서 답이 나올 때까지 어떻게든 설명에 보충을 거듭하는 그이다.

"또 이 얘기도 해야겠지? 아까 했던 질문이야. 반대로 점 한 개는 오로지 1을 무한대로 나눴을 때에만 나오는 값인가? 2를 무한대로 나누면, 그 결과는 무조건 점 두 개여야만 할까? 이것도 이미 답을 알 거야. 꼭 두 개여야 할 필요가 없어. 점 한 개 역시 2를 무한대로 나눈 결과가 될 수 있으니까. 길이가 1인 선분도, 길이가 2인 선분도, 모두 점이 무한 개 있어야 존재할 수 있는 것들이잖아. 길이가 2인 선분이 길이가 1인 선분보다 두 배는 길지만, 여전히 점은 무한 개지? 무한대는 2를 곱해도 무한대니까 말이야. 결국 둘 다 점 한 개에다 무한대를 곱한 값이 되어 버려. 두 선분에 대한 수식이 똑같다고! 점 하나 곱하기 무한대. 그러니까 꼭 1을 무한대로 나눠야만 점이 하나가 나오는 게 아니라는 거지! 2를 무한대로 나눠도, 3을 무한대로 나눠도, 0.5를 무한대로 나눠도 점이 한 개만 나올 수도 있어. 반대로 1을 무한대로 나눴는데 점이 두 개가 나올 수도, 세 개가 나올 수도, 수백만 개가 나올 수도 있는 거라고. 이 모든 것은 결국——"

"무한대의 값이 제각각 다른 거군요? 분명 똑같이 일 나누기 무한대를 했을 텐데 점이 한 개만 남는 경우, 두 개가 남는 경우, 이런 식으로 결과가 나뉘는 것은 결국 무한대 중에서도 비교적 더 큰 무한대와 작은 무한대가 있기 때문이겠죠. 점이 한 개 남는 경우의 무한대가 더 큰 무한대인 거예요. 그러니 나눗셈의 결과가 더 작은 거죠. 그래요, 무한대에도 크고 작음이 있어요. 그냥 무한대 자체만 놓고 봤을 때는 잘 안 보이지만, 지금처럼 무한대를 이용해 연산을 하다 보면 그 차이는 명확해지죠. 여러 가지 무한대로 1을 나눠 봤을 때, 또는 여러 가지 무한대를 하나의 점에 곱해 봤을 때, 나눗셈의 결과로 점이 몇 개가 남나, 곱셈의 결과로 선이 얼마나 긴 게 나오나, 이런 연산 결과들로 말미암아 우리는 무한대의 크고 작은 정도를 가늠하는 거예요. 그러니 무한대를 이용해 연산을 할 때에는 연산에 들어가는 무한대의 크기를 특정화하는 과정이 필요하겠죠. 일 나누기 무한대의 결과가 점 한 개인 무한대라면, 그 무한대로 이 나누기 무한대를 하면 결과가 점 두 개여야만 해요. 만약 이 나누기 무한대를 했는데 점이 한 개가 나온다면, 그건 다른 무한대를 썼기 때문인 것이고 그 무한대로 일 나누기 무한대를 했다면 점은 하나가 아닌 반쪽짜리가 나왔겠죠. 일 나누기 무한대를 했는데 점이 두 개 나온 무한대라면, 점 하나가 나온 무한대보다 크기가 절반밖에 안 된다는 것이므로 점 한 개에 그 무한대를 곱했을 경우에 나올 선분의 길이도 딱 절반일 거예요. 이러한 특정화 과정을 거치지 않고 그냥 무한대라 뭉뚱그려 버리면 정말 일 나누기 무한대가 점 몇 개가 되는지조차도 답을 할 수가 없게 되는 거죠. 점이 무한 개 모여 만들어진 선분의 길이가 얼마인지도 영영 알 수 없게 되는 거고요. 그 무한대가, '얼마나 큰' 무한대인지를 모르니까요."

"비슷해! 거의 다 왔어." 신사는 상기된 얼굴로 고개를 끄덕거리며 소년의 말을 긍정한다.

"바로 그거야. 무한대의 값이 다르다는 거. 그리고 그렇게 값이 다른 무한대로 일정한 값의 유한대를 나눴을 때 나오는 무한소의 값도 제각각 다르다는 거. 너는 점의 개수가 몇 개냐는 것으로 무한소의 크기를 비교했지만 사실 점이라는 건 크기에 대한 단위로 쓰기에 적합한 척도가 아니야. 그럼에도 일단 무한대의 크기 차이, 그리고 무한소의 크기 차이를 밝혀낸 것은 잘했어. 점의 개수를 척도로 쓰는 것도 사실 '점 한 개'의 크기를 규정하기만 하면 문제가 없긴 하지. 특정한 값을 지닌 무한소를 점 한 개의 크기라고 정해 놓고 무한소 크기에 대한 단위로 그 값을 쓰는 거야. 그렇게 기준이 되는 값을 정해놓고 사용하면 무한소도 1이나 2처럼 일반적인 숫자인 양 쓸 수가 있다는 거지!"

설명을 마친 신사는 원래의 표정으로 돌아온다. 그와 동시에 다시 본론에 접근한다.

"그러니까, 일 나누기 무한대 위치 표시해 보라고. 원래 그거 하라고 한 거였잖아."

소년은 어리둥절한 표정을 짓는다.

"……그러니까 못 표시한다는 거죠." 그는 고개를 갸웃거리며 말을 이어간다.

"일 나누기 무한대에서 무한대의 값이 특정되지 않았으니까, 나눗셈의 결과가 점 몇 개가 될지 몰라 표시할 수 없는 거라고요. 지금까지 한 얘기가 이 얘기 아니었어요? 제가 잘못 이해한 거예요?"

"점이 몇 개가 될지 몰라서 표시할 수 없다? 즉, 위치를 표시해야 할 무한소의 크기가 확정되지 않았으므로 표시할 수 없다는 말이네?"

"그렇죠."

"흠... 그래?"

신사는 입을 비죽 내밀며 잠시 서성거린다. 그러더니 곧 칠판을 툭 건드리며 말한다.

"나라면 표시할 수 있을 것 같은데?"

"어떻게요?" 소년은 어처구니가 없다는 표정으로 말한다. "크기가 확정되지도 않은 무한소의 위치를 어떻게든 알 수 있다는 것인가요?"

"꼭 크기가 확정되어야만 알 수 있나? 그럼 지정해 줄게. 한번 점 백 개의 위치를 표시해 봐. 그게 내가 지정한 무한소의 위치야. 점 백 개 길이의 위치. 이제 무한소가 확정되었으니 표시할 수 있겠지?"

"아무리 점 백 개라고 한들 저는 점 한 개의 길이를 모르잖아요. 점 개수를 단위로 쓰려면 한 점의 길이를 특정 무한소 값에 못 박아 놓고 써야 한다면서요. 근데 그 특정 무한소 값이란 게 도대체 어느 정도의 길이인지 저는 알 수가 없잖아요. 눈에 보이는 길이도 아니고. 설령 알아낸다 해도 제 손가락의 세포를 구성하고 있는 분자보다도 훨씬 짧을 그 길이를 어떻게 제 손으로 표시한단 말이에요. 지금 제가 말하는 점들 분명 다 알고 계실 텐데도 자꾸 이렇게 무한소의 위치를 표시하라고 하시는 이유가 뭐죠?"

"그게 말이야..." 신사는 눈을 흘기며 잠시 동안 이를 딱딱거린다. "사실 네가 앞서 말한 것들이 어찌 되든 **전혀** 상관없이, 모든 무한소의 값을 한 번에 표시할 수 있는 최적의 위치가 있거든."

"뭐라고요?"

소년은 이게 무슨 소리인가 하는 표정으로 그를 올려다본다.

"무한소의 값이 제각각 다를 텐데도 그걸 무시하고 위치를 표시한단 말이에요?"

"무시한다...기 보다는, 무한소의 값이 얼마가 되든 간에, 결국 그 위치는 이곳에 표시된다는 거지."

"어디요?"

"어딜 것 같아? 한번 시험 삼아 어떤 곳에 표시를 해볼까? 표시해놓은 다음 이 위치가 맞는지 한번 얘기해 보자고."

칠판 위 한 지점에 점이 찍힌다. 막대기로 점의 위치와 숫자를 하이라이트 표시한 신사는, 자신이 표시한 점의 숫자 값을 강조하며 한마디 덧붙인다.

"날뛰어도 결국 손바닥 안이란 거지."

0이다. 그가 표시한 점의 값, 숫자 0.

칠판을 바라보며 잠시 벙쪄 있던 소년은 정신을 차리고는 고개를 가로젓는다.

"그건 아니죠."

"과연 아닐까?"

신사가 바로 맞받아치지만 그는 굴하지 않는다.

"무한소가 물론 사실상 0이라도 해도 무방할 정도로 0에 가까운 존재이긴 하죠. 하지만 아무리 0에 가까워도, 0은 아니잖아요? 엄청나게 작긴 하지만, 0처럼 아예 존재하지도 않는 것과는 천지 차이죠."

"흠, 그래? 한번 무한소를 정의해 봐. 네가 어떻게 정의하는지 듣고 싶다."

정의를 묻는 질문이 또다시 나왔지만 소년은 이번엔 거리낌 없이 답을 한다.

"무한소의 정의란 '모든 양수보다 작지만 0보다는 큰 상태'이죠. 그러니까 정의부터 이미 무한소는 0이 아닌 거예요."

"내 이렇게 말할 줄 알았다."

신사는 그만 한숨을 쉬며 손바닥을 이마에 가져다 올린다. 잠시 후 이마에서 손을 떼며 그가 말한다.

"책에서 외운 정의는 말이야..." 신사는 거의 애원하는 것처럼 두 손바닥을 모아 앞뒤로 흔든다. "……다 잊어버려. 여기선 필요 없어. 그냥 쉽게 정의하는 거야. 뭘 더 생각해? 그냥 무한대 정의했듯이 무한소도 정의하면 될 거 아니야. 무한소가 무슨 뜻이야?"

"끝없이... 작은 것."

"그래! 바로 그거야! 그냥 그거. 무한대를 '끝없이 큰 것'이라 정의했으니, 무한소는 당연히 '끝없이 작은 것'이라고 정의해야지. 무한소가 아무리 0에 가까워도, 0은 아니라고? 무한소가 엄청나게 작긴 하지만, 아예 존재하지도 않는 양인 0과는 다르다고? 무한소는 단순히 '엄청나게' 작은 게 아니야. '무한히' 작은 거라고! 무한히 작기 때문에, 이것 또한 존재의 영역을 뛰어넘을 수 있어. '유한히' 작았을 때는 분명 존재하는 양이었겠지만, 무한히 작게 됨으로써 더 이상 존재하는 양이 아니게 된 거야. 0의 정의가 뭐였더라? 분명 '존재하지 않는 양'을 표기하는 게 0이었지? 그럼 답이 나왔네. 무한소는 0이야. 논쟁 끝."

"자, 잠깐만요! 잠깐만요." 소년은 엄청나게 당황한 표정으로 따지고 든다. "아니, 어떻게 무한소가 존재하지 않는 양이라고 그냥 확언할 수가 있는 거죠?"

"그럼 물어볼게. 무한소가 존재하는 양이야? 무한히 작은 대상의 크기는... 대체 그게 존재한다고 말할 수나 있는 크기냐고! 크기가 '존재하는' 물체들을 떠올려 봐. 아무리 작아도, 무한히 작지는 않잖아? 전부 다 어딘가에 끝맺음이 있어. 물체의 크기를 규정 가능케 하는 끝맺음이 말이야. 일종의 경계지. 분명 물체의 크기는 유한한 양(陽)의 실수(實數)로 나타내어질 텐데, 그 숫자 아래로는 더 이상 그 물체의 크기가 아니라는 경계가 있는 거라고. 물체의 크기는 여기까지이고 이 아래는 아니다, 이렇게 말해주는 경계가 있는 거야. 그런 경계가 있기 때문에 물체의 크기가 규정되는 거고, 물체의 크기가 특정한 양의 값으로 규정되어 우리는 그 물체가 존재한다고 말할 수 있는 거야."

소년은 아직도 회의적인 시선을 거두지 못한다. 뭔가 반박하고 싶지만 딱히 뾰족한 수가 떠오르지 않아 근질거리는 입을 억지로 눌러 넣는 그를 보며 신사가 말한다.

"나 너 무슨 생각하는지 알아. 분명 무한히 작은 것을 한번 상상해 보려고 안간힘을 쓰고 있겠지."

그는 반대편 칠판으로 가 쓰여 있는 것을 지우고 새로이 분필을 갖다 댄다. 문장을 쓰고 있는 와중에도 그의 입은 쉴 새 없이 움직인다.

"미리 말해둘게. 지금 네가 떠올렸던 것 중에 무한소는 없어. 너는 아마 크기가 존재하면서도 최대한 작은 어떤 물체를 상상해 보려고 하고 있을 거야. 네가 상상할 수 있는 최대한 작은 물체. 그리고 나서 곧바로 그 물체보다 훨씬 작은 물체를 상상하겠지. 그리고 나서 또 그 물체보다 훨씬 작은 물체, 또 그것보다 훨씬 작은 물체, 또 훨씬 작은 물체... 이렇게 계속 물체의 크기를 줄여 나가고 있어. 그런데 말이야, 네가 아무리 작은 물체를 떠올려도, 너는 '유한히' 작은 물체를 떠올린 거야. 그리고 네가 아무리 그것보다 작은 물체를 떠올린다 해도, 아무리 그 과정을 반복하여도, 설령 '끝없이' 반복한다 하여도, 너는 절대 '끝없이 작은' 것에는 이를 수가 없어. 몇 번을 해도, 아무리 작게 해도, 너는 계속 '유한소'만 떠올리는 거야. 무한소에는 이를 수가 없다고. 왜? 너는 유한소의 존재이니까. 유한대의 존재이자 유한소의 존재지. 무한히 걸어도 무한대에는 이를 수 없는 유한대의 존재이자, 무한히 작아져도 무한소에는 이를 수 없는 유한소의 존재. 그게 너야."

신사는 분필을 내려놓고 비켜서서 완성된 문장을 보인다.

'어떤 것이 존재하는 것은, 그것의 작음에 끝이 있기 때문이다.'

"이 말 한 마디로 다 정리되는 것 같아. 네가 아무리 작은 물체를 떠올려도, 그것에 크기가 있다면 그 크기는 측정 가능할 것 아냐. 물론 네가 살던 그 울퉁불퉁한 행성의 기술력으로는 측정할 수 없는 작은 것들도 있겠지만 여기선 다 측정할 수 있지. 나는 신이잖아. 크기가 측정된다는 것은, 그 크기가 0이 아닌 어떤 수치로 나타내어진다는 얘기지? 0이 아닌 어떤 수치라면, 0하고 그 수치 사이에 공간이 있을 테고, 그 공간에 있는 숫자들은 그 수치보다 작은 것들이잖아. 그렇게 그 수치를 더 작은 숫자들로부터 구분하기 위해서, 수치에 해당하는 수는 그 자체로 하나의 경계가 돼야 할 필요가 있는 거지. 여기까지가 물체의 크기였고요, 이 아래의 숫자들부터는 전혀 이 물체의 크기에 해당하는 수치들이 아닙니다, 라고 말해주는 무언가. 그 무언가가 바로 크기 성립의 하한 경계, 즉, '작음의 끝'이야. 따라서 이런 명제가 성립해. '크기가 존재한다면, 유한히 작은 것이다.' 그러므로 무한히 작은 것은 크기가 존재할 수 없다는 것이 되지."

신사의 홍수처럼 쏟아지는 논증에 소년은 넋이 나간 듯 앞만 쳐다보고 있다.

"아직도 납득 못했어? 그럼 마지막으로 점의 정의를 한번 생각해 봐. 점이란 게 뭐야? 위치만 있고 크기가 없는 0차원 도형이잖아? 처음부터 크기가 없는 게 점이라고. 크기가 그냥 0인 거야. 그런데 그런 점의 크기를 무한소라 해버렸으니, 무한소는 빼도 박도 못하고 0이 되어야겠네? 그렇다고 이제 와서 점의 크기는 무한소가 아니라고 내뺄 거야? 그렇게 하기엔, 이미 우리는 1이라는 유한한 길이의 선분이 무한 개의 점들로 구성되어 있다는 걸 알고 있지? 따라서 점은 특정 값을 무한대로 나누면 나오는 값이 된다는 걸 잘 알고 있지? 무한대로 나눈단 것은, 무한대의 크다는 성질을 거꾸로 돌려 사용하는 것으로, 결과물은 무한대의 반대인 무한소가 될 수밖에 없다는 것은 불 보듯 뻔하지? 그런데 하필 점이 그 무한대로 나눈 결과물이라네. 뭐 어쩌겠어. 점이 곧 0이요 무한소라는 걸 이젠 받아들여야지."

"…………."

결론을 낸 입은 다물어지고, 강의실엔 그대로 고요함이 찾아든다.

신사가 내놓은 결론에 소년은 그저 어안이 벙벙해질 뿐이다. 턱에 힘이 빠져 잠시 동안 입조차 다물지 못하고 있던 소년은, 어떻게든 뭐라 할 말을 찾기 위해 입술을 깨물고 눈동자를 이리저리 굴려 본다. 어느 순간 눈동자가 어느 곳인가에서 멈춘다.

"그럼 점 한 개와 점 두 개는 뭐가 다른 건데요?" 기운 빠진 목소리로 따지던 소년은 갑자기 목소리에 힘이 붙는다. "아까 분명 그랬잖아요. 무한소에도 크기 차이가 있다고. 무한대에 크기 차이가 있기 때문에, 똑같은 1을 나누더라도 더 큰 무한대로 나눴을 경우 무한소의 값이 더 작게 나온다고. 분명 그렇게 말하셨는데 또 이제는 무한소가 다 0이라고 하니, 대체 어느 쪽 말을 따라야 하는 건지 모르겠네요. 확실하게 말해주세요. 무한소끼리의 차이가 존재해요? 아니면 차이 같은 건 없으며 모든 무한소가 사이좋게 0인가요?"

"좋은 지적이야! 바로 이런 질문을 원했어."

신사는 신이 난 것인지 강의실 안을 펄쩍펄쩍 뛰어다니다가 바퀴 달린 칠판 앞에 미끄러지듯 멈춰 선다. 덕분에 소년은 또 뒤로 돌아앉아야만 했다.

"분명 뭔가 모순되는 것 같아. 그렇지?" 칠판 앞에서 그는 말을 이어간다. "모순되어 보이는 두 가지 사실이 공존하고 있는 거지. 무한소끼리의 값에 제각각 차이가 있어 각각의 무한소가 마치 일반적인 숫자인 양 값을 비교하며 쓸 수 있다는 사실. 그리고 무한소는 전부 값이 0이란 사실. 물과 기름처럼 도저히 섞일 수가 없어 보이는데... 섞일 수 없어 보이는 이 두 사실을 합치기 전에, 잠깐 점에 대한 얘기를 해보자."

칠판에 있던 일직선이 지워지고 그 자리에 새로운 일직선이 들어선다. 이번엔 선의 중앙이 다시 0이다.

"아까 이런 질문을 했었지? 점 한 개와 점 두 개가 뭐가 다른 거냐고. 굉장히 중요한 질문이었어. 점의 정의에 의하면 점은 크기가 없지. 즉, 점이 한 개든 두 개든 몇 개가 모이든 간에 그 크기는 0이 되는 거야. 이 때문에 우리는 골치 아픈 딜레마에 빠지게 되지. 여기 일직선 가운데에 0이 있지? 영점이야. 0이라는 숫자를 나타내는 하나의 점. 자, 그럼 이 점에서, 이 숫자에서, 점 세 개만큼 떨어진 숫자는 뭐지? 특정 점에서 점 몇 개만큼 떨어진 숫자를 물었을 때, 너는 뭐라고 답할 거야? 뭐라고 답해야 할까? 점의 정의를 생각해 보면, 0이라고 답할 수밖에 없지? 0에서 점 세 개만큼 떨어진 점의 값을 물었는데, 점이란 게 길이가 존재하지 않으니, 결국 점 세 개 떨어진 점도 0하고 같은 위치에 있는 게 돼 버리잖아. 만약 점이 선분처럼 길이가 존재했다면, 점 세 개 떨어져 있는 점의 경우 그만큼의 거리가 있는 점이 되었겠지. 0과의 거리가 어느 정도 있는 점. 당연히 그 점의 값은 0이 아닐 테고 말이야. 그런데 점이란 건 크기가 없기 때문에 길이란 게 존재할 수가 없어. 따라서 이런 딜레마에 빠지게 되는 거야. 영점의 값은 0. 영점 바로 옆의 점도 0. 영점 옆의 옆의 점도 0. 그냥 다 0이 되는 거지. 아무리 멀리 떨어져도 계속 0만 있는 거야."

"그렇지만, 무한히 떨어지면 0이 아니게 되잖아요?"

"바로 그거지. 1은 영점에서 점 무한 개만큼 떨어져 있으니까. 2도 마찬가지고. 모든 양의 실수, 음의 실수가 마찬가지야. 0이 아닌 실수라면 모두 0과의 거리가 존재하며, 결국 그 거리라는 것은 하나의 선분이지. 제 아무리 짧은 선분이라 해도 길이가 존재하는 선분이라면 점이 무한 개 모여 구성된 선분일 수밖에 없어. 만약 점이 유한 개 모였다면 길이는 0이 되지. 이제 좀 알겠어? 결국 여기서 또 유한대의 영역과 무한대의 영역이 나뉘는 거야. 0이라는 점에서 유한한 개수의 점만큼 떨어져 있으면 여전히 0. 무한한 개수만큼 떨어질 때에야 비로소 0의 영역을 벗어나게 된다는 거지."

신사는 영점의 주위로 좀 더 커다란 원을 그려 점을 둘러싼다.

"그렇기 때문에 우리는 또 다른 의미의 점을 규정할 필요가 있다는 거야. 한 점에서 유한한 개수의 점만큼 떨어진 영역, 그 영역 자체도 한 개의 점과 똑같은 성질을 가진다는 거지. 똑같이 크기가 없고, 그 영역에 속한 점들 모두 값이 같으니까. 따라서 그 영역 자체를 하나의 점으로 봐도 무방하다는 거야. 이름을 어떻게 붙일까... 그래, '실질점'이라 하자. 앞으로 한 점에서 유한한 개수의 점만큼 떨어진 영역은 '실질점'이라 하는 거야. 실질적으로 한 개의 점과 완전히 똑같은 취급을 받는다는 거지. 0의 실질점은, 그냥 0 그 자체가 되는 거라고. 0이라는 점 그 자체. 그게 실질점이야. 뭐 굳이 엄밀한 말로 정의하고 싶다면... 실질점은 이렇게 정의할 수 있겠지."

그는 칠판에 실질점의 정의를 적어 소년에게 보인다.

'실질점: 한 점으로부터 양의 거리만큼 떨어지지 않은 모든 점들의 집합'

"그래서, 이게 무얼 하는 건가요?" 소년이 묻는다.

"조금만 기다려 봐. 이제부터가 시작이야." 신사는 '0'을 중심으로 일정한 간격에 맞춰 일직선에 눈금을 하나하나 새겨 넣는다. "우리 한번 엄청나게 커져 볼까? 진짜, 엄청나게 커져 보는 거지."

그는 각 눈금들에 어떤 기호들을 새겨 넣기 시작한다.

"……'무한대로' 커지는 거야."

0에서부터 오른쪽으로 각 눈금마다 적힌 기호들은 다음과 같다.

$$0, \ \infty_1, \ \infty_2, \ \infty_3, \ \infty_4 \cdots$$

"우리가 무한대의 존재가 되었다고 상상해 봐. 무한히 큰 존재로서, 무한대의 세계에 서서 이 실수선(實數線)을 바라본다고 했을 때, 1이나 2 같은 평범한 숫자가 보이겠어? 이젠 무한히 큰 것들이 평범하게 보이겠지. 또한 무한대끼리도 크기가 다르니 여러 종류의 무한대가 보일 테고 말이야." 그는 말하는 와중에도 펜을 왼손으로 옮겨 남은 눈금들을 메꾸어 나간다.

칠판의 왼쪽에서부터 0까지 각 눈금마다 적힌 기호들은 다음과 같다.

$$\cdots \ -\infty_4, \ -\infty_3, \ -\infty_2, \ -\infty_1, \ \ 0$$

"아, 무한대 기호 뒤에 붙은 숫자들 말인데... 말하자면 무한대에 붙은 라벨 같은 거야. 우리가 어떤 특정한 수를 1이라 하고 또 어떤 수는 2라 칭하듯이, 무한대에도 그렇게 이름을 붙인 거지. 그냥 무한대라고만 하면 각기 다른 값의 무한대를 구분할 수가 없잖아."

그는 펜을 내려놓고 말을 이어간다.

"결국 우리의 유한수 체계에서 그랬던 것처럼, 무한대의 세계에서도 1과 2의 구분이 있어야 한다는 거지. '무한대 1'과 '무한대 2'의 구분이 말이야. 말하자면 '무한계'인 거야. 이젠 무한대들이 숫자처럼 보이는 거지. 무한대들을 일반적인 수처럼 다루는 숫자 체계, 이제부턴 그냥 무한계라고 할게. 자, 그럼 여기서 질문."

그는 허공에 손바닥을 내밀어 주먹을 쥐는 동작으로 주위를 환기시 킨다.

"이 무한계에서, 0의 실질점은 어디까지일까?"

질문을 잘 이해하지 못 한 듯한 소년의 표정을 눈치채고는 잽싸게 덧붙이는 그이다.

"무슨 소리인가 하겠지. 0의 실질점은 그냥 0인데 말이야. 그럼 반대로 이렇게 물어볼게. 한번 잘 생각해서 대답해 봐. 과연 이 무한계에서, 1의 위치는 어디일까?"

"…………."

"무한대에 붙어있는 1 말고, 진짜 1 얘기하는 거야. 유한대 1. 과연 어디일까? 다른 유한실수들은 또 어떻고? 2는 어디 있을까? 10은? 100은? -1은 또 어디 있고?"

소년은 무서우리만큼 빠르게 답을 눈치챈다. 분명 직관에 반하는 결과였지만, 머릿속 깊은 곳에서부터 계속 그게 답이라고 말해 오는 것 또한 직관이었다.

그는 시선을 칠판에 고정한 채 눈알 하나 움직이지 않고 터벅터벅 걸어 나온다. 표시용 막대기를 집은 그의 손이 이윽고 한 곳을 두드린다.

0. 또다시 0이다.

확인을 요구하듯 그의 고개가 신사 쪽으로 돌아간다. 신사는 어깨를 으쓱하고는 그저 덤덤하게 말을 이어간다.

"이젠 내가 안 가르쳐도 되겠네. 이쯤 되었으면 다 이해한 거겠지."

"사실 이해 못했어요. 유한대 나누기 무한대가 0이라고 하시기에 그 사실에 입각해서 답을 하긴 했는데, 사실 1이나 2 같은 수들은 0이 아니잖아요. 0의 실질점에 1이나 2는 없는데 어째서 그 수들을 0이라 해야 하는 거죠?"

"그건 말이지..." 신사가 다시 펜을 집어 올리며 말한다. "여기가 무한계니까."

그는 소년이 서 있는 위치로 다가와 그를 잠시 비켜서게 하고, 소년이 점을 표시한 곳의 약간 아래에 하나의 선분을 그린다. 선분의 시작에는 0이라 적고 끝에는 1이라 적는다.

"이 선분을 1이라는 수의 값으로 생각하라고 했지. 아까 얘기했듯, 1을 무한대로 나눌 때 우리는 이 선분을 무한대로 나누는 거야. 그 결과는..."

그는 손바닥으로 선분을 쓸어, 시작점인 0만 남고 다 지워지게 만든다.

"〈점〉이지."

소년은 그제야 뭔가 깨달음을 얻은 듯 입을 떡 벌린다.

"이제 알겠어? 무한계란 축척이 무한대분의 1인 세계야. 여기선 선분이 점이 된다고. 선분이 선분으로 남고 배길 수가 없지. 여기서 선분으로 표현되는 것은 아무리 작아도 다 무한대인걸."

신사는 또 한 번 영점의 주위로 원을 그린다.

"그러니까 뭐야. 0의 실질점이 확장되었다는 거지. 이젠 모든 유한대가 0의 실질점에 포함되는 거야. 실질점의 정의는 어떻게 하고? 한 점에서 유한한 개수의 점만큼 떨어진 것만 실질점이라며. 이젠 점의 기준이 바뀐 거지. 아예 0부터 1까지의 선분을 '한 개의 점'이라고 정의해 보든가. 여태까진 말도 안 되는 정의였겠지만, 지금 이 무한계에서는 얘기가 다를걸? 무한계의 관점에서 보면, 1이라는 수가 나타내는 크기도 '존재하지 않는' 크기야. 너무 작아 사실상 존재하지 않는 거나 마찬가지라는 게 아니라, 진짜 존재하지 않는 거라고. 일 나누기 무한대란 무한히 작은 크기니까. 그리고 무한히 작은 크기란 '사실상'이 아니라 '말 그대로' 존재하지 않는 크기니까 말이지. 어떤 유한대이든 마찬가지야. 아무리 큰 수라고 해도, 유한대인 이상 무한대로 나눌 경우 무한소가 되잖아. 제 아무리 커 봤자 무한히 큰 존재 앞에선 0이라고!"

"그럼, 여기서는 아예 점의 개념 자체가 다르다는 거예요?!"

"점의 개념이 다르다기 보다는, 한 차원 위의 점이 되었다고 보는 게 맞겠지. 이젠 유한한 크기마저도 점의 범주에 들어갈 정도로 점이 한 단계 진화한 거야. 점의 정의 자체는 여기서도 동일해. 똑같이 '크기가 존재하지 않는 도형'이지. 다만 다른 점은, 이젠 설령 유한한 길이의 선분이라 할지라도 '크기가 존재하지 않는'다는 거야. 따라서 이 진화한 점은 유한한 크기를 내포하고 있으며, 이 진화한 점을 바탕으로 형성된 실질점은 '유한의 영역 전체'를 아우른다는 거지. 예를 들어서, 이제는 0이 '모든 유한실수'이지? 모든 유한한 수가 0이 되었으니까 말이야. 말하자면 이제는 그게 0의 실질점인 거라고. '유한한 수들의 범위'라는 영역 전체가 0의 실질점인 거야. 다른 점 얘기를 해 볼까? 예를 들어 여기 칠판에 적혀 있는 '∞_1'은 어떨까? '∞_1'이라 이름 붙여진, 특정한 위치의 무한대. 이것 또한 하나의 점이지. 또한, 하나의 실질점이기도 하고 말이야. 만약 이 실질점 안을 들여다본다면, 실질점에 해당하는 영역 안에는 이런 수 체계가 있을 거야. 한가운데에 '∞_1'이 있겠지. 말하자면 원점이야. 0 같은 거지. 그리고 그 원점의 주위로 수없이 많은 숫자들이 줄을 서고 있는 거야! 이를테면 이런 식으로!"

$$\cdots\infty_1-3,\ \infty_1-2,\ \infty_1-1,\ \ \infty_1,\ \ \infty_1+1,\ \infty_1+2,\ \infty_1+3\cdots$$

"이제 감이 와? 어디서 많이 본 듯한 그림이지? 저기 있는 각각의 항목들에서 '∞_1'을 빼 봐. 그럼 뭐야? 우리 수 체계랑 똑같잖아. 음수 있지, 양수 있지, 0 있지. 근데 그렇게 수없이 많은 숫자들이 나열되어 있음에도, 저것들 전부 값이 '∞_1'이야. 분명 실질점 안에서는 뭐 음수니 양수니, 원점보다 앞에 있니 뒤에 있니 하는 차이들이 있지만, 실질점 밖 무한계에서 볼 때는 그런 차이들이 존재하지 않거든. 존재하지 않는 차이란 말이지. 유한대의 관점으로 볼 때야 존재하겠지만, 무한대의 관점으로 보면 존재하지 않는 차이. 그래서 해당 원점으로부터 유한대만큼 떨어진 수들이 전부 원점의 값을 갖게 되는 거야. 무한계에서 보면 전부 하나의 값, 하나의 점이란 거지. 분명 그 안에 하나의 세계, 끝이 없는 하나의 수 체계가 존재함에도, '실질점 ∞₁'에 존재하는 수들은(심지어 여기서 말하는 '수'는 우리의 유한한 세계에 존재하는 수들과 별 차이가 없어. 수의 위치를 표시할 때도 우리가 실수계에서 쓰는 점하고 똑같은 크기의 점을 쓴다고!) 모두 원점인 '점 ∞₁'에 귀속된다는 거야. 무한대 빼기 1이 왜 무한대인지 알겠지? 왜 '∞₁'에서 1을 뺀 값이 여전히 '∞₁'인지 이제는 논리적으로 설명할 수 있을 거야. 분명 1을 빼긴 했으니 '실질점 ∞₁ 수 체계'에서는 1만큼 뒤로 가겠지. 하지만, 거기에서 1만큼 뒤로 간다고 해도 실질점상으로는 여전히 '∞₁'이라고. 왜냐면 이 '실질점'은, 무한계에서의 실질점이니까! 우리 세계의 실질점과는 차원이 다르니까!"

"그래서 그 차원이 다른 무한계에서의 실질점을 적용하면... 한없이 넓어 보이기만 했던 우리의 유한한 숫자들의 세계도 0이 된다는 것이군요?"

"그래. 우리의 유한한 수들의 세계... 뭐, 줄여서 '유한수계'라고 부르도록 하지. 유한수계에 해당하는 수의 값은 전부 0이란 거야. 물론 '유한수계에서의 0'은 아니지. '무한계에서의 0'이지. 우리가 알고 있는 0과는 다르지만, 이것도 엄연한 0이야. 아까 '실질점 ∞₁ 수 체계'라는 말을 했지? 원점이 '∞₁'인 수 체계이자, 무한계에서의 한 실질점. 우리의 유한수계는 그 표현을 빌리자면 '실질점 0 수 체계'라고 할 수 있는 거야. 점 안에, 하나의 수 체계가 존재하는 거라고. 0이라는 실질점 안에도, '∞₁'이라는 실질점 안에도, 모두 저마다의 수 체계, 저마다의 하위 차원 세계가 있어. 그럼 우리는 여기서 이렇게 질문을 해야겠지."

그는 중요한 말을 할 때처럼 한 번 깊게 숨을 들이쉰다.

"과연 '무한계 실질점'들만 저마다의 세계가 있을까?"

"…………."

질문의 의미에 대해 곱씹어 보던 소년은 곧이어 눈빛이 변하더니 눈이 휘둥그레지고 입이 떡 벌어진다.

"이 얘기를 하려고 지금까지 그렇게 멀리 멀리 돌아온 거군요?!"

소년의 격한 반응에 신사의 얼굴엔 참을 수 없는 회심의 미소가 퍼져 나간다. 자꾸 피식거리는 입을 보이지 않으려 칠판으로 뒤돌아, 무한계를 나타내는 일직선의 0을 제외한 모든 눈금의 기호들을 그는 하나하나 지운다. 지우면서 말을 이어 나간다.

"만약 유한수계의 실질점도 마찬가지라면? 유한수계에서 일어나는 일도 무한계와 다르지 않다면? 만약 사실 무한계는, 유한수계의 패턴을 그저 거시적으로 확대해서 반복할 뿐인 '한 차원 위의 유한수계'에 불과하다면?"

기호가 지워지고 남은 빈 눈금에는 숫자가 적힌다. 소년에게 익숙한, 유한대 세계의 자연수들과 음수들이다.

이제 일직선은 유한수계를 나타내게 된 것이다. 1이나 0 같은 몇몇 수들이 소년의 눈에 띈다. 마침 신사가 1을 가리키며 말한다.

"자연수 1. 여기에도 수 체계가 있어. 무한히 작은 미시세계의 수 체계지. '실질점 1 수 체계'라고나 할까? 한번 여기에 들어가 보자고. 뭐가 있겠어? 아까 무한계에서의 실질점은 원점에서 유한대만큼 떨어진 수들로 정의되었었지? 단순화하자면 이렇게."

그는 알아보기 쉽게 큰 글씨로 칠판에 적는다.

'무한계의 실질점: 무한대 ± 유한대'

무한대 플러스마이너스 유한대. 즉, '무한대에 유한대를 더하거나 빼거나'이다. 무한대에 유한대를 더하거나 빼거나 무한계 실질점의 손바닥을 벗어날 수는 없다는 뜻이다.

"흠..." 소년은 어딘가 미묘한 표정을 짓는다.

"완벽한 정의는 아니지. 단순화했으니까." 신사는 그를 보며 말한다. "지금 중요한 건 유한수계의 실질점은 어떠냐는 거야. 한번 저기 써 있는 걸 바꿔 봐. 저 정의에서 한 단계만 내려오면 돼. '무한대'라는 말을 바꾸고, '유한대'라는 말만 바꿔. 끝이야. 한 단계씩만 내려와서. 그럼 뭐가 돼? 유한수계의 실질점은. 한 단계 내려오면 뭐야? ……이거겠지?"

칠판에 적힌 글자 중 몇 가지가 다른 단어로 대체된다.

'유한수계의 실질점: 유한대 ± 무한소'

"그래! 무한소야! 무한계 실질점 안에 유한대가 있었다면, 유한계 실질점 안엔 무한소가 있는 거지! 자연수 1 내부의 미시세계. 그게 무한소였던 거야! 한번 들여다볼까? 실질점 1을 보면, 안에는 이렇게 돼 있겠지."

$$\cdots 1-\varepsilon_3, \quad 1-\varepsilon_2, \quad 1-\varepsilon_1, \quad 1, \quad 1+\varepsilon_1, \quad 1+\varepsilon_2, \quad 1+\varepsilon_3 \cdots$$

"여기서 'ε'라는 기호는 무한소를 나타내는 기호라고 보면 돼. 마땅한 기호가 없어서 차용한 거지. 이 '실질점 1 수 체계'의 각각의 값은 유한수계의 점으로 표현되는 게 아니야. 한 차원 아래의 점이지. 그래서 사실 우리 관점에서는 수라고 하기가 좀 애매해. 저것들을 수라고 한다면 값은 전부 '1'이니까. 무한소 차원에서나 각각을 하나의 수라고 할 수 있겠지만, 그렇다고 해도 저것들은 결국 전부 1이지. 사실 저것들은 무한소도 아니야. 1이니까. 다만 1이라는 실질점 안에서, 저것들이 나란히 모여 형성되는 미시세계는 무한소 차원의 세계라는 것이지. 그래서 1 안에도 무한소가 있다고 한 거야. 진짜 무한소를 찾으려면... '유한소'가 없는 곳으로 가야지. 무한계 안에서 무한대가 없었던 유일한 실질점. 무한계 안에서 유한대의 위치를 표시할 때 썼던 바로 그 숫자..."

"⋯⋯0이군요."

"그래." 신사는 천천히 고개를 끄덕인다. "이제 처음의 그 두 가지 사실이 어떻게 융합되는지 알겠지? 무한소끼리의 값에 제각각 차이가 있다는 사실. 그리고 무한소는 전부 값이 0이란 사실. 둘 다 맞아. 무한소의 관점에서 봤을 때는 차이가 있는 거지. 우리 유한수계의 존재들 관점에서는 없고 말이야. 유한수계에선 1과 2는 차이가 있어. 무한계에선 둘 다 0이지. 그런 거야. 무한소란 분명 존재하지 않는 양, 숫자로는 '0'임에 틀림은 없지. 하지만 그걸 무한소의 관점에서 보면 또 얘기가 다르다고. 말하자면 '무한소계'가 되겠지? 그래, 무한소계에서는 무한소가 0이 아닌 특정한 위치를 가질 수가 있는 거야. 다만 여기서 0은 유한수계의 0이 아니라 무한소계의 0이여야겠지. 무한소의 관점에서 봤을 때, 존재하지 않는 것."

"그게 뭔데요?"

"별 거 아냐. 그저 또 한 차원 밑의 무한소일 뿐이지. 우리가 유한수계의 실질점으로 들어갔을 때 첫 번째로 맞이하는 게 '제1무한소계'라한다면, 그 무한소계에서의 실질점, 무한소계의 0에 해당하는 점을 구성하고 있는 것은 '제2무한소계'야. 무한소의 하위 차원에 해당하는 것은 다른 게 아니고 그저 더 작은 무한소일 뿐이었다는 거지. 그런거야. 제2무한소계의 0에는 또 '제3무한소계'가 있겠지? 계속 그렇게 내려갈 수가 있는 거라고. 물론 무한계도 마찬가지지. '제1무한계'가 있으면 '제2무한계'도 있어. 제1무한계의 무한대를 0으로 만들 정도로 큰 무한대들이 존재한다고. 제1무한계의 무한대로 1을 나눌 경우 그 값은 제1무한소계의 무한소가 되지만, 제2무한계의 무한대로 1을 나눌 경우 그 값은 제2무한소계의 무한소가 되지. 물론 유한수계에서는 둘 다 '1 ÷ ∞ = 0'으로 표현되겠지만, 같은 수식이라 하더라도 무한계와 무한소계적인 차이는 있는 거라고."

"…………"

소년은 멍한 표정으로 굳어있다. 신사는 별로 개의치 않는다.

"아까 무한소의 정의를 너는 이렇게 말했지? 모든 양수보다 작지만 0보다는 큰 상태라고. 굳이 그 정의를 버릴 필요는 없어. 그 정의에서 말하는 0을, 유한수계의 0이 아닌 무한소계의 0이라고 해석하면 모순은 없게 되지. 무한소가 제1무한소계일 경우는 제1무한소계의 0. 제2무한소계일 경우는 제2무한소계의 0. 이렇게 해당 무한소계에 맞춰서 0을 해석하면 되는 거야."

소년은 아직도 멍한 상태에서 헤어 나오질 못하고 있다. 그를 보며 신사가 묻는다.

"아직 납득 안 되는 게 있나보지?"

그는 눈빛을 솟구며 대답한다.

"그야 그렇잖아요. 무한소가 우리 수 체계에선 0이라 해도, 무한소의 관점으로 봤을 땐 무한소계의 0이 아니니까, 결국 무한소는 0이라고 할 수 없는 것 아닌가요?"

"그렇지만 우리에게는 0이야. 유한소의 관점에서는 완벽한 0이라고."

"그렇지만 그건 결국... 가짜 0 아니에요?"

"아니. 진짜 0이야. 무한소는 존재하지 않는 양이라고. 그건 무한이라는 개념 그 자체의 정의에 의해 결정된 거야. 그렇기 때문에 빈틈없는 결론이지. 완전한 0이야. 단순히 '사실상' 존재하지 않는다, 너무 작아 0이나 마찬가지다 하는 정도가 아니라고."

"그렇지만, 무한소의 관점에서 보면 "

"네 키가 100미터라면 100미터짜리 물건이 너만 한 존재로 보이겠지. 1미터라면 1미터짜리 물건이 너만 한 존재로 보일 테고 말이야. 1밀리미터라면 1밀리미터짜리 물건이 너만 한 존재로 보일 거고, 1나노미터라면 1나노미터... 그러니까, 네가 0이라면 0이 너만 한 존재로 보일 거라는 얘기야. 너만 한 '존재'로 보인다는 거지. 그래, 그땐 존재가 맞아. 네가 0일 때는 말이야."

"근데 그게 그냥... 그냥 0이 되어서 본다고... 그렇게, 그렇게 간단한 거예요? 아무리 그래도 존재하지 않던 것인데... 그냥 그렇게... 아무리 그래도 0만 되었다고 그러기엔..." 소년은 횡설수설한다.

"네가 무슨 말 하고 싶은 건지 알아." 신사는 잔잔히 고개를 끄덕인다. "네가 생각하기엔 네가 100이든 0이든 간에 진짜 0은 그 어떤 경우에도 존재하지 않아야 한다는 거지? 그게 네가 생각하는 진짜 0이지? 그 어떤 무한소의 관점으로 봐도, 존재하지 않는 것 말이야. 그런 개념이 이론상으로는 있긴 있어. 이곳 학계에선 'Ultimate Null'이라고 명명했지. 근데 실제로 쓰일 일은 아마 없을 걸? 그 Ultimate Null이란 상태는, 네가 아무리 무한소계에 무한소계를 거듭해 내려가도 이를 수가 없으니까. 0은 제1무한소계의 무한소일 수도, 제2무한소계의 무한소일 수도, 제3무한소계의 무한소일 수도 있지만, 아무리 낮은 0이라 해도 Ultimate Null에 해당하는 0이 있으리라고는 생각하기 어렵지. 0은 그냥 어딘가의 무한소이지 않겠어? 해당 0과 맞먹는 크기의 관점에서 봤을 땐 존재하는 것이지만, 우리 유한수계에서는 존재하지 않는 양. 그것도 진짜 0이야. 진짜로 존재하지 않는 것 맞지. 우리는 유한수계에 있잖아, 그렇지? 그럼 존재하지 않는 양이라는 정의는 어떤 0이든 똑같은데, 0이 굳이 무한소가 아니라 Ultimate Null일 일이 있을까? 무한소계에서 아무리 내려가도 무한소계만 계속 나올 뿐인데? 그리고 무한소계에 있다는 것 자체부터가 벌써 존재하지 않는다는 의미인데?"

"그렇지만... 그렇지만..."

소년은 입에 경련을 일으키며 힘겹게 내뱉는다. 얼어붙은 표정으로 한 발짝 한 발짝 뒷걸음치던 그는 결국 머리를 부여잡고 주저앉는다.

신사는 슬그머니 다가와 무릎을 굽히고 그와 눈높이를 맞춘다.

"알아. 혼란스럽겠지. 나에게 가르침을 받는 영혼들은 꼭 여기에서 무너지더라고. 그 뒤엔 두 선택 중 하나를 하게 되지. 내 가르침을 받길 거부하고 이곳을 떠나거나, 아니면 내가 말한 것들을 온전히 받아들이기로 마음먹고는 다시 이 강의실에 오거나."

소년은 고개를 들어 신사를 바라본다. 신사는 웃어 보인다.

"오늘 강의는 끝났어. 숙소로 돌려보내줄게. 돌아가서 하룻밤 푹 자고 한번 잘 생각해 봐. 넌 어떤 선택을 할지. 내 가르침을 부정하고 떠날 거야, 아니면 한번 끝까지 들어볼 거야? 내 말을 수용하고 더 나아갈 준비가 되면, 내일 다시 이 강의실에 찾아오면 돼. 그때부터는 아마 이전과 다른 새로운 세계일 거야. 많은 것들을 보여주겠다고 약속하지."

그는 소년의 이마에 손을 갖다 댄다. 이마와 맞닿은 자리에서 무슨 빛보라 같은 게 일어나기 시작한다.

"지친 상태일 테니까 무리하지 말고 쉬어. 어쩌면 내일 보자고!"

잠시 눈앞이 아찔해진 소년이 감았던 눈을 뜨자, 익숙하고 편안한 방의 풍경이 보인다. 그는 방바닥에 주저앉아 있다.

　어제와 마찬가지로 그는 곧장 침대에 기어 올라간다. 강의실에 있을 땐 숙소에 돌아오면 하고 싶은 일들이 많았는데 막상 오니 아무 할 일도 떠오르지 않는다. 머리가 텅 비는 느낌을 이틀 연속으로 느끼며, 생각이 없어질 땐 역시 잠뿐이라고 그는 잠들기 전에 마지막으로 생각한다.

3번째 날

날이 밝았다.

침대에서 나와 고민하던 소년은 결국 강의실에 가기로 한다.

어제, 그제에 이어 또 한 번 무거운 몸을 일으키는 그이다. 창밖을 한 번 쓱 내다본다. 어두워서 밖이 보이지 않은 지난밤에는 몰랐지만, 발코니의 모습은 어제와 달라진 것이 하나도 없었다. 꽤나 놀라운 사실이다.

어제 있던 비행기가 그대로 있는 것이다.

"…………."

소년은 흠칫하여 잠깐 아무 반응이 없다가, 곧 황당하다는 듯 저절로 입이 벌어진다.

"……하루가 지나도록 저러고 있었던 거야?"

어이없었는지 그는 잠시 실소가 나온다. 그의 모습을 보고 있을 신의 존재를 의식하며 대단하다, 말하듯 고개를 끄덕이며 엄지를 추켜세운다.

얼마 지나지 않아 그는 비행기에 뛰어 올라타고, 순식간에 순백의 건물은 발밑으로 다가와 그는 뛰어내린다. 또다시 지붕의 문으로 떨어져 들어가고, 곧이어 강의실 천장에서 나타난다.

어제, 그제와 똑같이 천장의 일부가 열리고 그가 떨어졌지만, 오늘의 그는 이전과는 다르게 바닥에 멋지게 착지해 보인다.

착지한 그의 눈에 가장 먼저 들어온 것은 강의실 칠판이었다. 칠판에 쓰인 기호가 어제와는 약간 달라져 있다.

1 / 0

"잘 왔어. 세 번째 날이 밝았네. 용케 이때까지 있을 줄이야." 신사가 나타난다.

그는 연단에서 성큼성큼 걸어 나오며 말한다.

"오늘은 새로운 것을 배운다기보다는, 어제 배웠던 것을 실제 수식에 적용시켜 볼 거야. 네가 여기 왔다는 것은 어제의 가르침을 받아들인 거라고 봐도 되겠지? 그렇다면 오늘은 머리 아플 일이 없을 거야. 걱정하지 말라고. 어제와 그제, 이미 두 번의 큰 고비를 넘겼어. 앞으로 배울 모든 것은, 사실 그 두 번의 강의의 연장선상에 있지. 두 번의 강의에서 네가 배운 것을 받아들이느냐, 받아들이지 않느냐, 이게 중요한 문제야. 받아들이지 않기를 선택한다면 넌 더 이상 여기 있을 이유가 없지. 책을 덮고, 네가 원래 하려고 했던 일을 하면 돼. 그러나 넌 받아들이기를 선택했잖아. 아직도 여기 있으니까 말이야. 그렇다면 앞으로도 나와 함께 많은 것들을 체험할 수 있겠지. 모든 게 더 쉬워질 거야. 그럼, 시작해 보자고."

신사가 분필을 들자 '0분의 1'이라고 쓰인 칠판의 기호 옆에 같은 분모를 지닌 다른 분수들이 추가되기 시작한다. 옆으로만 추가되던 분수들은 곧 위쪽에 새로운 줄이 추가되어, 새로운 줄엔 새로운 분모의 분수들이 채워진다. 그렇게 다른 분모로, 다른 줄로 나뉜 6개의 분수가 칠판에 나타나게 된다.

$$1/\infty, \quad \infty/\infty, \quad 0/\infty$$
$$1/0, \quad 0/0, \quad \infty/0$$

"정리하지. 위 줄 왼쪽부터 무한대분의 1, 무한대분의 무한대, 무한대분의 0, 그리고 아래 줄에는 0분의 1, 0분의 0, 그리고 0분의 무한대야."

신사는 소년에게 의자에 앉으라고 권하고는, 자신은 의자에 딸린 책상에 걸터앉는다.

"이 분수들을 왜 쓴 것 같아?"

그가 묻는다.

"음..." 소년은 잠시 생각하다 말한다. "분수라는 건 나눗셈의 다른 표현이죠. 분자를 분모로 나눈다는 것이요. 저기 쓰여 있는 분수들을 보아하니 분자나 분모가 일반적인 나눗셈에선 쓰이지 않을 법한 것들이네요. 0으로 나누기. 무한대로 나누기. 보통 이런 나눗셈은 안 하는데. 이런 특수한 나눗셈의 결과를 맞춰 보라는 거죠?"

"그래, 맞아. 보통 저런 식의 나눗셈은 별로 따져보지도 않고 터부시 되는 경향이 있지만, 어제 배운 것을 적용하면 저런 특수한 경우의 연산도 답을 내는 것이 가능하다는 거지. 한번 해 볼까? 무한대분의 1은 어제 실컷 얘기했으니까 넘어가고. 한번 0분의 1을 맞춰 볼래? 1을 0으로 나누면 뭐가 될까? 궁금해한 적 없어?"

소년은 회심의 미소를 짓는다.

"그게 말이죠. 사실 1 나누기 0의 값은 생전에도 어느 정도 짐작하고 있었어요. 제가 아주 어렸을 때. 심지어는 누나가 이곳을 발견하기도 한참 전부터요."

"오, 그래?"

신사는 눈썹을 치켜세운다. 소년의 표정은 거리낌이 없이 당당하다.

"항상 궁금해했었죠. 무언가를 0으로 나누는 건 금단의 영역이었으니까요. '없는 것으로 나눈다'는 게 대체 무슨 의미일까? 매번 질문했었죠. 아무도 저한테 가르쳐 주지 않았어요. 제가 물어보면 그저 그건 불가능하다고만 말할 뿐이었죠. '불가능해. 애초에 0으로 나눈다는 게 뭔데? 0으로 나누는 걸 상상이나 할 수 있어?' 이런 반문이 돌아왔지만 저는 답할 수가 없었어요. 정말 가늠조차 안 되었죠. 0으로 무언가를 나눴을 때의 그 후폭풍이요. 뭔가 절대로 분모자리에 0을 놓으면 안 될 것 같았어요. 절대 건드려서는 안 될 판도라의 상자 같다고나 할까? 역설적으로 저는 그런 금기스러운 느낌 때문에 0으로 나누는 것에 끌렸죠.

한 걸음 한 걸음 접근하기로 했어요.

바로 0으로 나눌 경우 감이 안 잡힌다면, 0과 가까운 수들로 나눠 보는 거였죠. 1을 10으로 나눌 때 0.1이 나온다면, 1을 0.1로 나누면 10이 나올 테였어요. 0.01로 나눈다면 100이 나올 것이고요. 0.001로 나누면 1000이 나올 테였죠. 거기까지 생각이 미치자 쉬워지더라고요. 분모가 한없이 0에 가까워질수록, 나눗셈의 결과는 한없이 커지는 거였어요. 그렇다면 1을 0으로 나눌 경우, 정확히는 모르지만 뭔가 무한한 것이 나와야 하지 않을까? 무한하다고 할 수 있을 정도로 뭔가 엄청나게 큰 값이 나와야 하는 것 아닐까? 이런 생각이 들었죠. 물론 그렇다고 해도 그때는 감히 '1 나누기 0은 무한대이다!'라고 대놓고 선언하진 못했어요. 1 나누기 무한대가 정확하게, 더도 아니고 덜도 아닌 완전한 0이라는 걸 받아들이지 못했기 때문이죠. 그러나 이제는 말할 수 있겠네요. 0분의 1은 무한대예요."

"뭐 대략적인 원리는 맞췄군."

신사는 걸터앉았던 책상에서 일어나 소년의 주위를 돌며 말한다.

"분모가 한없이 0에 가까워지면 분수의 값은 한없이 커진다, 그래서 분모가 한없이 0에 가깝다면 분수의 값은… 한없이 큰 게 된다, 여기까지 결론을 낸 건 잘했어. 한없이 0에 가까워지는 것, 한없이 커지는 것이 꼭 한없이 0에 가까운 것, 한없이 큰 것이 되지는 않지. 네가 아무리 0에 가까운 수를 뽑아서 나눈다고 해도 진짜 0으로 나누는 것과는 다를 거야. 분수의 값은 항상 유한대겠지. 그렇기 때문에 진짜 0으로 나눌 경우 진짜 무한대가 된다는 결론은 어쩌면 이곳에 오기 전의 너에겐 내리기 어려운 결론이었을지도 몰라. 확신할 수가 없으니까. 분모가 0에 가까워지면 값이 무한대에 가까워진다는 건 알겠는데, 분모가 0이면 값이 무한대인지는 확실히는 모르겠단 말이지. 직접 연산을 해서 무한대까지 가 본 게 아니니까 말이야. 유한한 존재인 너는 그렇게 할 수 없지. 그래서 너는 '추론'한 거야. 추론이야말로 유한한 존재인 너희들에게 있어서 유한 너머를 볼 수 있게끔 부여되는 유일한 창구이지. 네가 보지 않은 것을 알 수 있는 유일한 방법, 그게 바로 추론이야. 네 이성이 가져다주는 최고의 선물이라고. 너는 그걸 써서 1을 진짜 0으로 나눌 경우 진짜 무한대가 나올 거라는, 너의 경험 세계에서 인지할 수 있는 범위를 한참 넘어선 결론에까지 이른 거야. 그래서 그 추론이 맞았냐? 1을 0으로 나누면 정말로 무한대가 되냐?"

"……틀렸어요?"

"반만 맞았어."

그는 칠판에 '1/0 = ∞'라고 쓰고는, 무한대 기호와 등호 사이에 무언가를 추가한다.

"좀 더 정확하게 말했어야지."

새로운 기호가 추가된 수식은 다음과 같다.

$$'1/0 = \pm\infty'$$

"플러스마이너스 무한대. 이야, 이걸 빼먹었어. 거의 다 맞췄는데. 그렇지?"

그는 다시 책상에 걸터앉는다.

"네가 놓쳤던 요점은 마이너스 세계에서도 똑같은 일이 일어난다는 거야. 1을 0.1로 나눌 때 10이 나온다면, 1을 -0.1로 나누면 -10이 나올 테지. -0.01로 나누면 -100이 나올 테고 말이야. 무슨 얘긴지 알지? 마이너스에서 시작한 분모의 경우, 분모가 한없이 0에 가까워질 때 나눗셈의 결과는 '플러스'가 아니라 '마이너스' 방향으로 뻗어나간다고. '마이너스 무한대'에 가까워지는 거야. 그러다가 분모가 진짜로 0이 된다고 해 봐. 0은 유일하게 플러스도 마이너스도 아닌 수이지. 그래서 1 나누기 0이 플러스 무한대인지 마이너스 무한대인지 콕 집어서 말할 방법이 없어. 그래서 둘 다 될 수 있다고 써 놓는 거야. 유한수계에선 그렇게 할 수 밖에 없지. 둘 중 어느 무한대가 정답일지 유한수계의 존재인 너는 알 수가 없으니까."

"그게 무슨 말이에요?"

"유한수계에선 알 수 없지만, 무한소계로 들어가 보면 알 수 있다는 거지. 무한소계의 무한소들도 0을 기점으로 플러스와 마이너스로 나뉜단 말이야. 무한소계의 0을 중심에 놓고 그보다 크면 플러스 무한소, 작으면 마이너스 무한소지. 1 나누기 0에서의 그 0이, 유한수계의 관점으로 보면 그냥 0이겠지만, 무한소계의 관점으로 보면 플러스일 수도 마이너스일 수도 있는 거라고. 0이 플러스 무한소냐, 마이너스 무한소냐? 분모 자리에 있는 0이 과연 어떤 0이냐? 이게 중요한 거야. 0이라는 무한소의 부호에 따라서 분수의 값이 플러스 무한대일지 마이너스 무한대일지가 정해지는 거라고."

"그렇지만 무한소계에서도 무한소계의 0만큼은 부호가 없잖아요.

만약 0이 무한소계의 0이면 어떡해요?"

"무한소계의 0도 결국 하위 차원의 무한소일 뿐이야. 하위 차원의 무한소계에선 부호가 있겠지. 요약하자면 이런 거야. 1 나누기 0을 했는데, 만약 거기에서의 0이 제1무한소계의 플러스 무한소였다면 0분의 1은 제1무한계의 플러스 무한대가 되는 거고, 0이 제2무한소계의 마이너스 무한소였다면 0분의 1은 제2무한계의 마이너스 무한대가 되는 거지. 0분의 1은 어쨌든 플러스 또는 마이너스 무한대이며 플러스일지, 마이너스일지, 그리고 무한대는 얼마나 클지, 이런 디테일들을 결정하는 건 분모인 0이라는 거야. 자, 이 정도면 정리가 됐지? 다음으로 넘어가자고."

신사는 몸을 일으켜 칠판 쪽으로 다가간다.

"다음은... 이거 어때?"

그는 칠판에서 '∞/∞'를 가리킨다.

"요건 뭐라고 할래? 무한대분의 무한대. 무한대를 무려 무한대로 나눈 값이야. 정말 골 때리지? 대체 무한대 나누기 무한대란 게 뭐야? 뭐라고 할 거야? 한번 맞춰 볼래?"

소년은 무한대 기호 쪽을 가리킨다.

"이것 역시 분자와 분모가 어떤 무한대냐에 달려 있겠죠. 분자와 분모가 아예 다른 무한계에 속해 있을 수도 있고, 설령 같은 무한계 안에서 나눈다고 해도 무한대마다 크기는 제각각 다르니까요. 무한대는 2를 곱해도 무한대라고는 하지만 2를 곱한 무한대는 곱하기 전의 무한대와 크기가 같을 수는 없겠죠. '∞1'이라는 무한대가 있고, 그것의

2배에 해당하는 무한대가 '∞₂'라고 해 봐요. '∞₂'가 분자고 '∞₁'이 분모일 경우 무한대분의 무한대는 2가 되겠죠. 반대로 '∞₁'이 분자고 '∞₂'가 분모일 경우 무한대분의 무한대는 2분의 1이 되겠고요. 만약 분자와 분모 모두가 '∞₁'이라면? 또는 분자와 분모 모두가 '∞₂'라면? 그렇게 될 경우, 분모가 분자와 똑같은 값이 되기에 무한대분의 무한대는 1이 되는 거죠. 0분의 0도 마찬가지고요."

신사가 시키지도 않았는데 그는 자기가 알아서 하겠다는 듯 칠판의 '0/0'을 가리켜 보인다.

"0분의 0도 무한대일 때와 별 차이가 없어요. 무한소계에 들어가서 보면, 'ε₁'이라는 어떤 무한소가 있고, 그 값의 2배에 해당하는 무한소인 'ε₂'도 있겠죠. ε₂ 나누기 ε₁은 2, ε₁ 나누기 ε₂는 2분의 1, -ε₁ 나누기 ε₂는 마이너스 2분의 1, ε₁ 나누기 ε₁은 1일 거예요. 모두 유한수계의 관점으로 보면 0분의 0이지만, 어떤 무한소가 0의 위치에 들어가느냐에 따라서 분수의 값이 결정되는 거죠. 어때요? 제 말이 맞아요? 지금까지 배운 걸 토대로 추측하여 결론을 내본 건데."

"분자와 분모가 다른 무한계에 속한 무한대분의 무한대는 어떨까? 한번 그것까지 설명해 봐." 신사는 만족스런 표정을 하며 주문을 추가한다.

소년은 흔쾌히 설명을 이어간다.

"그야 단순하죠. 만약 분자의 위치에 있는 무한대가 분모보다 더 높은 무한계에 있다면, 무한대분의 무한대는 여전히 무한대일 거예요. 예를 들어서 제3무한계의 무한대를 제1무한계의 무한대로 나눈다 해도 결과는 여전히 무한대라는 거죠. 반대로 분자가 분모보다 더 낮은 무한계에 있다면? 예를 들어 제1무한계의 무한대를 제3무한계의 무한대로 나눈다면? 그럴 경우 무한대분의 무한대는 0이 되죠."

"각각 제2무한계의 무한대랑 제2무한소계의 무한소가 되겠군. 나눗셈의 결과 말이야."

신사는 그의 설명을 보충한다.

"그... 그렇죠." 소년은 거기까진 생각 못 했는지 잠시 머뭇거리다 고개를 끄덕인다.

"어쨌든 결론은 무한대분의 무한대가 무한대에서부터 유한수, 무한소까지 다 될 수 있다는 거예요."

"그래, 맞아. 0분의 0도 크게 다르지 않지. 물론 0분의 0은 거기에다가 플러스마이너스 양쪽 부호까지 넘나든다는 차이점이 있기는 하지만. 결국 분자와 분모의 크기 차이가 중요하다는 기본적인 원리는 두 분수가 다 같은 거야. 그런 측면에서 본다면 '∞/∞'와 '$0/0$'은 모두 하나의 수식으로 표현 가능하지. 이렇게 말이야."

신사는 칠판에서 '∞/∞'와 '$0/0$'이 쓰여 있는 부분을 붙잡아 떼어낸다. 소년의 깜짝 놀란 얼굴에 반응할 틈도 없이 그는 떼어낸 조각을 뒤집어서 다시 칠판에다 붙인다. 뒤집힌 조각에는 어떤 수식 하나가 미리 적혀 있어 결과적으로 두 개의 분수가 한 개의 수식으로 바뀐 셈이 되었다.

$$0 \times \infty$$

"0 곱하기 무한대요?" 소년이 묻는다.

"그래." 신사는 끄덕인다. "나눗셈과 곱셈은 역수 관계잖아. 3으로 나누는 것은 3의 역수인 3분의 1로 곱하는 것과 같지. 마침 무한대의 역수는 0이란 말이야. 따라서 무한대로 나누는 것은 0으로 곱하는 것과 같고, 0으로 나누는 것은 무한대로 곱하는 것과 같다는 게 된단 말이지. 그리하여, 0 곱하기 무한대인 거야. 물론 여기서 더 엄밀히 따지고 들어가면 무한대의 부호 얘기도 해야 하지만(0의 역수는 '플러스마이너스 무한대'거든.), 어쨌든 기본적인 원리는 이렇다는 거야. 결국 무한대와 0의 기 싸움이라는 거지. 무한대가 큰 것이 이기느냐, 0이 작은 것이 이기느냐. 무한대가 이기면 곱셈의 결과는 플러스마이너스 무한대, 0이 이기면 0, 그리고 둘이 비기면..."

"양수거나 음수겠군요?"

"그렇지."

그는 다시 칠판의 어느 부분을 가리킨다.

"뭐 그런 거야. 무한대 나누기 무한대. 0 나누기 0. 그리고 0 곱하기 무한대. 전부 겉만 봐서는 결과를 알 수 없지. 포장지를 뜯고 속이 어떻게 생겨먹었는지를 봐야 답이 보이는 거야. 그건 그쯤 해 두고. 이젠 한번 이쪽도 볼래? 뭐 사실 별 건 없긴 하지만."

그는 아직 다뤄지지 않은 두 분수가 있는 쪽으로 소년의 시선을 돌린다.

"0 나누기 무한대. 무한대 나누기 0."

그가 가리킨 분수들을 보며 소년은 혼잣말로 읊는다.

"정말 별 거 없지?" 신사가 묻는다. "답은 그냥 각각 0하고 플러스마이너스 무한대잖아. 0을 무한대로 나누면 당연히 0이고, 그렇지? 무한대를 0으로 나누면 부호는 몰라도 무한대가 된다는 것만은 확실하잖아? 군이 칠판에 쓸 이유도 없어 보일 정도로 답이 뻔히 보이는 문제들이지. 하지만 그건 겉으로만 보이는 걸 얘기한 거고, 우린 더 깊게 들어가서 저 나눗셈의 이면을 들여다볼 정도는 되어야겠지? 한번 분수의 겉면 말고 속을 얘기해 봐."

"음…" 소년은 적당한 표현을 찾는다. "뺄셈과 비슷하다고 할까요? 예를 들어, 0을 2로 나눈 결과는 여전히 0이긴 하겠지만, 분명 무한소계에서는 값이 절반으로 줄어 있을 거예요. 2가 아니라 무한대로 나눌 경우엔 아예 하위 차원의 무한소계로 떨어져 내려가겠죠. 그래요. 무한소계가 음수라면, 무한대로 나누는 행위는 '해당 무한소계 빼기 해당 무한계'의 결과를 낳는 거예요. 0이 제2무한소계의 무한소이고, 그걸 제3무한계의 무한대로 나눈다고 해 봐요. 유한수계에서야 계속 0이겠지만, 분명 무한소는 제2무한소계에서 제5무한소계로 떨어져 내려간 거죠. '(-2) - 3 = -5'니까요. 무한대 나누기 0도 순서만 바뀌었을 뿐 마찬가지예요. 이번엔 '해당 무한계 빼기 해당 무한소계'의 결과가 되겠죠? 제3무한계에 해당하는 무한대를 제1무한소계에 해당하는 무한소로 나누면 결과는 제4무한계의 무한대가 되는 거예요. '3 - (-1) = 4'니까요. 물론 이 경우 무한대는 플러스마이너스 무한대여야죠. 0으로 나눴으니까요."

소년은 잠시 신사의 눈치를 본다.

"이 정도면... 충분히 설명한 것 같은데요?"

그가 말끝을 흐린다. 잠자코 벽에 기대 눈을 감고 설명을 듣던 신사는 차분히 몸을 일으킨다.

"그래, 뭐. 이 정도면 됐겠지."

그는 칠판에 적힌 것들을 하나하나 지우기 시작한다.

"숙제를 내줄 게 있어."

그의 말에 소년은 눈을 동그랗게 뜬다.

"두 가지 공식을 줄게. 네가 살았던 행성에서 쓰이는 공식들이야. 그 공식에, 네가 오늘 배웠던 수식들을 한번 적용해 봐."

그는 깨끗이 지워진 칠판에다가 두 개의 식을 쓴다.

$$F = ma$$
$$D = vt$$

"무슨 공식인지 알지?"

그는 소년의 표정을 잠깐 살피고는 말을 잇는다.

"각각 '힘 = 질량 × 가속도', '거리 = 속력 × 시간'이라는 뜻이야. 물리량을 구할 수 있는 계산 법칙이지. 물체의 질량과 가속도를 알면 물체에 적용되는 힘의 크기를 알 수 있고, 물체의 속력과 이동시간을 알면 물체의 이동거리를 알 수 있다는 의미야. 참고로, 저 두 식을 뒤집게 되면 '질량 = 힘/가속도', '속력 = 거리/시간'이 돼. 다른 방향으로 뒤집었다면 '가속도 = 힘/질량', '시간 = 거리/속력'이 되지. 한번 네가 쓰고 싶은 식을 골라서 오늘 배운 분수들을 대입해 봐. 무한대나 0이 들어간 특수한 경우의 물리 연산을 상상해 보는 거야. 그게 오늘의 숙제야. 숙소에 가면 한번 침대 위에 누워 머리를 굴려 보라고."

"그럼... 오늘 강의는 여기서 끝인 거예요?"

소년은 약간 얼떨해하면서 묻는다. "무한대를 이용한 더 다뤄야 할 식은 없어요? 예를 들면 무한대 빼기 무한대라든지요."

"그건 나중에 다루도록 하지. 오늘은 강의보다도 너에게 보여주고 싶은 게 있거든."

"그게 뭔데요?"

"오늘 강의에 옴으로써 너도 이제 이쪽 세계의 일원이 된 거야. 그러니 너에게 정식으로 소개해야겠지. 이 세계의 중심, 수도이자 최대의 도시. 이름하여 '메디아 인피니타스'!"

신사가 손을 번쩍 들자 천장이 무너져 내린다. 놀란 소년은 손으로 머리를 감싸지만 눈에 보이는 것은 파편이 아닌 나비들이다. 웬 나비들인지, 어리둥절해진 소년이 주위를 둘러보기도 전에 소년은 나비 떼에 둘러싸여 들어올려진다. 신사가 떨어지는 파편들을 나비 떼로 둔갑시켜 그를 들어올리고 있는 것이다.

그는 나비 떼와 함께 휑하니 뚫린 하늘로 올라간다. 끝이 어딘지도 모르는 고층 빌딩 하나가 여전히 하늘을 찌르고 있다. 곧 신사도 날아올라 그와 함께하고, 어느 정도 고도가 확보된 후 손뼉을 두 번 치자 그들의 비행은 빌딩 쪽을 향한다.

소년은 아찔한 공중에서 아래에 펼쳐진 전경을 본다. 빌딩에 가까워지면서 점점 땅 위에 건물이 많이 보이더니만 이내 소년의 밑으로 도시가 나타난다.

"저게 '메디아 인피니타스'인가요?" 소년이 묻는다.

"그래. 지금 우리가 향하고 있는 빌딩은 도시의 중심에 있지. 한가운데에 말이야."

소년은 고개를 끄덕이며 눈에 비치는 광경 하나하나를 소중히 살핀다. 나비 떼를 유심히 관찰하던 소년은, 곧 그것이 사실 나비가 아니라 숫자임을 깨닫는다. 검은색 테두리를 지닌 투명한 날개라고 생각되었던 것은 숫자 '3'이 두 개 모여 만들어진 것이었고, 나비의 몸통은 가느다란 모양의 숫자 '1'이었다. 두 종류, 세 개의 문양으로 형성된 숫자 나비는 양쪽의 '3'을 펄럭이며 날아다닌다.

나비 아래로 보이는 도시의 절경은 새하얗다. 햇빛이 반사되어 나오는 그 눈부신 광채에 소년의 눈이 매료된다.

"왜 지금까지 이런 걸 감추고 있었어요?" 그는 감탄에 빠져 묻는다.

"아니야." 신사는 그를 돌아본다. "널 감춘 거지."

웃으며 윙크를 해 보이는 신사의 얼굴 옆으로 이젠 거의 코앞에 다가오고 있는 빌딩의 모습이 보인다. 빌딩의 앞에는 웬 병정들이 대열을 지어 대기하고 있으며 그 뒤로는 수없이 많은 군중이 모여 빌딩을 둘러싸고 있다.

소년은 눈이 휘둥그레진다.

"이렇게나 사람이 많이 살고 있었어요?"

신사는 여유가 담긴 미소로 대답을 대신한다. 하강하면서 그는 간

략히 설명한다.

"여기 모인 이들은 나의 친위대와 시민들이야. 외부의 영혼이 학습생으로 들어올 때마다 조촐한 환영식을 열지. 오늘은 널 위해 모인 거야."

소년은 고개를 들어도 여전히 거리에 인파가 가득한 모습이 보이는 현 상황이 믿기지가 않는 눈치다.

"이게 어떻게 조촐한 환영식이죠? 대체 몇 명이 모인 거예요? 도시에 있는 사람들을 전부 부른 건가요?"

"아니. 전체 인구의 0%만."

소년은 잠깐 어리둥절해하다가, 그 말의 의미를 깨닫고는 경악에 가까운 표정을 짓는다. 신사는 여전히 여유 있는 미소를 흘릴 뿐이다.

지면이 가까워지자 친위대장으로 보이는 자가 앞으로 나와 구령을 외친다. 그녀의 구령에 병사들은 두 대열로 나뉘어 한가운데에 길을 낸다.

"아 참, 이 얘기를 해야 할 것 같은데." 지면에 닿기 직전에 신사가 입을 연다.

"여기 사람들이 나를 부를 때 그저 '신'이라고 하지는 않아. 그건 너무 직설적이잖아? 대신 나를 칭하는 이름이 있지."

"그게 뭔데요?"

"〈프테〉야. 아름다운 이름이지?"

신사는 또 한 번 윙크를 찡긋 해 보이고는 땅으로 내려간다. 소년 역시 그를 따라 내려와, 비행의 동력이었던 나비들이 흩어짐과 동시에 바닥에 착지하고는 그를 따라 성큼성큼 앞으로 나아간다.

길 양옆의 병사들은 서로에게 창과 창을 맞대어 들어 신사의 머리 위로 지나게 한다. 창으로 이루어진 간이 지붕을 앞만 똑바로 쳐다보며 통과한 소년은, 연설대를 부여잡고 축사를 하려는 신사의 옆에 잠자코 서 있는다.

축사가 진행되고, 소년은 그제야 그가 엄청난 연설가라는 것을 깨닫는다. 소년 앞에서의 신사는 온데간데없고 엄숙하고 근엄한 신의 목소리가 청중에게 울려 퍼지며, 그의 말 한 마디 한 마디는 청중들의 가슴 속에서 감동을 이끌어 내는데 특화된 것처럼 말이 끝날 때마다 청중들 사이에서 그를 찬양하는 구호가 터져 나온다. '프테'라는 그의 이름은 아무래도 진짜인 듯 보이며, 친위대는 대장의 신호에 맞춰 "프테 님에게 영광을!", "프테 님의 도시에 은총을!" 따위의 구호를 외친다.

"자, 그럼! 우리의 새 영혼에게 우리의 무한한 마천루를 소개하노라!"

신사는 몸을 홱 뒤로 돌려 외친다.

"터칭 빌딩!"

그가 빌딩을 향해 양 팔을 뻗자 폭죽과 같은 박수갈채와, 박수갈채처럼 요란한 폭죽이 터져 나와 빌딩을 둘러싼다.

소년은 야릇한 표정으로 고개를 갸웃거린다.

"……'터칭 빌딩'이요?"

아무래도 그는 빌딩의 이름이 의아한 모양이다. 신사는 청중의 환호에 화답하면서도 그에게만 들리게 말한다.

"뭐 어때. 중요한 건 이름이 아니라 내용이라고."

그는 또 한 번 소년에게 웃어 보이며 윙크를 날린다.

"이제 한번 내부에 들어가 볼까?"

연설대부터 빌딩의 입구까지 병사들이 두 대열로 진열되고, 유리문으로 된 입구는 자동적으로 열리더니 안에서 레드 카펫이 펼쳐져 나와 소년의 발 바로 앞에서 멈춘다. 소년과 신사는 귀가 먹먹해질 정도의 박수갈채를 뒤로 하며 카펫을 따라 빌딩으로 들어간다.

내부에 들어서자 문이 알아서 닫히고, 밖에서 들리는 소리는 훨씬 조용해진다. 창밖으로 친위대가 대를 지어 퇴장하는 모습과 군중들이 하나둘씩 흩어지는 모습이 보인다.

"조촐한 환영식은 끝났어. 이젠 이곳을 구경할 시간이야." 신사는 바깥을 보고 있던 소년의 시선을 안쪽으로 거둔다.

잘은 모르지만, 이 건물이 뭔가 최첨단으로 이루어졌다는 것을 주위를 둘러보며 소년은 느낀다. 홀로그램으로 된 형체가 이곳저곳에 보이며, 그 중 일부는 건물 안을 떠다니며 청소를 하기도 한다. 냉방 시스템 역시 천장이나 유리창에 홀로그램으로 된 냉방기가 설치되어 작동하는데, 신기하게도 냉방기에서 나오는 바람은 소년이 지구에서 느낄 수 있었던 시원한 자연 바람과 똑같다.

"오늘은 새 영혼을 데리고 오셨군요. 프테 님."

까무잡잡한 피부에, 푸근한 인상을 지닌 중년 여성이 그들에게 다가오며 말한다. 신사는 그녀를 소년에게 소개한다.

"내가 사장이라면, 이 친구는 사장의 개인적 조언가라고 할 수 있지. 아마 메디아 인피니타스 시민 중 나랑 가장 가까운 사람일 거야. 또한 이 건물의 지배인이기도 하며, 근처에서 따끈따끈한 베이커리를 운영하고 있어. 베이커리 하는 김에 호떡집도 차렸던가? 아마 그럴 거야."

"그저 별 볼일 없는 아줌마의 소소한 취미지요." 그녀는 겸손한 웃음을 지어 보인다.

"메노스라고 합니다. 반가워요." 소년에게 눈이 닿자 곧바로 악수를 청한다. "여기까지 오시느라 힘들진 않으셨나요? 육체적으로도 그렇지만 특히 정신적으로요. 프테 님의 강의가 워낙... 음... 아시잖아요."

소년의 긴장을 풀어주려는 듯 곧바로 농담을 던지는 그녀의 얼굴에선 여유로움이 느껴진다. 학습생을 다루는 게 한두 번째가 아니라는 느낌이 든다.

"터칭 빌딩에 오신 것을 환영합니다."

간략한 인사를 마치고 그녀가 빌딩에 대한 소개를 시작한다.

"이 건물은 메디아 인피니타스 최고 높이를 자랑하는 마천루로, 호텔, 식당, 주거 공간, 사무 공간, 병원에 여가 공간까지 상상할 수 있는 모든 시설이 내부에 있는 꿈의 빌딩이에요. 그야말로 안에 들어오면 밖으로 나갈 필요가 없어지는 환상적인 거주지이죠. 현재 메디아 인피니타스 시민들의 대다수는 이곳에 거주하고 있어요. 저는 새로 들어오는 주민이 있을 때마다 이곳의 지배인으로서 로비에 나와 새 주민을 맞이하죠."

그녀는 신사와 소년을 한 번씩 번갈아 쳐다보고는 말을 잇는다.

"바로 지금처럼요."

"……?"

소년은 무슨 뜻인지 모르겠다는 표정을 짓고, 신사는 그제야 말을 한다.

"내가 이 건물에 널 위한 숙소를 하나 잡아 놨어. 도시를 구경하려면 도심에도 숙소가 하나 있는 편이 좋으니까 말이야. 고로 넌 이제 숙소가 두 개 있는 거지. 외곽에 하나, 도심에 하나. 날 따라와. 내가 숙소로 데려다주면서 건물 구경도 시켜 줄게."

"환영식도 그 때문에 여기서 한 거군요?"

"그렇지."

신사는 메노스를 이만 물러가게 하고, 소년과 함께 이곳저곳을 걸으며 구경한다. 건물 안을 걸어 다니며 소년이 관심을 보이는 물건들을 바로 앞에서 보여주고 설명하던 그는, 구경이 어느 정도 끝나자 별안간 소년의 어깨를 감싸 안더니 공중으로 높게 뛰어오른다. 당황하는 소년에게 그가 말한다.

"이제 위층도 봐야지? 네 숙소도 위층에 있으니까 말이야."

그들은 그대로 날아가 어떤 곳에 착지한다. 눈앞에 엘리베이터가 몇 대 보인다. 신사가 그 중 하나에 대고 손가락을 튕기자 호출된 엘리베이터에 홀로그램으로 내려오고 있다는 표시가 뜬다. 기다리는 동안 그가 묻는다.

"이 건물, 몇 층일 것 같아?"

소년은 마침 그게 궁금하던 참이었다. 고개를 기울이며 그는 곰곰이 생각해 본다.

"밖에서 봤을 땐 꼭대기가 안 보이던데…"

그가 생각하는 동안 옆에 있는 신사의 입은 씰룩이고 있다.

"일단 그 정도면… 못해도 수백 층은 되겠죠? 아니다. 수천 층인가? 막 산보다도 높고 그래요? 그냥 산 말고, 막 에베레스트라든지… 여기라면 또 그런 높이도 불가능할 것 같진 않아서요."

"하하하!"

신사는 한바탕 웃음을 터트린다. 웃음이 멎을 때쯤 소년에게로 눈을 내리뜨면서 낮고 깊게 말한다.

"여기에는 꼭대기 같은 거 없어."

소년은 잠시 멀뚱멀뚱 쳐다본다.

"그럼 설마…!"

"맞아. 이곳은 터칭 빌딩."

엘리베이터의 도착을 알리며 문이 천천히 열린다.

"지상 ∞층. 지하 ∞층."

신사가 앞으로 걸어 나가며 읊조리는 동안 소년의 얼굴은 점점 경악으로 일그러진다.

"다시없을 최장 길이의 건축물. 그야말로 메디아 인피니타스라는 시명에 걸맞은 최고의 헌정."

마지막으로 그는 엘리베이터 안에서 뒤돌아 최후의 한 방을 날린다.

"그래봤자 그냥 꼬챙이야."

"엥?"

소년은 굳어있던 표정이 확 풀린다.

"별 거 아니라고. 솔직히 무한히 높은 건물이라고 해봤자 뭐 얼마나 다르겠어. 똑같은 게 무한히 있을 뿐이지. 그냥 꼬챙이가 무한히 길구나, 정도로만 생각해."

갑작스런 분위기 변화에 소년은 그저 얼떨떨하다. 딱히 어쩌지도 못하고 엘리베이터 밖에서 머뭇거리고만 있는 그를 향해 신사는 속 편히 손짓한다.

"어서 타. 그래도 여기까지 왔으니 한번 올라가는 봐야지? 어차피 네 숙소도 위에 있어서 올라가려면 이걸 타야 해."

"그럼 혹시 제 숙소도... 무한히 높은 곳에 있나요?" 소년은 눈이 동그래져서 묻는다.

"뭐 그건 아니고. 네 숙소는 313층이야. 계단으로 못 올라갈 높이는 아니긴 하지. 계단으로 올라가고 싶은 거 맞지? 거기서 계속 머뭇거리는 거 보니."

"아니, 아니에요."

소년은 허겁지겁 엘리베이터에 오른다.

"좋아. 이제 여행을 떠나 보자고."

문이 닫히고, 엘리베이터의 층 버튼을 누르는 자리에 홀로그램이 켜진다. 이 엘리베이터는 층 버튼 대신 홀로그램으로 조작하게 되어 있는 것으로 보인다.

홀로그램은 어떤 빌딩의 모양을 하고 있다. 겉면이 유리로 되어 있는 게 어딘지 익숙하다.

"터칭 빌딩을 네가 통상적으로 생각하는 빌딩의 모습에 맞게 축소한 거야. 너비는 800 : 1 비율로 줄였고, 높이는 ∞ : 1 비율로 줄였어. 그래야 네가 건물 전체의 모습을 볼 수 있을 테니까."

그 말을 듣고 다시 보니, 홀로그램 빌딩은 겉면이 유리로 되어 있음에도 내부의 층 구조가 보이지 않는다. 그저 매끈한 유리 너머로 뭔가 불투명한 게 꽉 차 있다는 느낌이다.

"우리가 현재 서 있는 곳은... 여기야."

홀로그램에 현위치가 표시된다. 1층. 건물의 바닥 부분이다.

"네 숙소가 있는 곳은... 여기지."

홀로그램에 숙소의 위치가 표시된다. 313층. 역시 건물의 바닥 부분이다. 신사와 소년은 잠깐 동안 눈이 마주친다.

"그렇다면... 여긴 어떨까?" 신사는 건물의 중간 부분을 툭 건드린다. 홀로그램에 그가 건드린 부분이 표시되고, 엘리베이터에선 그때부터 무슨 기동음 비슷한 소리가 들리기 시작한다.

"한번 여기로 가 볼까?"

그는 홀로그램 빌딩에 딸려 오는 조그마한 버튼들을 조작해 목적지를 설정하고는, 층 버튼이 있어야 할 자리로 다가서서 그곳에 대신 달려있는 커다란 출발 버튼을 세차게 밀어 넣는다.

고주파의 발진음이 몇 초 동안 위이잉 울리더니, 곧 엘리베이터는 설정된 목표 층에 멈춘다.

문이 열린다.

"도착했어. 무한 층을 단숨에 올라온 거야."

"그냥 이렇게요?" 소년은 방금 전까지만 해도 1층에 있었던 자신이 지금은 무한히 높은 건물의 무한히 높은 층에 있다는 사실이 잘 믿기지 않는 모양이다. "그럼, 여기는 어디예요?"

그는 엘리베이터 밖으로 고개를 내밀고 주위를 둘러보지만, 인기척은 없다.

"여긴… 몇 층인 거죠? 정확히 몇 층이라고 해야 해요?"

고개를 안으로 들이며 그는 신사에게 묻는다. 신사는 웃으며 턱짓을 한다.

"네가 직접 봐봐."

그는 층수를 알리는 엘리베이터 전광판을 가리킨다. 전광판에 표시되는 숫자들은 다음과 같다.

192837465…

그 뒤로도 숫자가 이어지고 있음이 분명해 보이나, 전광판의 끝이 나머지 숫자들을 허락하질 않는다.

"무한 자리 수이지. 이곳의 층수를 네가 살던 행성에서 쓰는 수 표기 체계로 표현하려 하면 저렇게 나오는 거야. 안타깝지만 이 엘리베이터의 층수 표시판은 유한히 클 뿐이지. 따라서 이런 식의 층수 표시는 이 건물에 적합하지 않아. 이 건물에선, 대신 이런 표기를 쓰고 있지."

그는 홀로그램을 가리킨다. 홀로그램 빌딩의 현위치 표시 옆에 빨간 글자로 현 층수가 적혀 있다.

$$\infty_{12.5} + 45,000층$$

"무슨 표기인지 감이 와? 빌딩의 층수가 무한대이니 일단 층수를 무한계로 생각하자는 거야. 가고 싶은 층이 있을 때 먼저 그 층의 무한계에서의 값을 정하는 거지. 그게 '$\infty_{12.5}$'야. 그것으로 목표 층의 실질점적인 위치를 정하고, 그 다음에야 비로소 유한계로 들어가는 거야. 무한계에서의 실질점은 정해졌지만 실질점 안에서도 유한계적인 층수 차이는 있을 테니, 정확한 하나의 층을 집어내기 위해서 실질점의 원점을 기준으로 몇 층 위인지, 몇 층 아래인지를 무한대 뒤에 표시해 주는 거지. 지금 우리는 말하자면 무한계에서 '$\infty_{12.5}$'라고 표기되는 실질점 속 0이 되는 원점을 기준으로 45,000층 위에 있는 거야. 한번 여기서 90,000층 내려가 볼까?"

소년이 뭐라 할 새도 없이 신사는 홀로그램 버튼을 조작하고, 새로운 목적지가 설정된다.

$$\infty_{12.5} - 45,000층$$

신사는 출발 버튼을 누르고, 엘리베이터의 문이 닫힌다. 닫히자마자 다시 열린다.

"도착했어."

신사는 아무 일 아니라는 듯 태연히 말한다.

"아까보다 90,000층 아래야."

소년은 이젠 놀라는 일에도 지쳤는지 그저 허탈한 웃음으로 반응한다. 신사는 그에게 엘리베이터 전광판을 보라고 한다.

"층수가 어떻게 변했는지 봐봐."

전광판은 다음과 같은 숫자들을 보이고 있다.

192837465...

"하나도 안 변했네요?"

"바로 그거야. 변할 리가 없지. 우린 고작 90,000층 내려간 것뿐이라고. 변한다고 해봤자 끝에서 다섯 번째 자릿수 정도나 살짝 달라지는 것뿐일 텐데, 너도 잘 알다시피 그건 결국 '안 변한다'는 것과 같은 의미니까."

소년은 밖으로 걸어 나와 '∞12.5 - 45,000층'을 쭉 둘러본다. 여전히 사람은 한 명도 찾을 수 없었고 공간은 쥐 죽은 듯 조용하다.

"왜 이렇게 인기척이 없는 거죠?"

"터칭 빌딩의 대부분은 그저 빈 공간이야. 일부러 비워둔 건 아니고 딱히 사용되지 않아서 빈 공간으로 남겨진 거지. 쓸 사람이 들어오면 그때 가서 쓰면 되는 거니까. 그때를 위해서, '∞12.5 - 45,000층'은 주인을 기다리고 있는 거야. '사람들이 있어 건물이 생기는 게 아니라, 건물이 생기면 그에 맞춰 사람들이 생기는 것이다.'란 말도 있잖아. 뭐 언젠간 이곳도 누군가의 희로애락을 함께 하는 가치 있는 공간이 되지 않겠어?"

소년은 신사의 말에는 그저 담담히 고개를 끄덕이고는 아까부터 자꾸만 시선이 가는 곳으로 마음을 옮긴다. 건물 유리창 너머로 보이는 광경을 그는 앞에 서서 조용히 감상한다.

푸른 하늘이 온 방향에 펼쳐져 있다. 위로도 아래로도 모두 하늘이다. 그 어느 쪽을 봐도 땅의 모습은 보이지 않는다.

"왜 하늘이 보이죠?" 그는 갑자기 궁금해져서 묻는다. "그러니까, 내 말은 왜 하늘이 푸른색이냐는 거죠."

"빛 하나 없는 우주 공간을 예상했지?"

신사는 그럴 줄 알았다는 표정으로 소년의 끄덕거림에 반응한다.

"무한히 높다는 것은 건물을 받치는 행성으로부터 무한히 멀다는 것, 우리가 알던 우주로부터도 무한히 멀다는 것. 우리의 우주에 존재하는 그 어떤 빛도 이곳에 도달할 리 만무하지. 그래서 완전한 검은색의 공간일 거라고 예상했겠지만, 반대로 이쪽의 빛 역시 우리의 우주에 도달하지 못한다는 사실을 잊지 말아야지. 꼭 검은색일 필요가 뭐가 있어? 흰색, 파란색, 빨간색, 여기 하늘이 어떻든 상관없잖아? 1층의 관점에서 보면 이곳은 존재하지 않는 공간이니 말이야. 존재하지 않는 공간의 하늘이 어떤 색이든 무슨 상관이겠어? 그쪽은 그쪽, 이쪽은 이쪽만의 하늘이 있는 거라고."

신사는 다시 엘리베이터를 부르며 말한다.

"숙소 방에 들어가면 층수에 따라 하늘이 어떻게 변하는지 자세하게 그려놓은 지도가 있을 거야. 거기에는 금빛 하늘도 있고, 녹색 하늘도 있고, 무지갯빛 하늘이며 뭐 정말 별의별 하늘들이 다 있지. 어떤 하늘은 유한하고 어떤 하늘은 무한해. 지금 네가 보고 있는 하늘은 '∞11'부터 '∞14'까지의 층수 영역에 걸쳐서 볼 수 있는 무한한 하늘이지. 다른 하늘들도 많으니 한번 숙소에 들어가서 확인해 보라고. 너 지금 지쳐 보이는데."

지쳐 보인다는 말에 소년은 처음엔 무슨 소리냐고 했지만, 곧 수긍한다. 그도 모르는 사이에 이곳저곳 돌아다니면서 생긴 피로가 쌓인 듯하다. 무한한 하늘을 계속 보고 있자니 익숙지 않은 풍경에 약간 어지러운 듯한 면도 있는 것 같다.

"좋아요. 이제 그만 숙소에 가요."

그들은 엘리베이터에 오른다. 신사는 홀로그램을 켜 버튼을 조작한다.

"이 엘리베이터는 다른 사람은 안 쓰나요?"

그가 목적지를 설정하는 동안 소년이 묻는다. 그는 고개를 돌리지도 않고 대답한다.

"대개 아무도 엘리베이터를 안 쓰지."

"네?"

"엘리베이터는 극소수의 선택받은 자에게만 주어지는 특권이야. 이 도시에서 오직 유한 명의 사람만이 나한테 그 특권을 부여받았지. 유한한 속도로 움직이는 엘리베이터라면 몰라도, 지금 이것처럼 무한히 빠른 엘리베이터는 아무에게나 사용 권한을 주지 않아. 터칭 빌딩에 거주하는 사람들은 엘리베이터 대신 개인 이동용 포털을 사용하지. 한정된 목적지로만 연결되는 이동 수단이야. 그래도 그럭저럭 쓸 만하지. 네 방에도 하나 설치해 놓았으니, 어디 갈 일 있으면 그걸 써."

신사는 목적지 설정을 마친다. 지상 313층으로 목표 층을 지정하고는 출발 버튼을 누른다.

위이잉 하는 소리와 함께 엘리베이터는 무한히 빨리 내려간다. 몇 초 후 313층에 도착한 엘리베이터는 문이 열린다.

층수 전광판은 정상적으로 '313'이라는 숫자를 내보이고 있다.

"그럼, 내일 봐!"

소년이 그를 돌아보기가 무섭게 신사는 포털을 열어 그를 안으로 밀어 넣는다.

4번째 날

하늘을 묘사한 지도는 침대 머리맡에서 올려다 보이는 위치에 액자의 형태로 걸려 있다. 액자를 두드리자 홀로그램이 나와 터칭 빌딩과 주변의 하늘들을 3차원 형상으로 보여준다.

여기 사람들이 이동 수단으로 쓴다는 포털은 어젯밤에는 몰랐지만, 한숨 푹 자고 일어난 뒤에 화장실을 들어가 보니 찾을 수 있었다. 벽에 난 큼지막한 원 모양 구멍으로 포털 너머의 공간이 보이는 것이다. 포털은 또 다른 화장실로 이어진다. 들어가 보니 그곳은 그가 첫날밤을 보냈던 숙소다. 발코니 너머에는 아직도 비행기가 지나가고 있다.

포털 옆에 위치한 수건걸이를 손으로 돌리면 포털의 목적지가 바뀌는 듯하다. 현재로서는 터칭 빌딩의 숙소에서만 포털의 목적지를 바꿀 수 있으며, 목적지는 그가 원래 지냈던 숙소와 터칭 빌딩 1층 로비, 딱 두 개로만 제한되어 있는 것 같다.

침대 위에는 어제 그가 밤새도록 들여다본 태블릿 컴퓨터가 놓여 있다. 숙소 측에서 제공해 준 이 태블릿을 통해 그는 어젯밤 처음으로 이 세계의 인터넷에 접속해 볼 수 있었으며, 너무나 간만이었던 웹 서

핑에 아무 생각 없이 몇 시간을 보내 버렸다. 이 세계는 이곳만의 독립적인 인터넷 공간이 존재했다. 그는 와이파이를 이용해 이곳의 인터넷에서 다양한 정보들을 찾을 수 있었다. 놀랍게도 지구의 인터넷에 접속하는 것도 가능했는데, 다만 지구와 같은 타세계의 인터넷은 이곳에선 그저 '열람'만 할 수 있게 제약이 걸려 있는 듯했다(따라서 그는 지구의 SNS에 지금 자신이 어떤 기묘한 세계에 와 있는지 알리는 것은 할 수 없었다.). 그 외에도 그는 외계 행성의 것으로 추정되는 인터넷을 우연히 발견해 한번 열람해 보았으나, 도저히 해독할 수 없는 문자들로 웹 페이지가 가득한 것을 보고 곧 탐험을 중단했다.

"흠... 신께서 본인의 약속에 꽤나 늦으시네."

그는 태블릿으로 재차 시간을 확인한다.

머지않아 신사가 그를 데리러 올 것이다. 어젯밤 그가 이 세계의 SNS로 '프테'라는 유저로부터 받은 메시지가 있기 때문이다.

'오전 9시. 미리 일어나서 준비해.'

신사가 그에게 내일 구경시켜 줄 것이 있다며 그리 통보해 온 것이었다. 그렇게 네 번째 날의 강의 시간은 정해졌다.

"왜 약속을 잡은 본인이 제시간에 안 오는 거야..."

그는 툴툴거리며 침대에 눕는다. 잠도 얼마 못 자고 기껏 일어난 보람이 없어지고 있음을 느끼며 다시 침대의 달콤함에 매달리는 것이다.

아무 생각도 안 하고 누워 있자니 주위가 고요해진다. 달콤한 고요함이다. 마침 가벼운 바람이 불어와 그의 머리칼을 톡톡 건드리니 그 야말로 낙원이 따로 없다.

……뭐?

그는 급히 몸을 일으킨다.

"여긴 밀폐된 실내 공간인데..."

천천히 침대에서 몸을 뗀 그는 발소리를 죽여 가며 바람이 들어오는 곳을 찾아 나선다. 온갖 신경을 곤두세우고 찾는 그의 발걸음은 어느새 한곳을 향해 움직인다.

그는 닫혀 있는 화장실 문 앞에 선다.

문은 닫혀 있지만 문틈으로 흘러나오는 공기만은 느낄 수 있다. 긴장한 표정으로 그는 천천히 문손잡이를 돌린다.

휘몰아치는 바람. 문은 덜컥 열려 버린다.

화장실은 온데간데없고 웬 커다란 공간이 나오며, 바로 앞에는 그를 기다리며 서 있는 신사의 모습이 보인다.

"언제쯤 날 발견하나 했지."

신사는 새삼스러울 것도 없다는 듯 한마디 툭 던진다.

그의 깜짝 이벤트에 벙벙해진 소년은 납득이 안 되는지 문 안쪽과 바깥쪽을 계속해서 번갈아 쳐다본다. 문 너머의 공간은 이 숙소 방의 구조를 감안했을 때 도저히 그곳에 존재할 수가 없는 크기이다. 화장실보다 조금만 커도 벽에 가로막힐 텐데, 격납고처럼 보이는 이 새하얀 공간은 숙소 방의 크기보다도 수십 배는 돼 보이는 부피를 자랑하고 있다.

"문에다가 눈에 안 띄는 포털을 심어 놓았어." 신사가 설명한다. "포털을 가동하는 순간 문틀 자체가 포털이 되어 전혀 다른 공간으로 이어지는 거지. 지금 내가 있는 방은 실제로 그 빌딩에 있는 게 아니란 거야."

신사가 들어오라고 손짓하자 그는 포털 너머로 조심스레 몸을 옮긴다. 그가 완전히 들어오자 신사는 손가락을 튕겨 포털을 끈다. 문이 있던 자리에는 하얀 벽만 남는다.

"진짜 문은 저거니까 말이지."

신사의 손가락이 향한 반대쪽 벽에는 커다란 격납고 문이 떡 버티어 서 있다.

"이건 뭐예요?"

소년이 뭔가를 발견하고는 묻는다. 방의 한가운데에, 빛이 이상하게 굴절되어 보이는 곳이 있다. 가까이 다가가니 뭔가 딱딱한 것에 가로막힌다. 뭔가 투명한 물체가 있는 것이다.

"그건 내 비행선이야."

신사는 앞으로 다가가며 설명한다.

"투명화 모드를 켠 상태지. 최고 속력은 무한대고, 2인승이야. 딱 우리 둘이 타고 나가려고 이곳에 준비해 놓은 거지. 기내에 산소는 충분히 준비해 놓았으니 걱정할 필요는 없어."

"산소요? 왜 산소가 필요한데요?"

"우주엔 산소가 거의 없거든."

신사가 또 한 번 손가락을 튕기자 비행선은 투명화 모드가 꺼지고,

반대로 격납고 문이 투명해진다.

이제껏 불투명한 문에 가로막혔던 바깥 세계가 안으로 들어온다. 암흑과 빛, 은하수와 성간 먼지가 뒤섞여 한 작품의 광채를 만드는 세계이다.

"여기 우주였어요?"

눈앞에 펼쳐진 기다란 은하수를 바라보며 소년은 감탄한다. 신사는 자신의 비행선을 톡톡 두드리며 의기양양한 표정으로 말한다.

"눈치 못 챘어? 이거 '우주' 비행선이야."

"우주 비행선 치고는 굉장히 작네요?"

"더 작게도 만들 수 있는걸."

신사는 별것 아니라는 듯 어깨를 으쓱 들먹인다. 비행선은 전투기와 생김새가 크게 다르지 않다. 기껏해야 전투기보다 조금 넓고, 동체 표면이 세련된 보라색에 멋을 위해 이곳저곳 각이 져 있다는 점이 다를 뿐이다. 이곳이 우주가 아니었다면 우주 비행선이라고는 상상하기 어려운 외관이다. 소년은 비행선 쪽으로 눈길을 주다가 묻는다.

"그런데 여기가 어디인가요?"

말을 고르고 있는 건지 신사의 고개가 잠깐 들린다.

"우주 정거장이야. 우린 '이스트 스테이션'이라고 불러. 정거장이라기보다 거의 도시지. 우주 정거장이라고 하기에는 너무 크고, 우주 도시라고 하기에는 좀 작은, 그냥... 우주 소도시? 아니면... 우주에 떠있는 교통 요충지 및 산업 지구라 할까? 적확한 표현이 떠오르지 않지만, 뭐 어쨌든 대충 그런 거야. 더 자세한 건 비행선에 올라 바깥을 구경하면서 얘기해 주지. 어서 타."

비행선에 오른 그들은 격납고 문을 열고 우주 공간으로 나온다. 격납고를 나와서 보니 그들이 있던 격납고는 이곳에 있는 거대한 우주정거장의 한 부품 정도에 지나지 않았다. 직육면체 모양의 격납고는 그 왼쪽에도, 오른쪽에도 계속 일렬로 나란히 배치되어 있으며, 격납고의 위와 아래로는 크고 기다란 평판(平板)이 깔려 있어 전체적인 모양이 전차의 무한궤도와 흡사한 느낌을 준다.

무한궤도의 벨트 부분에는 건물들이 늘어서 있다. 투명한 우주 돔. 미래형 주거 단지. 평판 위를 고속으로 주행하는 자기부상열차. 공상과학 작품에서나 볼 법한 모습이다. 괜히 '우주 소도시'라고 하는 게 아니다.

"이스트 스테이션의 기능은 딱 한 가지로 잘라 말하기 어려워. 원래는 우주여행을 하는 비행선들의 급유소 겸 휴게소로 만들어졌지. 그러다가 '트라바용 족'이 이곳으로 대거 이주해 온 거야."

"누가 왔다고요?"

"트라바용 족. 우리 세계의 건설 노동자야. 어떤 건축물이든 다 지을 수 있지. 딱히 인간은 아니고. 무릎까지 올라오는 신장에 계란형 몸통, 그리고 외관은 꼭 새처럼 생겼는데, 팔은 또 무지하게 크지. 키는 작지만 힘은 세다고. 이 세계의 기념비적인 건축물은 다 얘네들이 지었다고 봐도 무방해. 터칭 빌딩도 얘네 작품이지."

"아, 그래요?"

"그런 얘네들이 이곳에 와서 살았다고 생각해 봐. 어떻게 되었겠어?

순식간에 이스트 스테이션은 첨단 도시가 된 거지. 이젠 이곳에 우주의 경치나 미래형 건축물을 감상하기 위해 찾아오는 자들도 많아. 또한 우주선이나 우주 정거장을 짓는데 필요한 부품들도 이곳에서 주문을 받아 만드는 경우가 많지. 우주 정거장이자 관광지, 도시이자 산업 단지인 셈이야.”

그들은 아래쪽 평판으로 내려간다. 아래쪽에도 건물들은 평판에 붙어 늘어서 있다.

“아래쪽은 중력이 반대인가 봐요? 아니면 아래쪽 건물들은 위쪽 건물의 지하층으로서 존재하는 건가요?” 소년이 묻는다.

“대답하기 애매하네. 이곳은 중력이 마음대로거든. 내가 특별히 중력 조작 장치를 선물해 줬어. 각 건물마다, 각 층마다 주인이 설정한 중력이 작동하는 거지. 땅바닥에 붙어 지내는 건물도 있고, 천장에 붙어 지내는 건물도 있는 거야. 전망을 위해 일부러 천장에 붙는 건물을 짓는 경우도 있지. 여기엔 그런 게 많이 있어. 옥상을 투명한 유리로 만들어 놓고 꼭대기 층에 카페나 바를 차려. 투명한 천장에 붙어서 마시는 거야. 최고의 전망이지. 우주를 발밑에 두고 음료를 들이키는 거니까. 너도 언제 한번 찾아가 봐. 시간 날 때.”

신사는 조종석의 홀로그램을 조작해 비행선의 주 엔진을 켠다.

“그럼 이제 슬슬 출발해야겠지?”

“아, 또 어디 가는 거예요?”

그러자 신사는 미묘한 웃음을 입가에 띤다.

“뭐야? 설마 내가 여기 보여주려고 널 우주 비행선에 태웠으리라 생각하는 거야?"

"어디 가는데요?"

"여긴 우주 정거장이잖아. 여행을 와서 정거장에 내리고 이동 수단을 갈아탔어. 그럼 그 다음엔 어디로 갈까? 아마도 근처에 있는 '호텔'로 가지 않을까?"

그는 딱 거기까지만 얘기하고는 비행선의 주 엔진을 점화한다. 빠른 속도로 나아가는 비행선의 창문 밖으로 이스트 스테이션은 순식간에 멀어져 점이 되고, 우주라는 광활한 배경만이 버티어 서 있다.

속도를 어림잡게 해 주던 척도가 사라지니 바깥은 굉장히 고요하고 정적으로 느껴진다. 변하지 않는 풍경을 소년은 창문에 얼굴을 누른 채 몇십 분이고 응시한다.

똑같은 풍경이 주는 반복되는 시각 정보에 그가 피곤해질 즈음, 비행선이 속도를 줄인다. 그는 흐리멍덩한 상태에서 확 깨어 주위를 둘러본다.

"다 온 거예요?" 그가 말한다.

"저길 봐."

신사가 가리키는 대로 조종석 전방의 창문을 통해 바깥을 보니 시커먼 우주 공간에 뭔가 기다란 게 누워 있는 모습이 눈에 들어온다. 처음엔 터칭 빌딩인가 싶었지만 가까이 다가가서 보니 이 건물은 직사각기둥 모양이다. 기차처럼 한 방향으로 기다랗게 늘어져 있으며, 뒤쪽으로 입구가 나 있다.

그들은 입구 앞에 비행선을 대고 내린다. 투숙객을 맞이하는 간판에는 짧은 환영 문구가 쓰여 있다.

Welcome to the Grand NHA Hotel

간판을 바라보는 소년의 얼굴엔 오만 가지 뜻을 담은 야릇한 미소가 떠오른다.

그들은 호텔의 로비로 들어선다. 로비는 작지만 눈에 휜히 들어온다. 한쪽 구석에 있는 리셉션 데스크에는 굉장히 고풍스러운 분위기의 종업원이 앉아서 자신의 안경을 닦고 있다.

"NHA 호텔이야. 현재 내가 소유하고 있지. 하긴 뭐, 무엇인들 아니겠냐마는."

"어서 오십시오, 프테 님. 한닿음 님."

종업원이 그들에게로 흘깃 눈길을 주며 무뚝뚝하게 말한다. 그는 그리 말하고는 다시 안경 닦는 일로 돌아간다.

신사는 그를 소년에게 소개한다.

"이 호텔의 유일한 종업원이야. 업무에 별 관심이 없는 듯 보여도 이해해 주게. 이 호텔은 종업원이 아무리 열심히 일해도 보람을 못 느끼는 호텔이거든."

"저 사람은 저렇게 계속 로비에만 있는 건가요?" 소년이 묻는다.

"뭐, 대개 그렇지. 꼭 자리를 벗어나야 하는 게 아니라면."

"그럼 방 청소 같은 건 누가 해요?"

"아, 그건 말이야." 신사는 어깨를 으쓱한다. "그냥 투숙객에게 맡기도록 했어. 청소부를 고용할까도 생각해 보았지만, 이 호텔에 방이 좀 많아야지. 그냥 방을 쓰는 사람이 방 관리를 하도록 하는 게 제일 합리적이겠더라고. 알아. 되게 불친절하지. 그렇지만 그렇게 따지자면, 애초에 이 호텔은 투숙객에게 불친절한 호텔인걸. 손님을 더 받아야 한다는 이유만으로 이미 투숙하고 있는 손님에게 방을 옮기라고 하는 것만큼 불친절한 게 어디 있겠어."

"하." 소년은 실소를 지으며 뭔가 말하려는 듯 손가락을 들어 올린다.

"이 호텔..." 그는 말이 생각이 안 나 답답한 듯 손가락을 위아래로 흔든다. "……제가 생각하는 그 호텔 맞죠?"

"네가 생각하는 호텔이란 게 모든 방에 손님이 묵고 있는데도 어째서인지 새로운 손님을 계속 받을 수 있는 무한 개의 객실을 지닌 호텔이라면, 그래, 맞아."

"진짜요?" 소년은 잘 믿기지 않는지 계속 실소를 터트린다. "그 가상의 호텔을 실제로 구현해 냈단 말이에요?"

"그런 셈이지."

신사는 득의양양한 얼굴로 눈썹을 두 번 치켜 올린다.

"네가 살던 행성에서는 '힐베르트의 호텔'이라고 하던가? 하여튼 여기선 내 호텔이야. 실제로 투숙객도 있고."

"그렇지만... 힐베르트의 호텔 같은 건 안 믿으시는 줄 알았는데요."

신사의 표정이 살짝 변한다.

"무슨 말이야?"

"그러니까 제 말은... 그런 건 사실 불가능하지 않냐는 거죠. 모든 방에 손님이 있는데 손님들을 제각각 다른 방으로 옮겼다고 해서 빈 방이 생길 수는 없어요. 애초에 모든 방에 손님이 있었으니까요. 방의 수도 변하지 않았고, 손님의 수도 변하지 않았어요. 손님을 밖으로 내쫓거나 두 방의 손님을 한 방에 몰아넣거나 한 게 아닌 이상, 빈 방의 수도 변하지 않아야죠. 처음에 빈 방이 0개 있었으니, 손님을 옮긴 후에도 빈 방은 0개 있어야 한다고요."

소년은 한쪽 벽면으로 방문들이 나란히 줄지어 있는 복도로 걸어나와 통로의 존재하지도 않을 끝을 향해 시선을 보낸다.

"힐베르트의 호텔은... 분명 무슨 트릭일 거예요. 그럴싸하게 만들어놓았어도 분명 어딘가에 속임수가 있는 거라고요."

"음... 좋아. 그럼 속는 셈 치고 한번 이 호텔을 둘러볼래?"

신사는 그가 바라보고 있는 복도의 방향으로 손가락을 뻗는다.

"무한 호텔의 끝에 가 보는 거야."

그렇게 말하고 그는 잠깐 소년의 표정을 살핀다.

"물론 이 호텔은 끝이 없는 호텔이긴 하지. 하지만..."

"무한히 멀리 가면 없던 끝도 나온다는 거군요."

"그래." 그는 고개를 끄덕인다. "트릭이라고 했지? 좋아. 한번 이 호텔의 트릭을 파헤쳐 보자고. 무한 호텔을, 호텔의 끝에서 본다면... 과연 어떻게 보일까? 없던 빈 방을 만들어내기 위해 손님들을 자꾸 뒤 번호 방으로 몰아넣는 그 과정을, 마지막 방문 앞에서 지켜본다면?"

로비의 한 구석에는 장식용으로 놓인 미니 분수대가 있다. 분수대의 한가운데에는 청동으로 만들어진 동상이 주저앉아 눈물을 흘리고 있으며, 동상의 받침대에는 희미하게 'No Hay Allí'라는 글귀가 새겨져 있다. 신사가 분수대를 향해 손을 뻗자 전동기 소리와 함께 동상이 둘로 갈라지고, 그 안에 숨겨져 있던 레일 카트가 튀어 나와 그들의 앞에 착지한다.

그들은 카트에 오른다. 신사가 복도 바닥의 특정 부분에 카트를 대자 바닥에 일직선의 틈이 생기고 레일이 밑에서 올라온다.

"끝이 없는 레일이야. 우리가 호텔의 끝까지 가는데 타고 갈 선로이지. 자, 이제 우리는 이 호텔에 방을 하나 잡는 거야. 모든 방이 차 있는 호텔에 투숙객이 새로 들어온 거지. 투숙객에겐 방이 배정되어야 해. 내가 이 호텔의 주인이니, 첫 번째 방을 배정받아야 폼이 살겠지? 그럼 이제 어떻게 할까?"

"방에 묵고 있는 손님들에게 안내 방송을 해야겠죠."

"그래. 손님들에게 한 칸 다음 방으로 옮겨가 달라고 부탁해야겠지. 모든 손님에게 방송이 들리게끔 각 방마다 내부에 안내 방송용 스피커를 설치해 두었어. 방송은 로비에서 할 거고, 방송 전파는 아주 특수한 것을 사용할 거야. 네가 살던 세계에는 존재하지 않는 아주 신기한 전파지. 빛의 속도를 넘어, 무한대의 속도로 이동하거든. 그렇게 해야만 마지막 방까지 방송이 가잖아."

신사는 또 한 번 소년의 표정을 살핀다.

"빛의 속도 하니까 말이야, 이 점을 먼저 말해 둬야겠네. 여긴 광속 불변의 원리와 상대 시간이 적용되지 않는 공간이야. 내가... 꺼 버렸거든."

"꺼 버렸다고요? 그냥 그렇게... 끌 수 있는 건가요?"

"물론이지. 내가 신인데 무엇인들 못하겠어?"

신사는 본래 주제로 돌아와서 말한다.

"안내 방송을 로비에서 한 후 방송 내용이 마지막 방까지 전달되는 데 한 20초 걸릴 거야. 앞에 있는 방의 투숙객들이 먼저 움직이기 시작하겠지. 우리는 방송을 먼저 듣고 먼저 방을 옮기는 사람부터 나중에 방송을 듣고 방을 옮기는 사람까지 복도를 따라 이동하면서 관찰할 거야. 그러다 결국엔 마지막 방에 이르겠지. 옮겨 갈 다음 방이 없는 마지막 방의 손님은 과연 어떻게 할까?"

신사는 카트의 앞부분에 선분 모양의 홀로그램을 띄운다. 제일 왼쪽 부분에 현 위치 표시가 있는 것으로 보아, 호텔의 전체 모양을 축약하여 선으로 나타낸 듯하다.

"한번 직접 확인해 봐. 무한 호텔의 트릭이 뭔지."

그가 종업원에게 신호를 보내자 종업원이 안내 방송을 시작한다. 대략 새로 들어온 손님을 위해 방을 한 칸만 옮겨달라는 내용이며, 모두가 조금만 배려하면 없던 빈 방도 생긴다는 말로 끝맺는다.

방송이 끝나고 잠깐 동안 정적이 흐른다.

잠시 후 첫 번째 방을 시작으로 호텔 방 문이 하나둘씩 열리기 시작하며, 문을 열고 나온 투숙객들은 투덜거리며 한 칸 다음 방의 문을 두드린다. 어떤 방은 안에 묵고 있는 투숙객이 짐을 싸는데 시간이 오래 걸려, 먼저 방을 뺀 바로 전 방 손님이 문을 두드리다 못해 빨리 나오라고 재촉하기도 한다. 어떤 방은 이미 다음 방으로 이동한 투숙객이 문을 열어 놓고 가질 않아, 아직도 안에 손님이 있는 줄 알고 나중에 찾아 온 손님이 하염없이 문만 두드린다. 그러나 결국엔 모든 손님이 제 방을 찾아 무사히 들어간다.

"이제 조금 더 뒤쪽의 상황을 보자."

그는 홀로그램의 끝에 있는 현 위치 표시를 끝에서 4분의 1 정도 되는 위치로 옮긴다. 현 위치 표시가 움직임에 따라 그들의 카트도 해당 거리를 이동한다. 무한히 많은 수의 방을 순식간에 지나간 그들의 카트는 복도가 앞으로도 뒤로도 끝없이 뻗어 있는 어느 한 지점에 멈춰 선다.

이곳에서는 투숙객들이 막 방을 옮기기 시작한 참이다. 아까와 비슷한 광경이 여기서도 펼쳐진다. 너무 늦게 방을 비우는 투숙객, 너무 빨리 방을 비운 투숙객, 투덜거리는 소리와 문을 두드리는 소리...

"더 뒤로 가 보자고."

그는 현 위치 표시를 2분의 1 위치로 옮긴다. 이곳에서도 곧 투숙객들이 방을 옮기기 시작한다. 비슷한 광경이 또 한 번 지나가고, 이제 뻔한 패턴이 되어 버린다. 낌새를 눈치챈 신사가 말한다.

"조금조금 감질나게 움직여 봤자 뭐 하겠나? 어차피 우리는 마지막에 무슨 일이 일어나는지만 보면 되는 거지?"

그렇게 말하고 그는 현 위치 표시를 아주 끝까지 밀어 버린다.

점프.

순식간에 카트는 레일이 더 이상 이어지지 않는 지점에 이른다. 멈춰 선 카트는 이제껏 볼 수 없었던 '앞쪽의 벽'을 마주한다. 무한 호텔의 끝이다. 투숙객은 아직 움직이지 않은 것 같다. 아직까지 이곳에는 정적만이 감돌 뿐이다.

카트에서 내린 그들은 뒤돌아 벽에 기댄다. 그들을 꿰뚫을 듯이 기다란 복도의 모습이 눈에 들어온다. 끝없이 먼 곳에서부터 이어져 온 방의 행렬은 그들 바로 옆에 보이는 마지막 방문에서 끝난다.

"이렇게 기다리는 거야. 지금쯤이면 안내 방송은 끝났을 테니 조금 있으면 여기도 방을 옮기려는 투숙객들로 가득 차겠지. 그동안 우리는 방해가 되지 않게 숨어 있자고."

그가 손가락을 튕기자 은신 모드가 켜진다. 그와 소년은 투명하게 변한다.

잠시 후 어딘가에서 첫 번째 방문이 열린다. 이를 따르듯 다른 곳에서도 순식간에 방문이 수십 개씩 열리기 시작한다. 투숙객들의 육성이 멀리서 재잘재잘 들려오고, 방문은 점점 그들에게 가까운 곳에서 열리기 시작한다. 그들의 시선은 오직 그들 바로 옆에 위치한 방문에만 고정되어 있을 뿐이다. 눈동자를 옆으로 굴려 날카로운 눈매로 마지막 방의 문만을 쳐다보고 있다.

마지막 바로 전 방의 투숙객이 복도로 나온다. 턱수염이 수북한 인상의 그는 마지막 방 앞으로 걸어와 문을 두드린다. 방 안의 투숙객과 아는 사이인 듯 문을 두드리며 말을 건다.

"이봐, 울티모. 방송 들었지? 이젠 내가 그 방을 써야겠어. 어서 나와."

곧이어 비슷할 정도로 턱수염이 수북한 남자가 방에서 나온다. 그의 손에는 맥주병이 들려 있으며, 얼굴은 벌겋게 달아올라 있다. 취한 것으로 보이는 그는 비틀거리며 복도로 걸어 나온다. 아니나 다를까 그의 친구가 방을 비워달라고 부탁하기가 무섭게 그는 딸꾹질을 섞어 가며 느릿느릿 불평을 시작한다.

"야, 됐어, 됐어. (딸꾹) 지가 신이면 다야? 프테라는 게, (딸꾹) 뭐, 지가 잘났으면 얼마나 잘났는데? 지가 그렇게 잘났어? (딸꾹) 그렇게 잘났으면 그냥 방을 하나 새로 만들라 해. 아니 뭐 하러 우리한테 방을 옮기라 말라 하냔 말이야. 나는 옮겨 갈 방도 없는데. (딸꾹) 다음 방으로 이동하라 하는데, 다음 방이 없는 나는 어떡하냐고? 에잇!"

그는 스텝이 꼬여 앞뒤로 휘청거리면서도, 불만을 분출하듯 허공에다 주먹을 휘두른다.

친구가 그를 진정시키려 하지만, 역효과가 난 듯 그는 도리어 친구를 뿌리치고 복도에 대놓고 외친다.

"다들 그냥 원래 있던 방으로 돌아갑시다! 아니, 우리가 손님 아니오? 우린 정당한 값을 지불하고 이곳에 방을 잡았소. 그런데 왜 그런 우리가 호텔 측에서 하라는 대로 방을 옮겨야 하는 거요? 옮겨 갈 다음 방도 없는 나는 어쩌라고?"

"옳소!" 누군가가 외친다.

"새로 온 투숙객 때문에 기존에 있던 손님이 움직일 필요는 없소! 새로 온 투숙객 때문에 기존에 있던 손님이 쫓겨날 이유는 더더욱 없소! 우린 우리의 방을 지킬 것이오!"

청중의 동조하는 반응에 고무된 그는 더욱 격양된 목소리로 외친다.

"호텔 측에서 방송 한번 한다고 우리의 방을 포기하지 마시오! 우리는 호구가 아니오! 새로 오는 자는 스스로 방을 얻어내야 할 것이오! 당당해집시다! 모두 자신이 있어야 할 방으로 돌아가서 당당히 그 방에 묵읍시다!"

투숙객들은 그동안 호텔에 쌓인 불만이 많았는지 함성을 지르며 일제히 자신이 원래 있던 방으로 돌아간다. 그렇게 시작된 '방 되찾기 운동'은 그의 목소리가 들리지 않았던 곳까지 퍼져나가, 이미 방을 옮겼던 투숙객들도 방을 되찾으러 온 투숙객들의 말을 듣고서 자신들의 원래 방으로 이동하기 시작한다. 방을 되찾으러 자신의 방으로 찾아온 투숙객의 말을 듣고 원래 방으로 돌아가, 그 안에 있는 투숙객과 얘기를 해 설득하고, 그렇게 방을 비워준 투숙객은 또 그 사람이 원래 있었던 방으로 돌아가 그 안의 투숙객과 얘기를 하는 식으로 운동은 퍼져나간다.

소년과 신사가 있는 곳은 어느새 아무 일 없었다는 듯 조용해진다. '방 되찾기 운동'은 벌써 저 멀리 전도된 것이다.

"방금 무슨 일이 일어난 거예요?"

소년은 헛웃음이 새어 나오는 얼굴로 묻는다. 황당함이 역력한 기색이다.

신사는 어깨를 으쓱하며 툭 내뱉듯 말한다.

"모두가 행복해진 거지."

"네?"

신사는 소년의 기색에 아랑곳하지 않고 덤덤히 카트를 반대 방향으로 돌려놓는다.

"이제 우리는 첫 번째 방으로 돌아가 묵으면 돼. 거긴 비었으니까."

"자── 잠깐만요! 그게 아니잖아요!" 신사의 반응에 당황한 소년이 외친다.

"사람들이 원래 방으로 돌아가고 있다고요. 투숙객들에게 방을 옮기게 하려는 계획은 실패했어요."

"그래?"

신사는 카트에 올라 소년을 지그시 바라본다.

"내가 보기엔 이 호텔 투숙객 중 100%에 해당하는 인원이 방을 옮긴 상태인 것 같은데. 원래 방으로 돌아간 인원은 0%밖에 안 되고 말이야."

그의 말뜻을 이해한 소년은 한숨을 내쉰다. 그렇지만 계속 따진다.

"지금은 그럴지 몰라도 점점 더 많은 사람들이 원래 방으로 돌아가고 있잖아요. 지금 벌어지는 운동은 파동과도 같은 거예요. 앞의 방에서 투숙객이 찾아와 방을 비워 달라 하면 방을 비워줄 수밖에 없죠. 그 투숙객 또한 앞의 방에서 찾아왔던 투숙객에게 방을 비워주고 내 방에 찾아왔을 테니 내가 방을 안 비워주면 그 사람은 방이 없을 것 아니에요. 그리고 나는 나의 원래 방에 돌아가 그 방에 묵고 있는 사람에게 당신도 원래 있던 방으로 돌아가라고 설득하지 않으면 방이 없겠죠. 이 운동이 지금과 같이 계속 전파된다면 결국 마지막엔 두 번째 방의 손님은 무조건 첫 번째 방으로 돌아가야 할 거예요. 파동의 흐름에 저항할 수가 없죠. 파동은 계속 한 방향으로 나아가게 되어 있고, 끝없이 나아가게 되어 있으니까요. 기껏 우리가 방송으로 비워 놓은 첫 번째 방을 덮칠 거라고요."

"그러니까 네 말은, 지금 호텔 로비 방향으로 전파되고 있는 이 운동이 결국 첫 번째 방까지 닿을 것이기 때문에 그 방은 빈 방이 아니라는 거네?"

"바로 그거죠."

신사는 잠시 생각하는 척을 한다.

"흠... 그게 언젠데?"

"네?"

"그 운동이 첫 번째 방을 덮치는 시점이 언제냐고? 지금부터 몇 시간이 지나야 두 번째 방의 투숙객이 방을 비워달란 요구를 받게 되지?"

"그거야..."

소년은 그제야 깨닫는다. 두 번째 방은 그들이 있는 곳에서부터 무한히 멀리 있다는 것을.

"아..."

"이제 알아챘어? 우리가 첫 번째 방에 죽치고 있어도 왜 아무도 방문을 두드릴 일이 없는지?"

"그렇지만..." 소년은 머리로는 이해가 가지만, 그다지 와 닿지는 않는 모양이다. "이건 뭔가 반칙하는 기분인데요?"

"과연 반칙일까? 좀 더 본질적으로 생각해 보자. 우리가 어디 있어?"

"호텔의 끝이요."

"무한 호텔의 끝이지. 자 그러면 첫 번째 방은 어디에 있을까?"

"……저 멀리에 있죠."

그는 복도를 가리키며 그리 말한다. 신사는 눈을 동그랗게 뜬다.

"저 멀리 어디?"

"저기요 저기." 소년은 손가락을 끝까지 뻗어 강조한다. "호텔의 시작. 로비가 있는 데요. 저-기."

"……아무리 봐도 없는데? 네가 말하는 '저기'가 어디야?"

"물론 보이지는 않겠죠. 그렇지만 이 복도 끝에 있잖아요. 저기 저 멀리에."

"없잖아! '저기'가 어디 있어 '저기'가? 복도의 끝이 어디 있냐고? 로비는 또 어디 있고? 첫 번째 방은 어디 있으며 두 번째 방은 어디 있는데? 없잖아! 네가 가리킨 저기 어디에 그런 게 있어? '끝없이' 이어지는 방들 말고 애초에 저기에 뭐가 있느냔 말이야!"

"그, 그건..."

소년은 끝내 말문이 막힌다.

"아직도 모르겠어? 이건 '무한한' 복도잖아. 로비나 첫 번째 방에선 이곳이 존재하지 않지. 무한한 복도의 시작 부분에 있다면 끝 부분은 존재하지 않는 거니까. 반대로 끝 부분에 있다면 시작 부분이 존재하지 않는 거야. 우리는 시작 부분이 아니라 끝 부분에 있어. 그렇다면 로비, 첫 번째 방, 두 번째 방, 이런 것들은 여기선 존재하지 않는 거라고. 여기 사람들이 '방 되찾기 운동'을 아무리 열심히 해도 두 번째 방의 투숙객은 그 운동에 대해서 들을 일이 없어. 왜냐면 두 번째 방은 존재하지 않으니까! 애초에 여기 사람들에겐 첫 번째 방이든 두 번째 방이든 유한한 수를 번호로 쓰는 그 어떤 방도 존재하는 방이 아니라고!"

신사는 잠깐 숨을 고르고 말을 이어간다.

"그러니까 우리가 첫 번째 방에 가서 죽치고 있어도 전혀 반칙이 아니야. 방 잃는 사람 아무도 없지. 여기 사람들의 관점에서는, 두 번째 방이 존재하지 않고, 두 번째 방 투숙객의 관점에서는, '방 되찾기 운동'이 존재하지 않으니까."

"그렇지만 이 호텔 전체의 투숙객 수로 보면——"

"호텔 전체의 투숙객 수로 보자면 무한대에서 한 명 오버된 것일 뿐이야. '무한대 더하기 1'이란 수식을 너희 유한한 존재들의 관점에서 풀어 쓰면 이렇게 되지."

그는 카트에 홀로그램으로 텍스트를 띄운다.

$$1 + 0$$

"알았어? 0만큼 오버된 거야. 무한대 앞에서 유한대는 0이지. 새로운 손님 한 명 찾아온다고 정원 초과가 되는 건 아니라고. 물론 두 명이 찾아와도, 세 명이 찾아와도 달라지는 건 없어. 전부 유한대일 뿐이니까."

어느새 그는 카트를 출발시킬 준비를 마치고 소년을 기다리고 있다.

"이 이상 어떻게 설명해 줄 방법이 없네. 내가 해줄 수 있는 말은 여기까지야. 이걸로 완전히 납득이 되었길 바라야지. 어서 타. 존재하지 않는 첫 번째 방까지 데려다 줄게. 오늘밤은 거기서 보내는 거야!"

소년이 카트에 오르고, 신사는 선분 홀로그램을 띄워 현 위치 표시를 왼쪽으로 돌린다. 눈 깜짝할 새에 그들은 숙소 방문 앞에 도착한다.

"그럼, 잘 자!"

신사는 방문을 열어 주며 그리 말한다.

"뭐예요? 같이 이 방에서 죽치고 있자는 거 아니었어요?"

"사실 아까부터 자꾸 메노스가 메시지로 쪼더라고. 그쪽 일을 처리하러 가야 할 것 같아. 하룻밤 자고 일어나면 찾아올게. 물어볼 게 생기면 태블릿으로 메시지 보내. 내일 보자고!"

그는 소년에게 윙크를 하고는 사라진다.

"흠..."

소년은 방으로 들어오며 중얼거린다.

"물어볼 것이라..."

천장을 올려다보는 그의 몸뚱이가 침대 위에 놓인다.

5번째 날

"새로 찾아온 손님이 유한 명이 아닐 경우엔 어떻게 돼요? 만약 무한 명의 손님이 찾아와 무한 개의 방을 요구한다면 그 땐 어떻게 방을 내주죠?" 소년의 질문이다.

이튿날, 눈을 뜨기가 무섭게 카트에 앉혀진 그는 신사가 데려온 새로운 손님들을 직접 목도한다. 호텔 입구에서부터 줄지어 서 있는 손님들의 행렬은 바깥으로 무한 킬로나 뻗어 있어, 신사가 바깥에서 기다리는 손님들을 위해 무한히 긴 우주선을 호텔 입구에 붙여 놓아야 할 정도였다.

"자, 네가 한번 해 봐."

소년은 신사를 올려다본다.

"네?"

"너, 답을 몰라서 물어본 게 아니잖아. 답은 이미 인터넷에서 찾아보았을 텐데, 그 답이 안 와 닿으니까 눈으로 직접 보고 싶어서 이러는 거지."

잠시 머뭇거리던 소년은 로비의 마이크를 잡고 안내 방송을 시작한다. 객실에 있는 손님들에게 자신의 방 번호에 2를 곱한 수에 해당하는 번호의 방으로 이동해 달라는 내용이다.

이동수단은 신사가 미리 준비해 놓았다. 각 방에 포털을 설치한 것이다. 버튼을 누르면 방 번호에 2를 곱한 수가 입력되고, 입력된 번호의 객실 앞으로 포털이 열리게 되어 있다. 소년은 로비에 설치된 감시 카메라 모니터를 통해 복도의 모습을 지켜본다.

새로 배정받은 방 앞까지 포털로 순식간에 도달한 투숙객들은 방의 문을 두드린다. 방 안에 투숙객이 없다면 문을 열고 들어가고, 투숙객이 아직 남아 있다면 떠날 때까지 기다린다. 얼마 지나지 않아 방 안에 남아 있던 투숙객들도 모두 포털 속으로 사라지고, 그렇게 객실의 주인은 바뀐다. 전체 객실 중 딱 절반만의 이야기지만.

"방 번호에 2를 곱한 번호의 방으로 이동할 수 있는 손님은 어떤 사람들일까? 자신의 방 번호에 2를 곱한 번호의 방이 이 호텔에 존재해야지만 방을 옮길 수 있겠지? 이 호텔의 전반부에 있는 손님들에게는 그게 가능하지만, 후반부에 있는 손님들은 이동할 방이 없잖아? 그러니 어떡하겠어? 또다시 호텔의 주인인 나를 욕하면서 자기들 방에서 버티겠지."

신사는 자신이 방금 한 말이 전혀 신경이 쓰이지 않는지 곧이어 말한다.

"자, 기존 손님은 옮겼고, 이제 새 손님을 받아야겠지? 원래 여기서 어떻게 하더라?"

소년은 떨떠름한 표정으로 말한다.

"이제 방을 옮긴 기존 손님들은 모두 짝수 번호 방에 있으니..." 그는 그리 말을 하면서도 고개를 가로젓는다. "비어있는 홀수 번호 방에 새 손님을 들여야죠."

"좋아! 그리 하자고!"

신사의 우주선에서 대기하고 있던 손님들의 옆에 방 하나당 하나씩 포털이 열린다. 열리기가 무섭게 손님들은 포털을 향해 뛰어들고, 순식간에 홀수 번호 방은 모두 차 버린다.

"이제 어떻게 되는지 한번 봐."

호텔의 후반부에 묵는 손님 때문에 방에 못 들어가고 복도에 우두커니 서 있는 손님들. 호텔 복도의 절반이 그런 손님들로 북새통을 이루고 있다. 새로운 방에 가기 위해 기존에 묵고 있던 방을 떠난 손님들은 방문을 쾅쾅 두드리며 항의한다. 방 안에 있는 손님은 방을 비워줄 수 없다는 말만 반복한다.

"그러면 나는 어떻게 하란 말이오!" 사실상 복도로 쫓겨나게 된 손님들이 외친다.

"나야 어떻게 해줄 수 없지. 원래 지내던 방에 가서 거기 있는 손님하고 잘 얘기해 보든가 하시오."

결국 항의하는 데 지친 기존 손님들은 자신들을 복도로 쫓아낸 안내 방송을 욕하고, '방 되찾기 운동'을 다시 한 번 시작한다. 그들은 포털을 통해 자신이 묵던 방으로 돌아가, 원래 이 방은 자신의 방이었고 지금 자신은 묵을 곳이 없다면서 새로이 방에 눌러앉은 투숙객들을 쫓아낸다. 그렇게 호텔 전반부 중 후반부는 쫓겨난 손님들로 북새통을 이루고, 쫓겨난 손님 중 기존에 묵던 방이 있는 손님들은 다시 '방 되찾기 운동'을 통해 자신들의 방으로 돌아간다. 그렇게 호텔 전반부 중 전반부 중 후반부는 쫓겨난 손님들로 북새통을 이루고, 쫓겨난 손님 중 기존에 묵던 방이 있는 손님들은 다시 '방 되찾기 운동'을 통해 자신들의 방으로 돌아간다. 그렇게 호텔 전반부 중 전반부 중 전반부 중 후반부는 쫓겨난 손님들로 북새통을 이루고, 쫓겨난 손님 중 기존에 묵던 방이 있는 손님들은 다시 '방 되찾기 운동'을 통해 자신들의 방으로 돌아간다. 그렇게 호텔 전반부 중 전반부 중 전반부 중 전반부 중...

"어떻게 되는 건지 이제 감 잡았지?"

신사가 말한다.

"결국 너의 안내 방송을 거역하는 손님들은 점점 많아지고, 그런 손님들의 물결은 가까워 오고 있어. 그렇지만 상관없지. 그 물결은 절대 우리가 있는 곳을 덮치지 못할 테니까. 방을 되찾으려고 찾아오는 손님은 우리가 있는 곳에서는 존재하지 않아."

"새로 온 손님들은 어떡하죠? 그 손님들은 기존에 묵던 방도 없잖아요. 배정받은 방 말고는 갈 데가 없을 텐데요."

"새로 온 '존재하는' 손님들은 모두 홀수 번호 방에서 잘 지내고 있어. 존재하지 않는 손님들은 뭐... 존재하지 않으니까."

"어떻게 그렇게 말할 수가 있어요? 자신이 배정받은 방에 못 들어가고 복도에 우두커니 홀수 번호 방문 앞마다 서 있는 손님이 무한 명이라고요. 무한 명!"

"기다려 봐. 계속 문을 두드리며 자신의 사정을 말하면 방 안에 있는 손님 중 인간적인 감정이 풍부한 누군가는 문을 열어 주겠지. 문을 열어주며 방을 같이 쓸 손님들도 분명 있다는 거야."

"그렇지만 그건 반칙 아니에요?"

"무슨 상관이야. 그들은 존재하지 않는데."

신사는 더 이상 설명할 게 없다는 뜻으로 양 어깨를 으쓱 들어 올린다. 그는 입구에 세워 놓은 우주선에 오른다.

"아직도 이 호텔에서 답 못 찾은 의문이 남았어? 아니면 이젠 이 호텔이 어떻게 돌아가는지 알겠어?"

"어..."

"아마 새로 온 손님을 받을 다른 방법을 생각하고 있는 모양인데, 어떻게 해도 결론은 같을 거야. '존재하는' 손님들은 방을 얻는 거지. 아직도 의문이 남았어? 그럼 여기서 하루 더 묵으며 밤새 생각해 볼 수도 있어. 결론이 달라지진 않을 테지만. 그리고 싶은 게 아니라면, 나랑 같이 '메디아 인피니타스'로 돌아가지 않을래? 보여줄 건 많은데, 여기서 볼 일은 끝났거든."

잠시 생각하던 소년은 그러겠다고 한다. 이곳에서 딱히 할 일도 없고, 나중에라도 일이 생긴다면 언제든 올 수 있다고 생각했기 때문이다. 그는 신사를 따라 우주선에 오른다.

잠시 후, 신사와 소년이 타고 있는 우주선은 사라진다.

6번째 날

메디아 인피니타스로 돌아온 소년은 메노스와 함께 시 외곽의 언덕에 주저앉아 햇빛에 반짝이는 터칭 빌딩을 바라보고 있다.

"터칭 빌딩을 트라바용 족이 지었다는 얘기는 이미 들었을 거야." 메노스가 입을 연다.

"네, 맞아요."

"그것이 그들의 가장 큰 긍지이자 정체성이지. 무한한 건축물을 지을 수 있다는 것. 그 사실이 그들을 얼마나 특별한 존재로 만드는지 말하지 않아도 알 거야."

"……그렇군요."

태블릿을 가지고 놀던 중 갑자기 메노스에게 불려 나온 소년은 왜 그녀가 자신에게 이런 얘기를 하는지 이해하지 못한다. 그녀는 그 사실에 별로 개의치 않는 듯 이야기를 이어나간다.

"트라바용 족은 첫 삽을 뜬지 정확히 90년 만에 빌딩을 완성시켰어. 처음엔 공사가 매우 더뎠지. 착공 후 1년 동안 20미터도 올라가지 못했을 정도였으니까. 그러나 공사가 진행될수록 그들은 일에 능숙해졌고, 능숙해진 만큼 그들의 작업은 빨라졌어. 착공 45주년 이후로는 가속에 가속이 붙어, 공사 말기에는 인간이 상상할 수 없을 정도의 빠르기로 건물을 올렸지. 아예 물리적인 한계마저 극복한 듯 보였어. 모두 프테 님이 공사 현장에서 감독하고 계셨기에 가능한 일이야.

어쨌든 완공 후 그들에게는 '스스로의 힘으로 유한을 뛰어넘은 유한한 존재'라는 칭호가 붙었어. 그 전까진 무한한 무언가를 만들 수 있는 건 프테 님뿐이라고 믿었던 사람들의 인식을 멋지게 부순 거지. 프테 님은 자랑스러워하셨고, 프테 님에게 인정받았다는 것이 그때부터 계속 트라바용 족의 정체성이 되었지."

메노스는 자리에서 일어난다.

"어디 가세요?" 소년은 문장의 끝을 올리며 묻는다.

"너도 알다시피 이 세계에서 가장 신뢰받는 존재는 프테 님이야. 그리고 프테 님에게 가장 신뢰받는 사람은 나지. 트라바용 족도 있고, 그 외에도 수많은 사람들이 프테 님에게 인정을 받았는데 왜 하필 내가 프테 님의 신뢰를 받을까?"

그녀는 소년에게 손을 내밀어 그를 일으킨다.

"신뢰를 하는 것과 신뢰를 받는 것은 다른 일이야. 프테 님은 네가 프테 님을 신뢰하길 기대하시지 않아. 너는 질문하는 영혼이지, 신뢰하고 맹목적으로 따르는 영혼이 아니니까. 대신 그분께서는 그분이 너를 신뢰하실 수 있는지 알고 싶어 하셔."

그녀는 별안간 허공에서 기다란 흑색 널빤지를 뽑아낸다. 소년은 피부에 닿는 공기가 따뜻해짐을 느낀다.

그녀는 다 뽑아낸 널빤지를 바닥에 내던지고는 말한다.

"메노스로서 구할 수 있는 가장 덜 큰 비행기지. 어서 타. 한번 날아 보자고."

갑작스런 제안에 소년은 어리둥절해 한다.

"어디 가는데요?"

메노스는 웃어 보인다.

"내가 프테 님에게 조언을 하는 사람이잖아. 터칭 빌딩의 지배인이 기도 하고. 프테 님에게 집무실이란 게 있다면, 역시 터칭 빌딩에 있어 야 하지 않을까? 이리 와. 구경시켜 줄게."

소년은 널빤지에 올라타고, 널빤지는 곧 두 사람을 들어올려 허공 을 가르고 나아간다.

희한한 점은 그들이 널빤지의 넓은 면을 바닥으로 쓰지 않았다는 것이다. 메노스는 대신 널빤지를 기울여 널빤지의 측면이 위로 향하 게 하고는, 굳이 그 좁디좁은 측면을 널빤지 비행기의 바닥으로 쓴다. 신기한 점은 그럼에도 소년은 중심을 잡는데 아무 문제가 없다는 것 이며, 널빤지 측면을 타고 날아다니는 그들의 모습은 멀리서 보면 가 로획 부호에 올라탄 점들처럼 보인다.

그들은 구름 위 구름이 바닥이 되어 이윽고 안 보이게 될 때까지 고 도를 높여 터칭 빌딩에 접근한다. 하늘의 푸른빛이 희미해질 정도로 높이 올라왔는데도 빌딩은 여전히 위로 끝없이 뻗어 있다.

일정한 층에 다다르자 빌딩 한 구석의 유리창이 열린다. 널빤지는 그 틈으로 빌딩에 입장한다.

"바로 여기야. 프테 님이 안 계시는 틈을 타서 왔으니, 마음껏 구경할 수 있어."

널빤지에서 내린 소년은 방을 둘러본다. 방은 커다랗고, 천장은 석고, 바닥은 대리석으로 된 것이 현대적인 느낌이 드는 빌딩 외관과는 딴판이다. 그는 물건들을 이리저리 만져 보다가 실수로 조그만 정육면체 상자를 바닥에 떨어트린다.

상자에서 홀로그램이 튀어나온다. 홀로그램은 문자의 형태를 하고 있다.

라우프카스텐: 진실을 말하는 상자

"이게 뭐죠?" 소년이 묻는다.

그가 떨어뜨린 상자를 메노스가 다가와 주우며 말한다.

"프테 님의 조그만 장난감이야. 무작위로 어떤 사실들을 뱉어 내지. 네가 다룰 물건은 아냐."

그녀는 손가락으로 집은 조그만 상자를 그의 눈앞에서 흔들어 보이고는, 상자를 제자리로 휙 던져 버린다.

어느새 그녀의 다른 손에는 홀로그램으로 된 두루마리 문서가 놓여 있다. 그녀가 문서를 확 펼치자 홀로그램 문서는 진짜 종이 문서가 된다.

"여긴 홀로그램이 참 다양하게 쓰이네요." 소년이 말한다.

"여기 홀로그램은 마법이거든. 네가 살던 곰보빵 행성의 기술과 비교할 순 없지."

종이 문서에는 유한수계가 펼쳐져 있다. 메노스가 종이에 갖다 댄 두 손가락을 모으자 유한수계는 찌부러져 점이 되고 제1무한계가 나타난다. 모았던 손가락을 펴자 다시 유한수계가 펼쳐진다.

"너도 해 볼래?"

소년이 종이에다 대고 손가락들을 펴는 동작을 반복하자 종이에 펼쳐진 상(像)은 유한수계에서 제1무한소계로, 또 제2무한소계, 제3무한소계로 계속해서 떨어지기 시작한다. 손가락들을 모으는 동작을 반복하자 수 체계는 금세 올라 어느덧 무한계에 이른다.

"무한계와 무한소계의 끝은 어디일까? 이렇게 계속 가다보면 언젠가 나오지 않을까?"

메노스가 묻는다.

"안 나오죠." 소년은 단호하게 대답한다. "지금처럼 한 번에 한 차원씩 이동해서는 '제∞무한계'나 '제∞무한소계'에도 다다르지 못할 거예요. 영원히."

"그래. 그런 데에 이르려면 조작법을 달리 해야지. 이렇게 말이야."

메노스가 종이 표면을 더블클릭하고 손가락을 모으자 '제∞1무한계'라는 수 체계가 나타난다.

"한 번에 무한대까지 올라왔어. 무한대까지 올라왔음에도 여전히 끝이 아니지. 당장 같은 조작을 한 번 더 하기만 해도..."

그녀가 또 표면을 더블클릭하고 손가락을 모으자 '제∞2무한계'가 나타난다.

"……이렇게 곧바로 다음 무한대가 나오니까."

소년은 문서에 달려들어 방금 그녀가 한 대로 손가락을 움직여 본다. 무한계는 또 한바탕 올라가고, 더블클릭 후 손가락을 펴 보니 올라간 만큼 내려온다. 메노스는 다시 한 번 종이를 툭툭 치고는 손가락을 펴 수 체계를 제∞_1무한계에 맞춘다.

"여기서 '∞_1'이라는 게 무한계 안에서 '1'에 해당하는 무한대를 지칭하는 기호라는 건 이미 알고 있겠지? 그렇다면 질문이야. 현재 보이는 제∞_1무한계의 '∞_1'은, 어느 무한계의 무한대일까? 때려 맞춰 봐."

"제1무한계겠죠."

"바로 그거야. 제∞_1무한계 다음엔 제∞_2무한계, 그 다음엔 제∞_3무한계... 그렇게 무한히 이어져 봤자 그것들은 모두 제1무한계의 무한대들일 뿐이야. 무한계의 끝까지는 한참 멀었다고. 왜냐하면 그 모든 무한계들을 뛰어넘는 상위 차원의 무한계가 존재하니까. 멀리 갈 것도 없이 당장 이런 무한계가 존재하지. 제2무한계의 '∞_1'을 지닌 더 큰 제∞_1무한계."

그녀가 종이 표면을 세 번 클릭하고는 손가락을 모으자, 제∞_1무한계가 찌부러져 점이 되고는 더 큰 제∞_1무한계가 나타난다.

"짠! 클릭을 한 번 더 하니 제1무한계의 '∞_1'이 제2무한계의 '∞_1'이 되었네. 우린 방금 제1무한계에서 제2무한계로 넘어온 거야. 어? 근데 애초에 제1무한계와 제2무한계는 따로 있잖아? 처음에 종이에 유한수계가 있었을 때, 손가락을 한 번 모으면 나타나는 그게 제1무한계고 한 번 더 모으면 나타나는 그게 제2무한계 아니야? 우린 이미 제1무한계와 제2무한계 단계는 한참 지났는데, 지금은 '∞_1'을 가지고 또 제1무한계냐 제2무한계냐를 따지고 있네?"

"미시적 공간에서의 패턴이 거시적 공간에서의 패턴이 된다..."

"흠." 그녀는 소년을 쳐다본다. "좋은 말을 알고 있네. 정확해. 종이를 네 번 클릭하고 손가락을 모으면 어떻게 될까? 제3무한계의 '∞_1'을 지닌 제∞_1무한계, 즉 '제3무한계 ∞_1무한계'가 되겠지? 종이를 다섯 번 클릭한다면? 제4무한계 ∞_1무한계가 되겠지. 이런 식으로 계속 가다 보면 언젠가 무한계의 끝이 나오지 않을까? 천만에! 지금처럼 한 번에 한 차원씩 이동해서는 '제∞무한계 ∞_1무한계'나 '제∞무한계 ∞_1무한소계'에도 다다르지 못할 거라고. 영원히 말이야. 정말 네 말대로 패턴이 반복되고 있네."

그녀는 급기야 소년의 말을 빌리면서까지 열변을 토한다.

"그런 데에 이르려면 어떻게 해야겠어? 또 조작법을 달리 해야지. 새로운 조작법으로 제∞_1무한계 ∞_1무한계에 이르는 거야. 그러면 여기서 또 질문이 가능하지. 그 '∞_1'은 또 어느 무한계의 무한대냐는 거야. 원래 있던 '∞_1'은 그렇다 쳐. 새로 생긴 '∞_1', 그러니까 '제∞_1무한계 ∞_1무한계'에서 앞부분에 있는 '∞_1'은 어느 무한계의 무한대일까?"

"……답은 역시나 제1무한계겠죠?"

"그렇다면 우리는 '제∞_1무한계 ∞_1무한계'를 어떻게 적어야 할까? '제1무한계 ∞_1무한계 ∞_1무한계'라고 적어야 하지 않겠어? 그리고 제1무한계 ∞_1무한계 ∞_1무한계가 존재한다면, 제2무한계 ∞_1무한계 ∞_1무한계도 존재하겠지? 물론 제3무한계 ∞_1무한계 ∞_1무한계도 존재할 테고 말이야. 그렇다면 또 다른 새로운 조작법을 쓸 경우 제∞_1무한계 ∞_1무한계 ∞_1무한계에도 이를 수 있다는 걸 알겠지? 그리고 그건 또 제1무한계 ∞_1무한계 ∞_1무한계 ∞_1무한계라고 적힐 거고, 그 다음에는 또 제2무한계 ∞_1무한계 ∞_1무한계 ∞_1무한계가 있으니까, 또 그 다음에는…"

반복되는 발음에 입이 지친 것인지 메노스는 더 이상 말을 잇지 못하고 헉헉거린다.

"어쨌든 요점은 말이야, 아무리 올라가도 끝이란 건 나오지 않는다는 거야. 그저 똑같은 패턴이 더 큰 스케일로 반복될 뿐이지. 끝없이 반복되기만 할 거야. 정말로 끝이 없으니까. 말 그대로 '무한'이지."

"네. 이미 짐작하고 있었어요."

이곳에 온 뒤로 무한대가 자신이 생각했던 것보다 큰 개념임을 깨닫고 있는 소년은, '끝없이 큰 것'의 '끝'을 찾는 일은 포기한지 오래다.

"그렇지만 만약 있다면 어떡해?"

"네?"

소년은 그녀를 쳐다본다.

"만약 이 모든 반복되는 여정에 끝이란 게 있다면?"

그녀는 잠시 멈추어 서서 긴장감을 팽팽히 하는 정적이 되더니, 곧이어 종이 문서를 들고 방의 뒤쪽으로 걸어간다.

"그냥 가정해 보는 거야." 걸어가면서 그녀는 말한다. "만약 끝이 있다고 한다면, 그건 어떤 모습일까? 너도 그런 거 생각해 본 적 없었어? 이미 이와 유사한 대화를 한 적 있잖아. 프테 님하고 말이야. 무한소계 얘기할 때, 기억 안 나? 듣기로는 네가 그 자리에서 무한소계의 '끝'이라고 할 수 있는 개념을 제시했다던데."

"아…"

"Ultimate Null 말이야. 끝없이 반복되는 무한소계의 끝이라고 한다면 역시 Ultimate Null 아니겠어? 그 어떤 무한소의 관점으로 봐도 존재하지 않는 것. 학계에서 정의한 이론상의 개념이지. 여기서 학계란 물론 나와 프테 님을 말하는 것이지만 말이야. 그 학계에서 설정한 또 다른 개념이 있어. 무한소계의 끝이 있다면, 무한계의 끝도 있어야 하니까. 그래서 만들었지. 'Ultimate Sum'이라고 말이야."

그녀는 방 뒤쪽의 커다란 벽면으로 다가가, 한가운데의 넓은 공간에 종이 문서를 붙인다. 그러자 종이 문서는 크기가 순식간에 늘어나 벽면을 꽉 채울 정도로 자라나고, 그녀가 손가락을 튕기자 문서에 비치는 모든 무한계가 찌부러져 점이 되면서 더 이상 찌부러지지 않는 '마지막 무한계'가 나타난다.

"무한계의 끝이야. 어떤 특이점이 있는지 잘 보라고."

마지막 무한계는 기존의 무한계와 다른 점이 있다.

분명 시작은 여느 수 체계와 마찬가지로 원점에서부터 좌우로 선이 뻗어 나가 있다. 음의 무한대는 왼쪽, 양의 무한대는 오른쪽으로 갈수록 절댓값이 크다. 하지만 선을 따라 가면 갈수록 점점 이상한 일이 일어난다. 언뜻 좌우로 뻗어 나가는 것처럼 보였던 두 선은 원점에서 멀어질수록 점점 위로 뜨더니, 어느 순간 아예 대놓고 위를 향해 전환점을 돌아 왼편의 선은 오른쪽으로, 오른편의 선은 왼쪽으로 모아지기 시작한다.

그렇게 양쪽에서부터 모아지던 두 선은 원점에서 수직으로 올라간 위치에 있는 하나의 점에 수렴한다.

원. 마지막 무한계의 모양은 직선이 아닌 원이다.

"저걸 봐." 메노스가 말한다. "음의 영역과 양의 영역이 교차하는 점이 여기선 두 개야. 원래는 '0' 하나밖에 없었는데 말이지."

원 모양의 무한계에서, 음의 무한대와 양의 무한대는 언제까지고 이어져 나가지 않는다. 음의 방향으로 가다보면 언젠가 양의 무한대에 이르게 되고, 양의 방향으로 가다보면 언젠가 음의 무한대에 이르게 된다. 음의 영역과 양의 영역이 뒤바뀌는 기준점, 음도 양도 아닌 중립의 점은 기존의 수 체계에서는 0밖에 없다. 그러나 이곳에는 하나가 더 존재한다. 0에서 수직으로 올라간 위치에 있는 점. 이 점은 마지막 무한계에서 가장 높은 위치에 있는 점이며, 또한 원점 0에서 가장 멀리 떨어진 점이기도 하다. 이를테면 또 다른 원점.

메노스는 무한계의 두 원점에 색을 칠해 눈에 띄게 한 다음, 바닥에 있는 것에는 '0'이라 적고 꼭대기에 있는 것에는 'Sum'이라 적어 넣는다.

"이 Sum이란 건 무엇일까?" 메노스가 묻는다. "말하자면 '가장 큰 양'을 칭하는 것이겠지? 이론상으로 존재할 수 있는 가장 큰 것 말이야. 가장 큰 무한대, 가장 큰 절댓값이라고도 할 수 있지. 무한계의 끝이란 게 존재한다고 하면, 그게 바로 이거야."

"왜 'Ultimate Sum'이라고 하지 않는 거죠?" 소년이 묻는다.

"0이 곧 Ultimate Null이 아닌 것과 같은 이치지. Sum은 하나의 점이야. 0과 마찬가지로, Sum이라는 실질점 속에는 한 차원 밑의 Sum을 원점으로 한 또 다른 수 체계가 존재하지. 직선 모양으로 한없이 뻗어 있으나, 원점에서 멀어질수록 절댓값이 줄어드는 요상한 수 체계가 말이야. 그리고 그 원점 속에는 같은 형질의 또 다른 수 체계가... 여기서부터는 불 보듯 뻔하지? Sum이라는 실질점을 아무리 파헤쳐 내려가도 계속 Sum만 나올 뿐이야. Ultimate Null을 볼 일이 없는 것처럼, Ultimate Sum을 보게 될 일도 없어. 다만 프테 님에 따르면, 순전히 이론뿐인 그 두 개념이 존재하는 모든 것의 기원일 수는 있다고 하더군."

"무슨 말이에요?"

"이를테면 모든 많고 적음, 다시 말해 모든 '양'은, Ultimate Null과 Ultimate Sum이 공존하면서 일제히 탄생했다는 거야. 무한소계의 끝과 무한계의 끝. 절대무(絶對無)와 절대다(絶對多). 이 둘의 연결에, 그어떤 수도 벗어날 수 없어. 수라는 건 모두 이 둘 사이에서만 성립할 수 있는 거라고. 그리고 그게, 모든 수 체계를 만들지. 마지막은 저기 보이는 동그라미로 끝맺으면서!"

메노스는 손가락을 벽면의 원을 향해 뻗으며 외친다. 그러나 종이 화면에 띄워진 마지막 무한계는 지직거리더니 곧 사라지고, 이어 벽면이 무너지며 화면 또한 내려앉아 바닥에 깔려 버린다.

"무슨 일이죠?" 소년이 놀라 외친다.

"원래 마지막 무한계를 화면에 띄우면 곧 이렇게 되는 거야." 메노스가 설명한다.

"왜요?"

"그건 사실이 아니거든."

"네?"

"사실이 아니라 하나의 가설일 뿐이지. 마지막 무한계도, Ultimate Null과 Ultimate Sum도 전부 이론상의 개념일 뿐이야. 수라는 것이 무한소계의 끝과 무한계의 끝 사이에서 탄생했다는 것도 정말인지 모르는 거라고. 그러니 프테 님이 너에게 이런 것들을 가르치지 않으시는 거지. 사실이 아니라 그분의 가설일 뿐이니까."

메노스는 벽면이었던 곳으로 다가가 무너진 파편 밑에서 끄집어낸 종이를 돌돌 말아 손 안에 집어넣는다.

"이 종이가 벽에 붙어 있는 동안 보고 들은 건 입 밖에 내지 않는 게 좋을 거야. 가설이랍시고 말하는 것도 물론 포함이지."

"그렇지만... 왜 말하면 안 되는 거죠?" 소년은 잘 납득이 안 간다는 표정이다.

메노스는 잠시 동안 서서 소년을 멀뚱히 쳐다본다. 목적 없는 응시. 굼뜬 답변.

"그야..." 마침내 그녀가 입을 뗀다. "이 세계엔 전지전능해야만 하는 분이 계시니까."

잠깐의 뜸이 있고 나서 그녀는 말을 잇는다.

"이 세계의 모든 것은 프테 님이 아는 것이어야만 하니까. 가설 같은 건 있어서는 안 되는 것이니까. 터칭 빌딩의 피뢰침 아래 프테 님이 모르는 것이 단 하나라도 있다면, 대체 어디에 절대자가 존재한다고 말할 수 있겠어? 누가 질서를 따를까? 그러면? 그 혼란은 어떡하고?"

"글쎄요, 가설이니 그런 게 무슨 상관이죠?"

"뭐라고?"

"가설 같은 게 있으면 좀 어때요. 누가 뭐래도 이 세계의 질서는 프테 님이시잖아요. 그분에게 전지하지 않은 면모가 있다고 해서 누가 그분에게 돌을 던지겠어요? 사람들은 언제나 이 세계의 절대자이신 프테 님을 따를 거라고요."

"사람들은 프테 님이 전지전능하다고 믿기 때문에 따르는 거야."

"프테 님은 그 자체로 완전한 것 아니었나요? 신이란 게 그런 거잖아요. 존재 자체만으로 이미 프테 님은 결점이 없는 거라고요. 만약 프테 님이 확답을 할 수 없는 가설의 영역이 이 세상에 존재한다면, 그것 또한 그분의 뜻인 거죠. 그분은 절대자시니까요. 질서는 그분이 만드는 것이잖아요."

"너네 곰보빵 행성에서는 신이 그런 존재니? 거기선 신 놀음하기 좋겠군 그래. 그러면 한 가지만 물어보자. 너는 왜 신이 아니야? 프테 님이 지닌 신의 권능은 무궁무진해서, 그 권능 중에는 신의 권능 자체를 다른 존재에게 이양해 버리는 능력도 있어. 프테 님은 누구든지 붙잡고 신을 '시킬' 수 있다고. 그런데 왜, 너한테는 안 시켜 주지? 왜 나한테는 안 시켜 주실까? 네 말대로 신이 존재 자체만으로 결점이 없는 거라면, 결점으로 보이는 것도 다 신의 뜻이라고 한다면, 너나 내가 신을 못할 이유가 뭐야? 지금 우리에게 결점이 있다고 해도, 일단 권능을 넘겨받고 신이 되면 그 자체로 우린 무결점인 거잖아. 너의 발톱에

사는 박테리아가 신을 못할 이유는 뭐고? 신을 시키는데 아무런 문제
가 없잖아. 그렇지? 프테 님은 권능을 넘겨주는 것뿐만 아니라 권능을
복제해서 공유할 수도 있어. 권능이란 걸 디지털 파일 형태로 클라우
드에 업로드해서 모두가 다운받아 쓸 수 있게 할 수도 있다고. 모두가
신의 권능을 누릴 수 있는데, 그럼 프테 님은 무슨 낯으로 권능을 독
차지하시는 거지? 왜 사람들은 현재의 권능 독점 현상에 대해 아무 말
도 하지 않는 거야?"

메노스는 왜겠어 하는 표정을 소년에게 지어 보인다.

"프테 님은 우리와 다르다는 거지! 달라야 한다는 거지! 그게 무서
운 거야. 신에게도 '자격'이란 게 있는 거라고. 신에게 자격을 따진다니
무슨 오만한 소리냐 할 수도 있겠지만, 그러지 않으면 혼자 신의 권능
을 독점하는 치사한 행동을 도대체 무슨 명분으로 정당화할 거냐고.
뭔가 명분이 있어야 할 것 아니야. 이곳에 사는 사람들에게 그 명분
은, '프테 님은 전지전능하다.'는 거야. 고로 프테 님은 전지전능해야만
해. 명분이 무너지면 프테 님은 끝이야."

그녀는 무너진 벽의 파편들을 물끄러미 내려다본다. 곧 허리를 숙여
파편들을 하나하나 주워 모으기 시작한다. 모아진 조각들을 벽면에
끼워 맞추고 라우프카스텐으로 홀로그래피 광선을 비추니, 벽은 서서
히 무너지기 전의 원래 상태로 복구된다.

"그것 참 용도가 많네요."

소년은 그녀의 손에 들린 조그만 상자를 가리키며 말한다. 메노스
는 마법 광선을 내뿜는 그 상자를 소년의 눈앞에 흔들어 보인다.

"방금 프테 님한테서 메시지로 연락을 받았는데, 특별히 너한테도 잠시 동안만 쓰게 해 달라는 전언이야. 자, 들고 있어. 내가 전화 한 통 하는 동안만 쓰게 해 주지."

그녀는 그의 손에 상자를 쥐어 준다. 그리고 전화기를 든 채 멀찍이 떨어져서 어딘가에 연락을 한다.

"네가 프테 님의 바람대로 신뢰할 수 있는 사람이면 좋겠어." 신호음이 울리는 동안 그녀는 소년에게 그리 말한다.

라우프카스텐을 넘겨받은 소년은 상자를 이리저리 돌려 본다. 써 보라고 해도 조작법을 모르는 소년에겐 그저 무용지물일 뿐이다. 그저 가끔씩 튀어나오는 무작위적인 홀로그램 문장에 깜짝 놀라기만 한다.

전화를 끝낸 메노스가 상자를 되가져갈 때까지 그의 눈앞에 튀어나온 홀로그램 문장들은 다음과 같다.

• 0.000…1 = 0
• '프테'는 '프세우도테오스'의 줄임이다.
• 터칭 빌딩이 높이 1km를 돌파한 것은 착공 후 정확히 45년 만이다.

7번째 날

  소년은 신사가 새로이 개발한 우주선 앞에 서서 동체를 올려다보고 있다.

  이스트 스테이션의 격납고.

  우주가 내다보이는 위치에서, 광택이 날 정도로 매끈한 바닥 위에 엎어진 작품을 보고 있노라니 짜릿하다. 어딘가에서 들려오는 문 열리는 소리가 그의 주의를 환기하고, 그는 고개를 돌려 누가 들어왔는지 힐끗 본다.

  "어제 갓 만들어진 우주선인데, 구경은 잘 하고 있어?" 막 들어온 신사가 묻는다.

  새로 만들어진 우주선은 전투기보다는 개인용 제트기에 더 가까운 형태다. 온몸이 눈에 띄게끔 금빛으로 도색되어 있으며, 착륙을 위해 주날개와 꼬리날개도 장착되어 있다. 수직 꼬리날개 위에 엎어진 수평 꼬리날개가 특히 눈길을 끈다.

  "이 우주선..."

  손을 얹어 동체를 만져보던 소년은 그렇게 조용히 말문을 튼다.

"제가 어젯밤에 메시지로 넣어드린 질문하고 관계가 있는 건가요?"

"음..." 신사는 잠시 생각하는 표정을 짓는다. "없다고는 할 수 없겠지. 뭐, 어쨌든 그 질문에 대해서는 나중에 얘기하도록 하고, 일단 올라타. 잠시 드라이브 어때? 멀리 안 갈 거야."

둘은 우주선에 오른다. 조종석에 앉고 나서도 신사는 별 말이 없다. 잠시 어색한 침묵이 흐르자 소년이 먼저 말을 꺼낸다.

"그래서 언제 출발하나요?"

"그게 말이야..." 신사는 살짝 눈을 찌푸리더니 그에게 이리 말한다. "이미 어느 정도는 출발한 것이거든?"

"네?"

수수께끼 같은 신사의 말에 소년은 그저 어리둥절할 뿐이다.

잠시 후 엔진이 가동되고 신사는 조종간을 잡는다. 비행선은 빠르게 공기 사이를 미끄러져 나가 이제 막 열리고 있는 격납고 문틈을 통해 우주로 나온다.

이스트 스테이션의 벨트 부분이 내려다보인다.

비행선은 주거 지구 쪽으로 비행한다. 엄청난 크기의 괴물들이 이따금씩 비행선 옆을 지나가는 것이 보인다. 주위에 있는 건물들도 무지막지하게 커서, 비행선이 건물 안으로 들어가 휘젓고 다녀도 다 둘러보지 못할 것 같다.

"저 커다란 짐승들은 도대체 뭐죠?" 비행선 동체보다 수십 배는 큰 팔을 지닌 괴물 옆을 스쳐 지나며 소년이 묻는다.

"우리의 자랑스러운 일꾼, 트라바용 족이야."

"네?"

신사의 대답에 소년은 당황한다.

"그렇지만... 저렇게 크다는 얘기는 못 들었는데요?"

"저들이 큰 게 아니야. 우리가 작아진 거지. 눈치 못 챘어? 내가 조종석에 앉았던 시점부터 이 우주선은 조금씩 크기가 줄어들고 있었어. 내부에 있는 우리들과 함께 말이지."

"왜 그런 거죠?"

"이렇게 해야만 지금 가고 있는 목적지에 도달할 수 있거든."

창밖에는 어느새 다른 광경이 펼쳐져 있다. 더 이상 건물이나 트라바용 족의 모습은 보이지 않고 주위에는 웬 성게처럼 생긴 덩어리들이 둥둥 떠다니고 있다.

"저것들은..." 소년이 중얼거린다.

"네 상상에 맡기도록 하지."

신사는 그리 대답하면서 자신과 소년이 앉은 두 좌석 사이에 설치된 레버를 앞으로 민다. 레버 옆의 표시등이 빨간색에서 파란색으로 변하고, 비행선은 엄청난 소리를 내며 이전과는 다른 기하급수적인 속도로 수축하기 시작한다.

"도대체 어딜 가길래 이렇게까지 해야 해요?"

흔들리는 비행선 안에서 겨우 몸을 지탱하며 소년이 묻는다.

"어딜 가냐고? 아무데도 안 가. 우린 지금 존재하지 않는 곳에 가는 거니까."

"존재하지 않는 곳? 무한히 먼 곳에 가는 건가요?"

"아니. 무한히 작은 곳."

말이 끝나기 무섭게 광경이 펼쳐진다.

알록달록하고 흐물흐물한 배경. 십 초면 한 바퀴를 돌 수 있을 정도로 자그마한 행성들. 허공에 떠돌아다니는 칵테일 잔.

어안이 벙벙해져 입만 벌리고 있는 소년에게 신사가 잘난 듯 선언한다.

"무한소의 세계에 오신 걸 환영합니다!"

그는 그렇게 외치고는 아무렇지도 않게 비행선의 창문을 연다. 창문을 열었는데도 호흡하는 데 있어 별다른 차이는 없으며, 그 뒤로 이따금씩 외부에 있던 칵테일 잔 중 일부가 안으로 흘러들어 온다.

"이... 이런 곳이 왜 있는 거예요?"

눈앞의 광경이 이해가 되지 않는 소년이 묻는다.

"뭐 상관없잖아. 있어도 있는 게 아니니까. '없는' 세계가 어떤 모습을 하든 무슨 차이가 있겠어."

신사는 열린 창문으로 몸을 쭉 뺀다.

"너도 나와서 바깥 공기 좀 쐐 봐. 아, 나올 때 잔 두 개만 집어서 나오고."

소년은 손을 뻗어 비행선 내부에 떠다니는 칵테일 잔을 두 개 집고는, 신사와 마찬가지로 창밖에 상반신을 내민다.

각양각색의 초소형 행성들이 질서 없이 여기저기 떠 있다.

"여긴 도대체 어디죠?" 소년이 묻는다.

"뭐랄까... 나만의 비밀 휴양지라고 할 수 있겠지. 모두의 눈을 피해 혼자 쉬는 데 이만큼 완벽한 장소가 또 어디 있겠어? '유한히 작은' 존재들은 아예 이곳에 올 수조차 없는데 말이야."

"그럼 여긴... 정말로 무한소의 세계인 건가요?"

"그래 맞아. 정확히 말하면 제1무한소계지. 우리가 유한수계에서 '점'이라 불렀던 것들은 여기선 더 이상 점이 아니야. 유한수계의 점은 여기선 길이와, 면적과, 부피가 있는 엄연한 덩어리들이지!"

신사는 상반신을 창밖에 내놓은 채 발로 조종간을 조작해 한 행성의 바로 옆에 비행선을 가까이 댄다.

표면 전체가 얕은 물로 뒤덮여 있는 행성이다. 그가 웬 리모컨의 버튼을 누르자, 행성의 북쪽 부분에 물이 부글부글하면서 사람이 누울 수 있는 공간이 생긴다.

"이게 뭐예요?" 소년이 묻는다.

"스파라고 들어 봤어? 그걸 행성 전체에 적용시킨 거야. 한 마디로 이 행성은 경계가 없는 하나의 뜨끈한 풀장이라는 것이지. 자, 어서 들어와."

신사는 창문으로 비행선에서 뛰어내려 물에 몸을 담그고는, 소년에게 잡고 내려올 손을 내민다. 소년은 그의 도움을 받아 행성에 무사히 착지한다.

행성을 덮고 있는 바다의 수심은 밖에서 보이는 것보다도 더욱 얕다. 소년은 종아리 근육에 겨우 닿는 물을 비집고 걸어가 북쪽으로 이동한다. 그곳에서 그는 신사를 따라 머리만 밖에 내놓은 채 물속에 드러눕는다.

신사가 또 한 번 리모컨의 버튼을 누르자 바닥에서부터 긴 이 테이블이 올라온다. 그 위에 소년은 가져온 칵테일 잔을 올려놓는다.

"음료를 마시고 싶다면 이렇게 해."

신사는 칵테일 잔을 집어 물속에 처박는다. 그가 잔을 꺼내자 잔에 담긴 물은 레몬 아이스티로 변해 있다.

"매번 물을 퍼 올릴 때마다 다른 음료로 변할 거야."

과연 그의 말마따나 소년이 물을 뜨자 잔에 담긴 물은 블루 레모네이드가 된다.

몇 분 동안 소년과 신사는 잔을 기울이며 휴식을 취하고 잡담을 나눈다. 보글거리는 물에게 마사지를 받으며 편하게 누워 머리 위로 보이는 기괴한 풍경을 감상한다.

"참 오묘한 풍광인 것 같아요. 저기 떠 있는 저것들을 뭐라고 부르는 게 더 나을까요? 쪼끄만 행성? 아니면 커다란 볼링공?"

소년은 하늘을 수놓는 수없이 많은 천체들을 가리키면서 그렇게 말한다.

"나야 뭐, 이렇게 부르겠지." 신사도 천체들을 바라보면서 대답한다. "점."

소년의 고개가 신사 쪽으로 돌아간다.

"벌써 잊은 거야?" 신사는 소년의 반응에 놀란 척 그를 놀리듯 말한다.

"여긴 제1무한소계라고. 무엇 때문에 여기 왔겠어? 이걸 보여주려고 한 거지."

다시 소년의 고개는 하늘 쪽을 향하고, 그는 말한다.

"그럼... 저기 있는 행성 하나하나가 각각 한 개의 점에 해당된다는 말이에요?"

신사의 대답은 간결하고 오묘하다.

"뭐, 그럴 수도 있고. 아닐 수도 있고."

"무슨 말이에요?"

"음..."

소년의 물음에 그는 칵테일 잔을 소년에게 넘기고는 다시 한 번 리모컨의 버튼을 누른다.

소년과 그가 누워 있는 부분이 행성에서 분리되어 공중으로 떠오르기 시작한다. 반사적으로 소년은 고개를 돌려 자신이 떨어져 나간 행성을 내려다보고, 신사는 그런 소년을 보며 말을 잇는다.

"저 스파 행성은 하나의 점이야. 내가 방금 점의 일부를 떼어내긴 했지만, 대체적으로는 구 모양의 점이 되는 거지. 우리가 유한수계에서 알고 있던 점들은 어떤 모습이야? 점이란 건 모두 연속한단 말이야. 앞뒤로 붙어있는 점들에 연속하고, 좌우로 붙어있는 점들에도 연속하고, 위아래로 붙어있는 점들에도 연속하고. 그렇게 1차원의 직선 공간, 2차원의 평면 공간, 그리고 3차원의 입체 공간이 유한수계에 형성되는 거지. 보이지도 않는 초차원은 논의로 하면, 하나의 점은 가로 행렬, 세로 행렬, 높이 행렬, 이렇게 딱 세 개의 행렬에만 속해 있는 것처럼 보여. 어떤 가로 행렬에 속한 하나의 점이 바로 옆 가로 행렬의 영역을 침범할 것이라고는 생각하기 어렵지. 왜냐하면 일반적으로 생각할 때 점의 분포는 질서정연해 보이거든. 왜냐면 모든 점이 균일하니까. 각각의 점이 행렬에서 차지하는 크기가 모두 같으니까. 실제로 그렇잖아? 모든 점은 크기가 같지. 모두 크기가 0이니까. 또한 모든 점은 어떤 방향에서 봐도 길이, 넓이, 두께가 같아. 모두 0이니까. 그래서 보통 점의 모양을 상상하라고 하면 둥그런 모양을 떠올리는 거지. 저 스파 행성은 그런 일반적으로 상상되는 점의 모습에 딱 맞게 생긴 거고. 그렇다면 다른 점들은 어떨까? 다른 점들도 저 행성과 똑같은 모습이어야 하지 않겠어? 모든 점들은 크기가 같고 또 형태도 같잖아? 그 어떤 점도 크기, 길이, 넓이, 두께 중에서 저 행성과 다른 수치를 보일 수 없어. 모든 점은 저 행성과 완벽하게 같은 수치를 보이지. 그런 의미에서 모든 점들은 완벽하게 균등해. 모두 다 0이니까. 그 어떤 티끌 같은 차이도 없이 모두가 똑같다고. 완벽한 평등 상태지. 모두가 똑같이 0이니까. 똑같이, 0이니까."

그는 그렇게 말하고는 잠시 숨을 들이마신 후 다음 말을 이어 붙인다.

"……유한수계에선 말이야."

일순간 침묵이 흐른다.

"그럼..." 소년은 자신이 눈치챈 바를 입 밖에 내려 하나 표현이 정리되지 않는다. 신사가 대신 입을 연다.

"맞아. 여긴 유한수계가 아니지. 여긴 0이 더 이상 0일 필요가 없는 곳이야. 점이 둥그래야 한다는 근거 같은 건 애초부터 없었어. 점은 어떤 모양이든 될 수 있지. 어떤 모양이든 상관없으니까. 뾰족하든 둥글둥글하든, 그런 건 중요하지 않아. 또, 남들보다 덩치가 크든 작든, 무한히 큰 것만 아니라면 다 똑같은 하나의 점이지. 말 그대로 무엇이든 될 수 있는 게 점이야. 저길 좀 봐."

그들이 타고 있는 행성 조각은 신사의 신호에 움직이며 행성의 적도 부분으로 내려간다. 신사는 적도 부근, 바다 위로 솟아올라 있는 무언가를 가리킨다.

"유한수계에 있었을 때 굉장히 흥미로운 이야깃거리였잖아. '바로 다음 점' 말이야. 스파 행성이 하나의 점이라면, 그 점에 연속하는 바로 다음 점이 있겠지? 눈 크게 뜨고 잘 봐. 그 다음 점이란 게 저기 있거든."

소년은 신사가 가리킨 방향을 뚫어지게 쳐다본다.

"저게 뭔데요?"

"자세히 봐봐."

몸을 일으켜 더 가까이서 보니 그제야 칵테일 잔의 모습이 보인다. 잔의 아랫부분은 바다 속에 잠겨 있고 윗부분만 드러나 있어 형체를 알아보기가 어려웠던 것이다.

"칵테일 잔이군요. 잔 전체가 하나의 점인 건가요, 아니면 물 밖으로 드러난 부분만 점인 건가요?"

"둘 다 틀렸어. 더 자세히 보라고."

신사가 행성 조각을 더 가까이 대고 나서야 소년은 알아차린다. 잔에는 자그마한 체리 하나가 올려져 있었던 것이다.

"저게 바로 다음 점이에요?" 소년은 어이가 없는지 실소를 금하지 못하며 말한다. "커다란 행성 모양 점의 바로 다음에 오는 점이 행성 위에 놓인 칵테일 잔에 있는 체리 한 알이라고요?"

"아니." 신사 역시 실소를 금하지 못한다. "정확히 말하면 체리 위로 뻗은 꼭지 끝에 사는 애벌레 한 마리지."

신사는 거짓말 아니라는 뜻으로 고개를 끄덕여 보인다.

"와우..." 소년은 말을 잃는다.

"이제 점에 대한 오해가 조금 풀렸으려나? 점이란 건 그렇게 엄격한 게 아니야. 기본적으로는 아무거나 갖다 놓고 점이라고 해도 될 정도로 제멋대로라고. 다른 점들도 한번 볼까? 저기 저 행성 말이야, 행성의 반이 한 점이고 나머지 반은 다른 점이야. 저기 있는 행성은 거죽 부분끼리만 한 점이고 내부는 수많은 점들로 이루어져 있지. 저기 떠다니는 유리컵들 보여? 서로 떨어져서 떠다니고 있지만 모두 한 점이야. 유리컵들과 그 사이에 있는 공간까지 전부 하나의 영역으로 쳐서 한 점인 거라고. 또 저기 있는 점의 영역은 무한대 기호 모양이고, 어이쿠, 너한테는 숫자 8 모양이라고 해 둬야겠군. 우리 아래로 보이는 행성들 있지? 네가 현 위치에서 고개를 아래로 하고 눈을 떴을 때 네 눈에 보이는 행성들은 말이야, 단 한 개의 예외도 없이, 모두 하나의 점이야. 우리 스파 행성과는 비교도 안 될 커다란 점이 우리 아래에 있는 거라고! 이게 점이란 거야!"

소년은 무의식적으로 밑을 내려다본다.

"이제 좀 감이 오지?" 신사가 묻는다. "내가 왜 널 여기에 데려왔는지, 그 진짜 이유 말이야."

"네? 그냥 구경시켜 주려고 온 것 아니었나요?"

소년은 어리둥절해한다.

"아니지, 아니지." 신사는 검지를 가로젓는다. "네가 어젯밤에 한 질문이 있잖아."

소년은 고개를 끄덕이긴 하나 여전히 무슨 얘기인지 감을 못 잡고 있다.

"……그 두 사실이 어떻게 이어지는 거죠?"

신사는 잠깐 입을 비죽거리고는 말한다.

"뭐, 좋아. 직접 보여줄게."

그는 주머니를 잠깐 뒤적거리다가, 문득 무언가를 깨달은 듯 고개를 든다.

"맞다. 라우프카스텐을 놓고 나왔지."

소년은 그를 멀뚱멀뚱 쳐다본다.

"잠시 칠판이 있는 곳으로 이동하는 게 어때?" 신사는 리모컨으로 우주선을 부르며 그리 말한다. "원한다면 그 잔을 들고 와도 되고."

우주선이 딱 좋은 위치에 와서 유리창을 열자 그는 소년이 내미는 칵테일 잔을 든 채 열린 창문으로 뛰어내린다. 소년도 곧이어 같은 방법으로 우주선에 오른다.

"그래서, 칠판이 있는 곳이 어딘데요?"

"잘 알면서 뭘 새삼스레..."

신사는 레버를 뒤로 힘껏 당기고, 다시 빨갛게 빛나는 표시등과 함께 우주선은 굉음을 내며 어딘가에 불시착한다.

소년은 신사를 따라 내려 주위를 둘러본다. 우주선이 한쪽 벽을 뚫고 들어온 이 건물의 내부 모습은 매우 낯이 익다.

소년이 처음 강의를 들었던, 순백색 건물 속 강의실이다.

"그럼, 시작해 보자고." 손뼉을 치며 신사는 주의를 환기한다. "우선, 강의를 시작하기에 앞서 강의 소재가 될 질문을 정면에 띄워 놓아야겠네."

신사는 앞쪽의 칠판을 향해 성큼성큼 걸어간다.

"어, 안 그러셔도 돼요. 제 머릿속에 다 있거든요."

"물론 그렇기야 하겠지. 그렇지만 도구를 사용하는 편이 더 재밌고 실감나잖아?"

그는 손에 라우프카스텐을 들어 보인다.

"참고로 말하자면, 요 상자도 하나의 점이야. 무한계에선 말이지."

그는 손가락으로 라우프카스텐을 툭툭 쳐 보인다. 그러고는 뒤돌아서 어찌 하는지 상자를 조작하기 시작한다. 상자에만 눈길을 주며, 그는 별안간 입을 연다.

"질문이 머릿속에 다 있다고 하니까, 내가 메시지 함에 접속하는 동안 한번 얘기해 봐. 요새 받는 메시지가 부쩍 늘어나서, 잠깐 메시지 정리 좀 하고 본격적으로 시작할게."

"어..." 소년은 머뭇머뭇하다 얼떨결에 신사의 앞쪽으로 나오고는 또 잠시 쭈뼛거린다.

"……말하자면 이런 거죠. 자연수의 개수와 홀수의 개수가 같고, 자연수의 개수와 정수의 개수가 같고, 심지어는 유리수의 개수까지 모두 같다고들 하거든요. 적어도 저는 생전에 그렇게 배웠고요."

"그래, 좋아." 신사는 눈길도 주지 않고 맞장구친다.

"그런데 그건 여기서 배운 내용이랑 모순되는 것 같아서요. 자연수는 홀수의 2배만큼 있고, 정수는 자연수의 2배만큼 있잖아요. 무한대 곱하기 2는 여전히 무한대지만, 무한계에서 보면 값이 2배가 된 거죠. 거기다가 유리수는 정수보다도 훨씬 많이 있는데, 그럼 유리수의 개수와 자연수의 개수는 어떻게 봐도 같은 무한대일 수가 없는 거잖아요."

"어쨌든 다 무한대이긴 하잖아."

그는 그렇게 말하고는 강연대에 상자를 내려놓는다. 상자가 칠판에 영사를 시작하자, '자연수의 개수?', '홀수의 개수?' 등의 글귀가 칠판에 나타난다.

"뭐, 좋아. 그럼 이렇게 얘기를 해 보지. 자연수의 개수와 홀수의 개수가 같은 이유가 뭐야?"

"일대일 대응이라고 하죠. 모든 자연수 하나하나를 홀수 하나하나에 짝 지어줄 수 있는..."

소년은 침착히 대답해 나간다.

"뭐 정말 잘 알고 있네. 근데 그게 왜 모순이야?"

"자연수는 홀수의 2배니까요."

"그래서 뭐?"

"그러니까 모순이라는 거죠!"

"정말?"

신사는 상자를 건드려 칠판에 자연수와 홀수를 띄운다. 자연수의 줄과 홀수의 줄이 등호를 그리며 평행하고 있다.

   1, 2, 3, 4, 5······

   1, 3, 5, 7, 9······

"잘 봐봐. 윗줄의 1에 대응하는 아랫줄의 1이 있지? 윗줄의 2에는 아랫줄의 3이 있고, 또 윗줄의 3에는 아랫줄의 5가 있어. 이처럼 각 자연수는 그에 대응하는 홀수가 있잖아. 자연수 4에 대응하는 홀수 7이 있고, 자연수 5에 대응하는 홀수 9가 있고, 자연수 100에는 홀수 199가 있겠지. 어떤 자연수든 마찬가지야! 자연수가 아무리 커도, 자연수가 아무리 많아도, 언제나 그에 대응되는 동등한 개수의 홀수가 존재할 거라고. 그러니까 자연수의 개수와 홀수의 개수가 같다는 거지."

"그건 저도 알고 있다고요. 그렇지만 이상하잖아요. 분명 자연수가 홀수보다 많이 있다고요. 언제까지고 일대일 대응을 해 나갈 수는 없는 노릇 아니에요?"

"네 말은, 언젠가 홀수 쪽이 수가 떨어질 거다?"

"그... 그렇죠."

"뭐, 맞는 말이야. 어찌 보면."

"그러니까요."

"나는 '어찌 보면'이라고 말했어. 내 말을 끝까지 들어 봐. 방금 네가 이야기한 것을 시각적으로 표현해 볼게. 저 숫자들의 줄을 압축해서 보이는 거야. 세로 축 길이는 그대로 놔두고, 가로 축 길이만 ∞ : 1 비율로 압축하는 거지. 자, 이렇게."

무한했던 숫자들의 줄은 길이가 줄어들어 유한한 칠판 안에 쏙 들어오게 되고, 무한히 압축된 숫자들의 줄은 검은색 띠가 된다. 이제 칠판에는 두 개의 띠가 있다. 자연수의 띠와 홀수의 띠. 자연수의 띠가 두 배는 길다.

신사는 홀수의 띠가 끝나는 지점이자 자연수의 띠 가운데 지점을 빨간색 세로선을 그어 표시한다.

"이 지점, 바로 이 지점이 문제가 되는 지점이잖아. 그렇지? 홀수는 더 이상 이어지지 않는데도 자연수는 계속 이어지는 바로 그런 지점이 존재하기 때문에 홀수와 자연수 중 어느 쪽이 더 큰지가 판가름 나는 거지."

"제 말이 그 말이에요." 소년은 맞장구친다.

"그럼 이렇게 물어 볼게. 이 지점이 정말로 존재해?"

"무슨 말이에요?"

"말 그대로야. 이 지점이 정말로 존재하느냐고."

그가 주먹을 내밀어 펴는 동작을 하자 압축되었던 숫자들이 전부 다 원래대로 펼쳐진다.

"자, 어떤 지점이 존재해?"

빨간색 세로선은 더 이상 보이지 않는다. 무한히 멀리 있기 때문이다.

"다시 한 번 물어볼게. 홀수가 더 이상 이어지지 않는데도 자연수는 계속 이어지는 지점이 존재해?"

"…………."

한참 뒤 소년은 고개를 떨구며 대답한다.

"없네요. 그런 지점."

고개를 들어 올리며 끝맺는다.

"여긴 유한수계니까요."

신사는 만족한 표정으로 그를 내려다본다.

"그렇지만 이상하다고요." 소년은 여전히 할 말이 있는 듯하다. "결국 유한수계에서 봤을 때만 자연수와 홀수가 같은 양인 거잖아요. 그리고 그건 둘 다 끝이 없는 무한대라서 그런 거고요. 무한대라면 무한계에서 봐야죠. 무한계에서 보면 분명 자연수가 홀수의 2배란 말이에요. 자연수는 홀수의 상위 개념인데 어떻게 홀수하고 개수가 같을 수 있냐는 말이죠!"

그는 항의하듯 열변을 토한다.

"음... 이렇게 생각해 보면 어떨까?" 신사는 다시 라우프카스텐에 손을 올린다. "개수를 길이로 나타내는 거야. 특정한 길이의 척도를 정해 모든 숫자를 그걸로 대체하는 거지."

상자에서 홀로그램이 올라온다. 길쭉한 쇠막대기 모양을 하고 있다.

"이 쇠막대기를 무한소계로 보내 한번 선분을 만들어 보자. 숫자 한 개당 쇠막대기 하나를 할당하자고. 예를 들어, 여기 자연수 1이 있지? 그럼 그걸-"

그가 손짓을 하자 숫자 1이 사라지고, 실체화된 쇠막대기 하나가 무한히 축소되며 칠판으로 들어간다. 숫자 1이 있던 자리에는 이제 점을 나타내는 동그란 상(像) 하나가 생긴다.

쇠막대기가 방출되었는데도 홀로그램 쇠막대기는 여전히 그대로이다.

"자연수 1만 있는 게 아니잖아? 홀수 1도 있지. 이번엔 홀수를 보내보자고."

그러자 이번엔 홀수 줄에서 숫자 1이 사라지고, 또 다른 쇠막대기가 칠판으로 들어간다. 점을 나타내는 동그란 상도 홀수 줄에서 숫자 1이 있던 자리에 하나 생긴다.

"자연수 1 다음은 자연수 2니까, 그것도 보내버려야지."

그가 또 손짓을 하자 자연수 줄에서 숫자 2가 사라지고 또 다른 쇠막대기가 칠판으로 들어간다.

"왜 점의 개수가 달라지지 않죠?" 소년은 변하지 않는 동그란 상을 보며 말한다.

"그렇게 보이는 것뿐이야. 자연수 2라는 쇠막대기는 자연수 1 쇠막대기에 연속해서 놓일 거거든. 연속하는 두 개의 점은 하나의 실질점을 이루기에, 보이는 모습은 차이가 없는 거지."

신사는 또 다시 상자에 손을 올린다.

"다음. 홀수 3."

두 번째 홀수인 숫자 3도 사라지고, 분명 쇠막대기는 칠판으로 들어갔지만 동그란 상은 변한 것이 없다.

"이제 어떤 원리인지는 알겠지? 지금부터 이 과정을 끝없이 반복하는 거야."

그는 상자에 올린 손을 검지와 중지의 손가락 끝만 남기고는 들어 올린다. 그러고는 손가락 끝으로 상자를 둥글게 한 번 문지르자, 쇠막대기 홀로그램 위에 둥글게 되돌아오는 화살표 표시가 뜸과 동시에 여태까지의 과정이 자동적으로 반복된다. 숫자들은 작은 수부터 계속해서 사라지며, 그때마다 쇠막대기는 자동적으로 튀어나간다. 두 개의 동그란 상은 그 와중에도 태평하다.

"이 반복이 끝났을 때, 그러니까 쇠막대기로 대체할 숫자가 다 떨어져 더 이상 그 어떤 자연수나 홀수도 남지 않게 되었을 때, 그때는 무한 개의 쇠막대기가 이루는 선분이 이 칠판에 보이겠지. 어느 선분이 더 길까? 자연수 쇠막대기로 이루어진 선분이 더 길까? 아니면 홀수 쇠막대기로 이루어진 선분이 더 길까?"

"그게 질문거리가 돼요? 아까 숫자를 무한히 압축했을 때 이미 보았잖아요. 자연수 줄이 홀수 줄보다 두 배는 길다고요!"

"만약 두 선분이 같은 길이로 나오면, 그땐 자연수와 홀수가 같은 양임을 인정할 거야?"

"같은 길이면 같은 양이죠! 그렇지만 같은 길이로 나올 리가 없잖아요! 자연수는 홀수의 두 배라고요!"

"뭐, 확인해 보면 알겠지."

신사는 상자에서 시계 모양의 홀로그램을 띄워, 손가락으로 무한대 기호를 새겨 넣는다.

"이 상자의 시간이 무한히 빠르게 흐르도록 해, 단숨에 결론으로 넘어가는 거야! 자, 직접 보라고!"

어느새 칠판에는 그 어떤 숫자도 보이지 않고, 다만 선분을 나타내는 길쭉한 상 두 개가 생겨나 있을 뿐이다.

길이가 완전히 똑같은, 두 개의 평행 선분이다.

"무슨 트릭을 쓴 거예요?" 소년은 황당해하면서 묻는다. "지금 장난하시는 거죠? 이럴 리 없잖아요. 중간에 무슨 조작이 들어갔겠죠. 신이시니까 그런 건 그냥 하실 수 있잖아요."

"조작이라니... 내가 한 조작은 숫자들을 쇠막대기로 바꾼 것밖에 없는데?"

신사는 진심인지 장난인지 억울한 표정을 하고 있다.

"그럼 왜 두 선분의 길이가 똑같게 나온 건데요? 말이 안 되잖아요."

"글쎄, 한번 살펴봐야겠다."

그는 상자에서 돋보기 홀로그램을 꺼내어 칠판의 어느 한 영역을 비춘다. 칠판의 위쪽에 돋보기 형상을 본뜬 커다란 동그라미 하나가 나타나고, 동그라미의 내부엔 두 선분을 무한 배 확대한 모습이 뜬다.

두 선분 모두 쇠막대기의 연속체이다. 한 쇠막대기가 끝남과 동시에 다음 쇠막대기가 붙어 있어 막대기의 행렬에 빈틈은 없다. 두 행렬에 딱 한 가지 차이점이 있다면, 자연수 쇠막대기와 홀수 쇠막대기가 다른 쇠막대기라는 점이다.

자연수 쇠막대기는 홀수 쇠막대기의 반밖에 안 되는 길이다. 말하자면 홀수 선분에 더 긴 쇠막대기를 썼던 것이다!

"하! 역시나! 이럴 줄 알았어요!" 소년은 딱 걸렸어 하는 표정으로 외친다. "막대기 길이로 꼼수를 쓰실 줄이야. 이러는 건 반칙이죠."

"왜 반칙인데?"

"네?"

"진짜로, 왜 반칙이냐고."

당황한 그의 눈동자가 잠시 흔들리다 이윽고 대답이 나온다.

"절 시험하시는 거군요. 개수를 길이로 대체하셨잖아요. 그렇다면 대체의 기준이 되는 척도는 항상 일정해야 한단 말이죠. 모든 숫자 하나하나가 똑같이 한 개의 숫자인데, 하나의 숫자를 하나의 길이로 교환해야죠. 그 숫자가 홀수냐 자연수냐에 따라 달라지는 '두 개의 길이'가 아니라요."

"좋은 대답이긴 하네." 신사는 고개를 끄덕인다. "그렇지만 그 대답이 지금 이 상황과 무슨 상관이 있어?"

소년은 이 신사가 왜 이러지 하는 뜨악한 표정으로 그를 쳐다본다.

"쇠막대기의 길이가 제멋대로잖아요! 그러니까 반칙이라는 것이죠. 척도인 쇠막대기는 길이가 항상 일정해야 한다고요!"

"내가 볼 땐, 모든 쇠막대기가 똑같은 길이인데?"

"그게 대체 무슨 소리예요?"

"여길 봐봐. 홀수 선분의 쇠막대기하고 자연수 선분의 쇠막대기하고..."

"홀수 선분의 쇠막대기가 자연수 선분의 쇠막대기보다 2배는 길잖아요! 길이가 다르다고요!"

"왜? 0 곱하기 2는 0이 아니야?"

그 말이 울려 퍼지는 순간 소년은 입이 턱 막힌다. 피부에 올라오는 싸늘함으로, 사방이 조용해졌음을 그는 느낀다. 그리고 이성보다 먼저 본능으로 알아차린다. 뭘 어떻게 해도 신사의 입에서 흘러나오는 순리를 거스를 수 없음을.

"둘이 같은 길이잖아. 그렇지? 홀수 쇠막대기도 0, 자연수 쇠막대기도 0. 둘의 길이가 완벽히 똑같은데? 둘 다 각각 하나의 점이니까 당연한 거지. 무한소계에서야 자기들끼리 아무리 다르다고 해도, 유한수계에선 전부 하나의 점이야. 그리고 점은 어떤 것이든 간에 형태와 크기가 완벽히 동등하지. 크기, 길이, 넓이, 두께가 모두 똑같이 0이니까. 똑같이, 0이니까."

그는 똑같은 길이의 두 선분 위에 각각 엄지와 검지를 올린다.

"그러니까 홀수와 자연수 개수를 무한계에서 비교하는 것은 의미가 없어. 결과는 아무렇게나 나올 거거든. 물론 네가 바라던 대로 자연수 선분이 홀수 선분의 2배로 나올 수도 있겠지. 하지만 반대로 홀수 선분이 자연수 선분의 2배로 나올 수도 있어. 심지어는 무한 배로 나올 수도 있고. 점은 어떤 것이든 될 수 있으니까 그런 거야."

"무한 배는 어떻게 되는 것이죠?"

"간단해. 자연수 쇠막대기를 홀수 쇠막대기보다 아래 차원의 무한소계로 보내면 되는 거지. 이쯤 되니 자연수와 유리수의 개수 비교도 의미가 없는 거야. 유리수가 자연수보다 압도적으로 많다고 열변을 토하며 주장할 수는 있어. 그러나 유한수계에서 보면 어차피 둘 다 끝없는 일대일 대응을 할 뿐이고, 무한계에서 보면 어느 선분이 더 길다고 확정할 수 없지. 그러니 유리수가 자연수보다 많다거나, 자연수가 홀수보다 많다거나 하는 말은 그저 공허한 외침인 거야. 네가 아까 주장했던 것과는 달리, 무한계에서 본다고 자연수가 홀수의 2배가 되고 그러지 않는다고. 무한계에서 본다고 유리수가 다른 수보다 딱히 더 많아지는 것도 아니고, 유리수, 정수, 자연수, 홀수, 짝수 등의 크기는 제멋대로라고. 그렇기 때문에 무한계에서의 비교는 불가능하고, 유한수계로 내려와 하나하나 세며 비교하자니 이게 또 모두 일대일 대응이 되는 거야. 그러니까 모두 같은 개수라고 하는 거지."

"그렇다면 실수는요? 실수는 왜 자연수나 유리수보다 크다고 하는 거죠? 어차피 무한계에선 비교가 안 되잖아요."

"그렇다면 유한수계에서 비교해야지. 실수라는 건 유리수의 빈틈을 끝없이 채우면서 만들어지는 수야. 유리수 사이에 건물만한 빈틈이 있다면 건물로 메우고, 또 건물 내부 빈 공간에도 유리수가 있으니 건물을 물로 채워 메우고, 또 물 분자 사이의 빈틈도 메우고, 수소 원자 산소 원자 내부는 대부분이 빈 공간이니 거기도 메우고, 그런 짓을 끝없이 한단 말이야. 네가 살던 그 울퉁불퉁한 행성에서 쓰이는 가장 짧은 길이 단위인 플랑크 길이보다 작은 빈틈이 있어도 메우려고 할 거라고. 어떻게 보면 바로 그게 실수의 본질이라고 할 수 있지. 더 쉽게 설명해 볼까? 유리수든 실수든 전부 쇠막대기로 본다면, 유리수 쇠막대기는 순서가 이미 정해져 있고 그 순서가 변하지 않아. 따라서 네가 몇 번째 쇠막대기를 원하든, 너는 그 쇠막대기가 있는 데까지 걸어가서 쇠막대기를 집으면 되는 거야. 네가 10만 번째 쇠막대기나 1억 번째 쇠막대기를 원한다고 해도, 거기까지 걸어가는 데 시간은 걸리겠지만 가는 게 불가능하진 않아. 왜냐? 그것들은 전부 너에게서 '유한한 거리'만큼 떨어져 있거든. 유한수계에서 네가 어떤 유리수를 골라도, 그 유리수에 해당하는 쇠막대기는 유한 번째 쇠막대기란 말이야. 아무리 멀리 있는 쇠막대기를 골라도 유한히 멀리 있을 뿐이지. 그럼 실수 쇠막대기는 뭐냐? 네가 다섯 번째 쇠막대기를 집으려고 걸어가고 있는데, 네 번째 쇠막대기와 다섯 번째 쇠막대기 사이에 갑자기 또 다른 쇠막대기가 생겨나는 거지. 그렇게 다섯 번째 쇠막대기는 여섯 번째 쇠막대기가 되었어. 여섯 번째 쇠막대기를 향해 걸어가려고 하니 이번엔 다섯 번째와 여섯 번째 사이에 또 다른 쇠막대기가 생기는 거야. 네가 걸어가려 할 때마다 계속해서 새로운 쇠막대기가 생겨난다고. 결국 너는 아무리 걸어도 네가 집으려 했던 쇠막대기를 집지 못하는 거지. 왜 그러겠어? 실수는 빈틈을 채우거든. 빈틈이 보인다면, 거기엔 새로운 실수가 있는 거야. 실수는 순서가 정해져 있지도 않고 억지로 정한다 하더라도 그 순서는 변하기 마련이지. 한번 0부터 순서대로 모든 실수를 세면서 1까지 가 봐. 아무리 세도 1에 못 도달할 걸? 설령 네가 네 멋대로 순서를 정해 1에 해당하는 쇠막대기를 0 바로 다음에 놓는다고 해도 너는 1에 도달하지 못해. 네가 발걸음을 떼는 순간 0과 1 사이에 무한히 많은 쇠막대기가 생길 거거든. 언제나 새로운 실수를 만들어낼 방법이 있잖아. 그렇지? 그걸 뭐라고 해?"

"그, 뭐냐..."

소년의 오지 않는 말끝을 신사가 대신 맺어 준다.

"대각선 논법이라고 하지. 한번 칠판에서 구현해 보자고."

두 선분이 지워지고, 새로운 숫자들이 칠판에 나타난다.

"한번 0과 1 사이의 모든 실수를 적은 목록을 만들었다고 해 보자. 어차피 실수의 순서를 정하는 방법 따윈 없으니 그냥 아무 실수나 무작위로 이 칠판에 나열할 거야. 또한 무한히 긴 자릿수를 다 보일 수는 없으니, 앞의 여섯 자리만 표시하자고."

그렇게 해서 나타난 숫자들은 다음과 같다.

0.142857...

0.285714...

0.428571...

0.571428...

0.714285...

0.857142...

⋮

"짐작했으리라 보지만 저기 점으로 표시된 생략 부호에는 무한 개의 숫자들이 있어. 0.5와 같이 자릿수가 유한한 수는 저 아래 어딘가에 '0.500000...'이라 적혀 있다고 보면 돼. 자, 이제 우린 0과 1 사이의 모든 실수를 적은 거잖아. 모든 실수, 맞지? 그런데 아니야. 분명 모든 실수를 적었다고 생각해도, 저 목록에 없는 새로운 실수를 만들어낼 수 있거든."

신사는 홀로그램으로 띄운 '새로운 수 만들기' 버튼을 꾹 누른다.
각 실수에서 딱 한 자리씩 숫자가 밑줄로 강조된다.

0.<u>1</u>42857...

0.2<u>8</u>5714...

0.42<u>8</u>571...

0.571<u>4</u>28...

0.7142<u>8</u>5...

0.85714<u>2</u>...

⋮

강조된 숫자

0.<u>188482</u>...

"자, 우린 모든 실수에서 딱 하나의 자릿수를 선택했어. 선택한 자릿수들을 모으면 그 또한 하나의 실수가 되지. 다만 저 '0.188482...'라는 수는 생략 부호로 눙친 무한 개의 수들 사이에 분명 존재하는 수야. 그렇기 때문에 목록에 없는 새로운 수를 만들려면 저 수를 비틀어야 해. 어떻게 할까?"

소년은 머릿속에 뭔가가 번뜩인 듯 바로 대답한다.

"저 수를 구성하고 있는 모든 자릿수에 1을 더하면 되죠. 자릿수가 9라면 0으로 만들면 되고요."

"그래. 그렇게 하면 우린 모든 실수에서 한 자릿수씩 비틀게 되는 거지. 그리고 그렇게 비틀어 만들어진 조합은 원래 목록에 없었던 수가 되는 거고!"

그는 떠오른 홀로그램 자판을 두들겨 명령어를 입력한 다음 '새로운 수 완성하기' 버튼을 누른다.

완성된 새로운 실수가 칠판에서 튀어나와 그들의 눈앞에 선다.

0.299593...

"짠. 별로 어렵지 않았지? 쇠막대기 하나 만들어내는 거 찰나면 뚝딱이야. 이제 남은 건 뭐야? 저 쇠막대기를 목록에 집어넣는 거지. 그리고 방금 했던 과정을 반복하는 거지. 전체 과정이 프로그램 되어 있으니 '반복' 버튼만 누르면 무한히 새로운 수를 뽑아낼 수 있어. 멋지지? 매번 뽑아낼 때마다 목록에 있는 그 어느 수와도 겹치지 않는 새로운 수가 계속 나올 수 있는 거야. 물론 비슷한 수는 목록에 이미 있지. 자릿수가 거의 다 겹치는 수는 있어. 그러나 아무리 겹치더라도, 적어도 한 자리에서만큼은 자릿수가 겹칠 수 없지. 새로운 수는 기존에 목록에 있던 모든 실수에서 한 자릿수를 비틀어 만든 수니까, 비튼 그 한 자릿수만큼은 절대로 겹칠 수가 없는 거야!"

신사는 반짝이는 눈으로 그의 제자를 바라본다. 소년의 눈은 그의 눈에 비해 훨씬 풀려 있다.

"이제 납득이 됐어?"

신사가 묻는다. 소년은 조용히 고개를 끄덕인다.

"많이 피곤한가 보네. 오늘 많은 걸 경험했으니 무리도 아니지. 숙소에 들어가서 원기 보충해 둬. 나도 요새 부쩍 바빠져서 오늘 강의는 여기서 끝내야 할 것 같아. 내일은 또 재미있는 곳에 갈 테니 일찍 자 두라고. 그럼, 이만."

"잠깐만요. 여기서 어떻게 숙소로 돌아가라는 거죠?"

소년은 다급히 손을 뻗으며 말한다.

"아, 맞다. 그러네." 신사는 잠시 주위를 두리번거린다. "기왕 이렇게 된 거, 새로운 숙소를 소개해 주지. 따라와."

그는 소년을 비행선에 태우고는, 지시 사항을 일러둔다.

"널 태운 채로 비행선을 무한소계로 보낼 거야. 비행선이 도착하면 창문을 완전히 열어. 그곳엔 고급 침대나, 음료가 가득한 냉장고 등 휴양을 위해 필요한 것들이 전부 허공에 둥둥 떠다니고 있을 테니, 넌 필요한 만큼만 가져와서 쓰면 돼. 무한소계에서 하룻밤인 거지. 내일 아침에 비행선이 원래 크기로 돌아올 테니 시간 잘 맞추고. 자, 그럼 내일 보자."

소년이 무어라 할 틈도 없이 그는 비행선의 레버를 밀어 소년을 순식간에 무한소계로 보내 버린다. 어쩌다 보니 강의실에는 그 혼자만 남아 뚫린 벽으로 쓸쓸한 바람만이 들어온다. 혼자 남은 신사는 라우프카스텐에게로 향한다.

그는 메시지 함을 확인한다.

8번째 날

비행선은 원래 크기로 돌아오자마자 웬 바다와 충돌한다.

한 손에 에이드 잔을, 다른 손에 아이스크림콘을 든 소년은 몸이 폴 짝 뜨며 깜짝 놀란다. 창밖으로 해수면을 확인하고는 당황한다.

"왜, 왜 이런 곳이지? 어떻게 된 거야?"

눈을 씻고 찾아봐도 물과 하늘밖에 보이지 않는 그에게 어디선가 모터보트의 엔진 소리가 들려온다.

"왜? 그 강의실이 아니어서 당황했어?"

신사의 목소리가 들린다. 이쪽 창문, 저쪽 창문 둘러봐도 소리의 근 원을 찾을 수가 없다.

"설마 내가 점이 돼 버린 너를 그 자리에 그냥 뒀을까?"

"어디 계세요! 여긴 또 어디고요?" 소년은 소리친다.

"말했잖아. 오늘은 재미있는 곳에 갈 거라고."

말이 끝나기가 무섭게 비행선의 천장이 열린다. 하늘이 보여야 할 자리에 모터보트가 둥둥 떠 있다. 뭔가가 비행선 내부로 후드득 떨어 진다.

로프다. 모터보트와 연결되어 있는.

"붙잡고 올라와. 어서 출발하자고."

얼마 지나지 않아 소년은 로프에 매달린 채로 공중에 떠서 짙은 바다 위를 날아가고 있다. 짙은 파랑과 옅은 파랑의 경계를 향해 보트는 나아간다.

"왜 보트 같은 게 하늘에 떠 있는 거예요?" 매달린 채로 그는 묻는다.

곧 위에서 대답이 떨어진다.

"재밌잖아. 비행선은 보트처럼 물 위에 떠 있고, 보트는 비행선처럼 하늘에 떠 있고. 통념을 깨는 거지. 통념을 깨는 일은 언제나 재밌어."

보트 위에서 희미하게나마 버튼음이 들린다.

"팔 힘들지? 힘들면 놔도 돼."

"네?"

"계속 그렇게 매달려 있을 거 아니잖아. 한번 팔을 놔 봐."

"그럼 떨어지잖아요."

"이 우주에 온 뒤로 떨어져서 나빴던 적 있었냐?"

아래 해수면에서 뭔가가 솟구치는 소리가 들린다. 내려다보니 아까 소년이 내버려두었던 비행선이 물에 뜬 채로 보트와 속도를 맞춰 나아가고 있었다. 비행선의 윗부분은 완전히 열려 있어, 아까와 달리 내부가 방수 쿠션으로 구성되어 있는 모습이 보인다. 게다가 심지어 중간에 수영장까지 하나 만들어져 있다.

"저거 준비하느라고 잠시 시간이 걸린 거야. 자, 이제부터 편하게 가자고."

어떤 형체가 보트에서 떨어져 비행선 수영장에 골인한다. 그 형체는 소년에게 양팔을 뻗는다.

"언제까지 매달려 있을 거야?"

소년은 그를 믿고 팔에 힘을 뺀다. 곧 그는 하반신을 물에 담그고 수영장 벽에 등을 기대며, 손에 칵테일 잔이 쥐어지게 된다. 잔으로 물을 뜨면 음료로 변하는 마법 또한 다시 경험한다.

"원격조종으로 이놈을 무한소계로 보내 이것저것 챙겨오게 한 거야."

신사는 그에게 눈을 찡긋해 보인다.

"그런데 우리 지금 어디 가는 거예요?" 미소를 띤 소년은 여유 있게 한 모금 마시고는 묻는다.

"웨스트 스테이션." 신사는 잔을 훅 들이켠다. "이스트 스테이션과는 다르게 이곳은 이름만 스테이션이야. 더 이상 정거장으로 쓰이지 않지. 정거장으로 쓰였을 당시 시설물은 다 철거됐고, 지금은 조형물 하나만 남아 있어. 우린 그걸 보러 가는 거야."

"그렇군요..."

소년은 고개를 끄덕이고는 다시 음료를 뜬 신사와 건배한다. 먹고, 마시고, 잔을 부딪치는 비행선 파티는 계속된다. 시간이 지나 햇볕이 수직으로 내리쬐고, 짙은 파랑과 옅은 파랑의 경계에서 파랑이 아닌 것이 등장하고 나서야 파티는 끝물을 맞는다.

비행선은 어떤 섬에 정박한다. 소년은 섬에 발을 올리자마자 경치를 둘러본다.

한 건물, 아마도 섬의 유일한 건물이 그의 눈을 사로잡는다.

거대한 생크림 케이크 모양의 건물이다. 정면에는 커다란 입구가 나 있으며, 생크림 표면을 장식하고 있는 무늬들은 계단과 첨탑으로 이루어져 있다. 신사가 그의 옆에 서서 말한다.

"땅에서는 건물의 일부분밖에 보이지 않지. 위에서 내려다본 모습은 이것과 달라. 위에서 보면 이 건물은 전체적으로 호리병이 누운 모습처럼 보이지. 다만 액체가 드나드는 입 부분이 있어야 할 자리가 오히려 움푹 파여 있다는 차이점이 있어. 마치 초승달을 그리듯이 말이야. 움푹 파인 부분에는 개방된 공간이 있고, 거기가 우리가 보러 갈 곳이야. 입구와는 정반대의 위치지. 좀 걷자고."

둘은 건물 안으로 들어선다. 건물은 무척 큼에도 저 멀리서부터 입구까지 바람이 한 번에 통한다. 무슨 이유에서 심어져 있는지는 모르지만 나무들의 나뭇잎이 살랑이고, 저기 앞쪽 끝에 햇빛을 곧바로 맞고 있는 선택받은 영역이 여기에서도 보일 만큼 광채를 내뿜고 있다. 그 광채는 소년으로 하여금 그곳까지의 거리를 실제보다 가깝게 느끼도록 한다.

소년과 신사는 걷기 시작한다. 호리병의 잘록한 부분에 다다르자 건물의 벽이 그들을 잡을 듯 가까워진다. 그럼에도 선택받은 영역은 쉽게 가까워 오지 않는다. 그들이 그곳에 거의 다다를 때에야 그곳의 모습이 가까이서 보이기 시작하며, 그때는 이미 소년이 그곳의 각광 아래에 떠 있는 조형물을 알아본 후이다.

그늘과 태양 광선의 경계에 서서 신사는 말한다.

"자, 소개할게. 우주에서 가장 긴 기타야."

소년은 우두커니 서서 자신의 앞에 떠 있는 물건을 바라본다.

그의 말 그대로다. 기타. 현악기인 기타. 악기의 몸통은 보이지 않지만 여섯 개의 줄이며 지판의 모양은 분명 그것이다. 허공에 떠 있는 머리. 머리에 달려 있는 여섯 개의 줄감개. 줄감개에서 나온 줄은 머리에서 나온 지판 위를 질주하며, 바다가 내려다보이는 개방된 공간에서 지판은 바다 위로 서쪽을 향해 쭉 뻗어있다.

"기타를 머리, 목, 몸통, 이렇게 세 부분으로 나눈다면, 이 기타는 목이 비정상적으로 길어서 머리와 몸통이 떨어져 있다고 할 수 있지. 우리가 있는 곳은 머리 쪽이고, 몸통 쪽은 뭐, 아주 먼 곳에 있어."

"맞춰 보죠. '무한히' 먼 곳에 있나요?"

소년은 자신만만하게 말한다.

"그래." 신사는 예상했다는 듯 담담히 고개를 끄덕인다. "그래서 이 기타는 사실상 연주가 불가능해. 무한히 긴 줄을 튕겨 소리를 낼 수는 없으니까 말이야."

그는 기타의 목을 어루만진다.

"그럼 왜 여기 있는 건가요?" 소년이 묻는다.

"이 부분을 봐봐."

그는 목의 한 단면인 지판을 가리킨다. 지판에는 지판의 너비와 똑같은 길이의 가느다란 금속 막대가 일정한 거리마다 지판의 표면을 가로질러 박혀 있다. 기타 줄의 바로 아래에서 황금빛으로 빛나는 각각의 막대와 맞닿은 지판의 윗부분에는 막대의 순서에 따라 번호가 새겨져 있다.

"이 막대들은 지판의 영역을 나누는 역할을 하지. 일반적으로는 '프렛'이라고 불러. 보통의 기타라면 프렛의 번호를 따로 적어 놓진 않겠지만, 여긴 특별히 프렛 하나하나에 번호를 표시해 두었지. 왜냐하면 이건 보통의 기타가 아니니까. 사실... 기타라기보다는 '계산기'거든."

"네?"

소년이 그 이상의 반응을 내놓을 새도 없이 신사는 주머니에서 뭔가 기다란 것을 꺼낸다. 마치 소총에 들어가는 탄환처럼 생겼다. 다만 신사는 여러 개를 꺼내놓았는데, 탄환은 저마다 길이가 다르다.

"이게 뭔가요?"

소년의 질문에 신사는 이렇게 말한다.

"말하자면 주판알이랄까. 뭐, 백문이 불여일견이라고, 직접 보기나 하셔."

그는 탄환 하나를 지판이 시작되는 지점에 맞춰 제일 가느다란 기타 줄 위에 눕혀 놓는다. 탄환은 기타 줄에 철커덕 붙으며, 끄트머리는 정확히 2번 프렛의 위에 놓인다.

"이걸 숫자 2라고 하는 거야."

그는 더 긴 탄환을 집어 들어 다른 줄에 탄환을 올려놓는다. 끄트머리는 정확히 4번 프렛의 위에 놓인다.

"이건 숫자 4라고 하지. 자, 한번 나눗셈을 해 보자고. 2와 4가 있어. 어떻게 나눌래? 2로 4를 나눠 볼래? 아니면 4로 2를 나눠 볼래? 참, 그 전에 해야 할 일이 있지. 나눗셈의 단위를 지정해줘야 해."

"무슨 얘기예요?"

"나눗셈의 항등원이 뭐야? 아무리 나눠도 나누지 않은 것과 차이가 없는 수 말이야."

"……1이죠. 1로 나누는 건 나누지 않는 것과 똑같으니까요."

"그래. 1이라고 하자."

그가 손뼉을 탁 치자 기타의 목을 두르고 있는 웬 플라스틱 띠가 바다 쪽에서부터 이쪽으로 미끄러져 온다. 플라스틱 띠는 반원 모양으로 지판의 반대편을 에워싸고 있으며, 양쪽 끄트머리가 지판의 가장자리에 붙어서 움직인다. 지판의 위쪽 가장자리와 마주 닿은 부분에는 사각형 모양의 구멍이 뚫려 있어, 플라스틱 띠가 움직이는 동안 구멍 너머로는 프렛의 숫자가 지나간다.

숫자 1이 지나갈 때 신사는 손가락을 짚어 띠를 멈춘다.

"자, 이제 나눗셈만 하면 돼. 어떻게 할래? 먼저 큰 수를 작은 수로 나누는 게 좋겠지?"

"뭐, 좋아요."

"좋아. 그럼 '4 나누기 2'를 해 보는 거야. 이럴 경우 우리는 숫자 2 탄환이 붙은 줄의 줄감개를 돌리면 돼. 이리로 와서 한번 해 봐. 어떤 결과가 나오는지 보자고."

소년은 기타의 머리로 다가가서 제일 가느다란 줄이 연결되어 있는 줄감개를 돌린다.

드르륵... 팅!

기계적인 효과음과 함께 행위의 결과가 나온다. 줄감개가 돌아감과 동시에 줄에 붙은 탄환들은 길이가 수축하기 시작하고, 탄환의 수축은 정확하게 숫자 2 탄환의 끄트머리가 플라스틱 띠와 수평을 이룰 때까지만 이어진다.

숫자 2 탄환은 정확히 절반으로 줄어들었다. 이젠 숫자 1 탄환이 된 것이다.

그리고 그와 똑같은 비율로 숫자 4 탄환은 숫자 2가 되었다.

"자, '4 나누기 2'야. 숫자 2 탄환이 붙은 줄의 줄감개를 돌리면 숫자 2 탄환이 나눗셈의 단위인 1로 줄어들게 되지. 그리고 나눗셈의 결과는 네가 돌리지 않은 줄에 붙은 탄환이 어떻게 변하느냐로 나타나는 거야. 숫자 4 탄환이 2로 변했지? 그게 4 나누기 2는 2라는 말을 이 기타가 하는 방식이야."

신사는 기타로 다가가 줄에 붙은 탄환을 원래의 길이로 돌린다.

"이번엔 '2 나누기 4'를 해 보자고. 숫자 4 탄환이 붙은 줄의 줄감개를 돌려 봐."

소년이 그렇게 하자 다시 한 번 들리는 기계적인 효과음과 함께 숫자 4 탄환은 숫자 1 탄환으로 줄어든다. 똑같은 비율로 숫자 2 탄환은 지판이 시작되는 지점과 1번 프렛 사이의 정확히 절반이 되는 지점까지 짧아진다.

신사는 1번 프렛에도 안 닿는 짧아진 탄환을 손가락으로 툭 건드린다.

"이걸 2분의 1이라고 하는 거지. 다른 말로는 '2를 4로 나눈 결과'라고 하는 거고."

그는 탄환들을 기타 줄에서 빼낸다.

"이번엔 곱셈을 해 보자."

새로운 탄환들이 그의 손에 들린다. 그는 탄환 하나를 집어 올려 방금 전과 같은 방식으로 기타 줄에 부착한다. 숫자 3에 해당하는 탄환이다.

"3에다 뭘 곱하고 싶어?" 그가 묻는다.

"글쎄요..." 소년은 아무 숫자나 하나 뽑는다. "4는 어떨까요?"

"3 곱하기 4? 좋아. 그럼 숫자 3 탄환이 붙은 줄의 줄감개를 돌려."

"……먼저 두 개의 탄환을 줄에 붙여야 하는 거 아니에요?"

"이건 곱셈이야. 나눗셈과는 다르지. 곱셈을 할 땐 먼저 줄감개를 돌리는 거야."

"그렇군요..."

소년이 줄감개를 돌리자 숫자 3 탄환은 숫자 1로 줄어든다.

"이 다음엔 어떻게 해요?"

그가 문자 신사는 숫자 4 탄환을 마침내 꺼내 든다.

"줄어든 상태에서 탄환을 넣는 거지."

그는 숫자 1로 줄어든 탄환의 옆줄에 새로운 탄환을 부착한다. 꼭대기가 4번 프렛의 위에 놓여, 탄환은 원래라면 3번 프렛까지 뻗어 있어야 할 이웃 탄환의 4배 길이가 된다.

"이제 뭘 해야 하겠어? 지금 이 숫자 1 탄환은 원래 숫자 3 탄환이었잖아? 잠시 줄어들어 있는 것뿐이야. 당연히 원래대로 돌아가야지."

그는 기타 머리의 아랫부분을 툭툭 치며 소년이 보게 한다.

"자, 네가 한번 해 봐."

기타 머리의 아래에는 웬 방아쇠가 달려 있다. 방아쇠는 지판이 뻗은 방향을 마주보고 있어 마치 기타 전체가 하나의 거대한 총 같다는 느낌을 준다.

소년은 방아쇠에 손가락을 건다. 손가락을 당기기 전에 묻는다.

"이걸 당기면 정확히 무슨 일이 일어나는 거죠?"

"뭐 별일이야 있겠어? 그냥 숫자 1 탄환이 세 배로 길어져 다시 숫자 3 탄환이 되는 거지."

소년은 앞을 보며 콧숨을 한 차례 내쉰다. 탄환이 장전된 기타의 방아쇠를 붙들고 있자니 진짜 총을 쏘는 듯한 느낌이 들어 긴장된다. 이윽고 그는 숨을 참은 채 방아쇠에 닿은 손가락을 움직인다.

철커덕... 팅!

감겼던 무언가가 찰나에 풀어지는 소리가 들리고, 확인해 보니 숫자 1 탄환은 어느새 다시 3번 프렛까지 뻗어 있다. 줄어든 만큼 늘어난 것이다.

그리고 그 옆, 4번 프렛까지 뻗어 있어야 할 탄환은 어찌 된 영문인지 저 멀리까지 늘어나 있다. 그는 늘어난 숫자 4 탄환의 끝을 보기 위해 눈을 찡그리지만 잘 보이지 않는다.

"도대체 어디까지 뻗어 있는 거예요?"

"어디겠어? 숫자 1 탄환이 세 배로 늘어나 숫자 3 탄환이 되었잖아. 숫자 4 탄환이 세 배로 늘어나면?"

"3 곱하기 4... 12번 프렛까지 늘어난 거군요!"

신사는 고개를 끄덕인다. 그는 소년을 탄환의 끄트머리까지 데리고 가 끄트머리 바로 아래에 놓인 프렛을 보여준다. 해당 프렛과 맞닿은 지판 윗부분에는 숫자 '12'가 선명하게 새겨져 있다.

"봤지? 곱셈은 이렇게 하는 거야. '3 곱하기 4'의 답을 너는 그냥 외워서 알고 있을지도 모르지만, 실제로는 이런 식으로 계산의 결과가 도출되는 거라고. 나눗셈은 아까 봤던 대로고. 곱셈과 나눗셈의 과정에는 공통점이 있어. 두 과정 다 어떤 한 탄환이 1번 프렛까지 줄어드는 일이 포함되어 있다는 거지. 플라스틱 띠가 놓인 1번 프렛 말이야. 이를 곱셈/나눗셈의 단위라고 해. 굉장히 중요하지. 아까 한 계산은 모두 이 단위가 지정되어 있었기에 가능한 거니까. 곱셈과 나눗셈을 할 때 언제나 기준이 되는 것은 바로 이 플라스틱 띠라고."

그는 1번 프렛에 멈춰 있는 띠를 톡톡 치며 말한다.

"곱셈/나눗셈의 단위는 역수를 만들 때도 기준이 되지. 3의 역수를 어떻게 만들어? 간단해. 3번 프렛과 플라스틱 띠가 있는 1번 프렛의 위치를 바꿔. 그러고 나서 새로운 위치의 1번 프렛을 기준으로 기타 프렛을 다시 짜는 거지. 그렇게 되면 원래 1번 프렛이 있던 위치는 뭐가 돼? 3분의 1이 되는 거야. 3의 역수인 3분의 1. 결국은 1번 프렛이라는 기준이 있어야 일어날 수 있는 일이라고."

"듣고 보니 1번 프렛이란 게 중요하긴 하네요." 소년은 수긍한다. "다 그걸 기준으로 정해지는 거니까요. 곱셈도, 나눗셈도, 역수도..."

그는 말끝을 흐린다.

"왜 그래? 말해 봐."

낌새를 눈치챈 신사가 그에게 질문을 종용한다. 소년은 터놓고 말한다.

"왜 이런 이야기를 해 주는 거죠?" 그는 이어간다.

"물론 1번 프렛이 중요하다는 건 알겠지만, 곱셈/나눗셈의 단위가 1이라는 걸 알아야만 셈을 할 수 있는 것도 아니고 이렇게 플라스틱 띠와 무한히 긴 계산기를 동원하면서까지 설명할 필요가 있을까요? 단순한 사실을 설명하는 것 치고는 너무 장황하지 않아요?"

"물론이지. 내가 고작 곱셈/나눗셈의 단위가 1이라는 말을 하려고 널 여기 데려와서 이걸 보여준 게 아니야. 내가 하려는 말은 따로 있지."

"그게 뭔데요?"

"곱셈/나눗셈의 단위가 1일 필요가 없다는 거야."

"네?"

신사는 기타의 목을 어루만지고는 묻는다.

"대답해 봐. 6 곱하기 6이 얼마지?"

"……36이요."

"그래. 그런데 내가 이렇게 해도 '36'일까?"

그는 플라스틱 띠를 1번 프렛에서 3번 프렛으로 옮긴다.

"자, 이젠 어때?"

소년은 이게 무슨 상황인지 파악하지 못한 듯 멀뚱멀뚱 서 있다.

"이젠 6 곱하기 6이 얼마야?"

무슨 의도에서 신사가 이러는지 알 리 없는 소년은 잠시 가만있다

입을 연다.

"차이가 뭐죠? 플라스틱 띠를 3번 프렛에 놓으면 뭔가 달라지나요?"

"그렇지 않을까? 곱하기를 하는 데 제일 중요한 단위를 바꿔버렸잖아. 그게 곱셈의 결과에 영향이 없을 거라고 생각해?"

"아, 방금 그걸로 단위가 바뀐 거예요? 그냥 그렇게 바뀔 수가 있어요? 단위라는 게?"

"못 믿겠으면 한번 실제로 해 보자."

신사는 양손에 기다란 탄환 두 개를 들어 보인다.

첫 탄환이 기타 줄에 부착된다. 끄트머리는 6번 프렛 위에 놓이고, 신사가 줄감개를 돌리자 순식간에 3번 프렛까지 떨어진다. 1번 프렛이 아닌 3번 프렛이다.

"봤지?" 신사는 소년을 보며 말한다.

둘째 탄환 역시 끄트머리가 6번 프렛 위에 놓인다. 숫자 6 탄환과 줄어든 숫자 6 탄환이 기타 줄 위에 공존한다. 신사는 방아쇠를 당긴다.

철커덕... 팅!

줄어든 숫자 6 탄환은 원래대로 돌아오고, 줄어들지 않은 숫자 6 탄환은 6보다 길어진다. 계산 결과는 12다. 36이 아니라.

"어때? '6 × 6 = 12'라는 혁신을 바로 앞에서 목도한 기분이? 한번 나눗셈도 해 볼까? 아까 썼던 탄환을 준비했어."

그는 기타 줄 위의 탄환을 빼 버리고, 길이 차이가 두 배인 탄환 둘을 연달아 부착한다. 각각 숫자 2 탄환과 숫자 4 탄환이다.

"4를 2로 나눈 결과야 아까 본 대로지. 그러나 그건 단위가 1일 때의 결과고. 지금 이걸 돌리면 어떻게 될까?"

그는 숫자 2 탄환이 붙은 줄의 줄감개를 돌린다. 드르륵 팅 하는 효과음이 나고, 숫자 2 탄환은 줄기는커녕 늘어나 3번 프렛에 다다른다. 숫자 4 탄환 역시 똑같은 비율로 늘어나 계산의 결과를 보인다. '4 ÷ 2 = 6'

"탄환 말고 단위를 바꿔 볼까?"

늘어난 탄환들을 원래 길이로 돌리며 그가 말한다. 그는 플라스틱 띠를 5번 프렛으로 옮기고 아까와 똑같은 계산을 한 번 더 한다. 줄감개가 돌아가고 결과가 나온다. '4 ÷ 2 = 10'

"단위가 꼭 자연수라는 법은 없지."

그는 플라스틱 띠를 1번 프렛과 2번 프렛의 중간 지점인 1.5에다 놓고 다시 한 번 계산을 한다. '4 ÷ 2 = 3'

그 뒤로도 단위를 바꾼 계산은 이어진다. 소년은 옮겨진 플라스틱 띠가 계산의 결과를 바꾸는 광경을 보며 자신이 알던 곱셈과 나눗셈이 세상의 전부가 아님을 깨닫는다. 4 나누기 2의 답은 무수히 많을 수 있다. 그 답이 2인 것은 오로지 단위가 1일 때뿐이다. 지금까지 그가 알았던 곱셈과 나눗셈은 오직 한 가지의 단위만 쓰는 연산이었다. 연산의 단위를 바꾼다는 변수는 그가 한 번도 생각해 본 적이 없는 것이었다.

신사는 이만하면 그가 충분히 봤다고 생각했는지 기타 조작을 멈추고 그를 돌아본다.

"이게 의미하는 바가 뭘까?" 그는 눈썹을 씰룩거린다. "어제 네가 하룻밤을 보낸 곳이 무한소계였잖아? 거기서 곱셈을 할 때 걱정할 필요가 없다는 거지. 곱셈을 하더라도 그 결과가 더 낮은 무한소계로 홀라당 빠지는 일은 없다는 거야. 나눗셈을 하더라도 결과가 유한수계로 날아가 버리는 일도 없을 거고. 무한소계에 있는 그 나름의 곱셈/나눗셈 단위를 쓰면 되는 일이거든."

그는 플라스틱 띠를 지판의 시작, 즉 0에 갖다 놓는다.

"따라서 너는 어디에 있든 유한수계에서와 똑같이 곱셈과 나눗셈을 하면 돼. 똑같이 하라는 건 유한수계에서 곱셈/나눗셈 단위를 유한소로 잡았듯 무한소계에선 단위를 무한소로 잡으라는 거야. 억지로 유한수계의 1을 가져와서 곱셈/나눗셈 단위로 쓸 이유가 없지. 무한소를 단위로 하고도 곱셈과 나눗셈은 얼마든지 할 수 있는데 말이야. 무한대도 마찬가지고."

그는 기타 줄에 숫자 1 탄환을 부착하고는 해당 줄의 줄감개를 돌린다. 탄환은 길이가 0이 되어 사라진다.

"오늘 강의는 여기까지야."

그는 또 다른 줄에 탄환을 붙인다.

"우리가 타고 온 비행선에 자동 조종 항로를 입력했으니 그걸 타면 알아서 숙소로 데려다 줄 거야. 나는 좀 다른 곳에 가야할 것 같아서 먼저 실례할게. 지금 네가 할 일은 방아쇠를 당겨서 날 보내는 거야."

"어떻게요?"

신사는 소년이 올려다보는 중에 펄쩍 뛰어올라 기타 줄에 붙인 탄환을 밟고 선다. 그제야 소년은 말뜻을 알아차리고는 웃음을 짓는다.

신사는 내려다보는 회심의 미소로 화답한다.

소년은 기타 머리맡으로 가 방아쇠에 손가락을 올린다. 그가 방아쇠를 당기기 전 그들이 나눈 마지막 대화는 이러하다.

"대답해 봐. 1 곱하기 1은?"

"……무한대!"

충격적인 굉음이 한 차례 울려 퍼지고, 폭발음이 가라앉은 후 소년이 눈을 떴을 때 신사는 무한히 길어진 탄환의 끄트머리와 함께 이미 사라지고 없다. 한동안 전방을 응시하던 소년은 목에 힘이 빠졌는지 고개를 아래로 내린다.

사라졌던 탄환은 어느새 다시 1번 프렛에 걸쳐 있다.

9번째 날

'확률'

신사가 소년의 질문을 받고 칠판에 적은 두 글자이다.

휘갈긴 손을 떼고 한동안 칠판만 뚫어져라 응시하던 그는 추가로 세 글자를 써 내려간다.

'무작위'

소년의 질문은 간단명료하면서도 날카로웠다.

만약 내가 직선에서 한 점을 무작위로 뽑는다면, 나는 뽑힐 확률이 0인 점을 뽑은 것인가?

"그렇잖아요. 선에는 점이 무한 개가 있는데, 그렇다면 그중에서 한 점이 무작위로 뽑힐 확률은 무한대분의 1이니 즉 0이란 말이죠. 그렇다면 제가 뽑은 점은 뽑힐 확률이 없는 점이었다는 말이잖아요. 어떻게 이런 일이 가능한 거죠?"

신사는 들고 있던 분필을 내려놓으며 말한다.

"무작위로 뽑는다는 게 뭔데?"

"네?"

예상치 못한 반문에 소년은 당황한다.

"말 그대로야. 무작위로 뽑는다는 게 뭐냐고."

"그야... 그냥 아무렇게나 뽑는 것이죠. 임의적으로..."

대답하면서 눈치를 보는 소년은 말끝을 흐린다. 신사는 홀로그램을 이용해 소년의 앞에 선분 하나를 만들어 준다.

"무한 개의 점이 모인 선이야. 한 점을 '무작위로' 뽑아 봐."

소년의 코앞으로 선분을 내밀며 그가 말한다.

"어어..."

소년은 당황한 웃음을 내비친다.

"물건 고르는 것처럼 뽑을 수는 없죠. 제 손가락은 점 하나를 집기엔 너무 크니까요."

"그렇지? 네가 어떤 방식으로 점을 뽑으려 해도 너는 무한 개의 점만을 뽑을 수 있을 뿐이야. 네 손가락부터가 이미 무한 개의 점이 모인 집합체거든. 그리고 무한 개의 점 중 무한 개의 점이 뽑힐 확률은 더 이상 0이라고 할 수 없지."

"기계를 쓴다면 어때요? 그 홀로그램부터가 마법 같잖아요. 어떻게 프로그램을 잘 써서 딱 하나의 점만..."

"뽑을 수 있게 하자고? 예를 들면 이렇게 말이야?"

신사가 선분을 칠판에 붙이고 한쪽으로 팔을 쭉 펼치자, 선분이 그 방향으로 무한 배 확대되어 점 하나하나가 눈에 보이게 된다.

"이렇게 각각의 점을 집을 수 있는 상태에서 한 점을 뽑겠단 말이야?"

말을 한 신사를 소년은 잠시 멀뚱멀뚱 쳐다본다.

"어... 그렇죠." 그는 입을 연다. "이제 된 거 아닌가요? 여기서 제가 한 점을 뽑으면 저는 무한 개의 점 가운데서 하나만 뽑은 게 되잖아요."

"그렇지. 하지만 그게 무한 개의 점 가운데서 하나를 '무작위로' 뽑은 게 되진 않잖아."

"왜요? 제가 아무 점이나 하나 뽑으면..."

"네 선택의 영역이 어디까지인데? 정말 '아무 점'이나 뽑을 수 있어? 무작위로? 여기서 백만 걸음 떨어진 점을 뽑으러 굳이 걸어갈 거야? 그렇게 멀리 있는 점은 아무래도 뽑힐 확률이 상대적으로 낮지 않을까? 무한 걸음 떨어진 점은 어떻게 뽑을 건데? 뽑을 방법이 없잖아. 그럼 뽑히는 경우가 처음부터 없는 거지. 확률이 높은 점은 어떤 점이겠어? 아무래도 네 근방에 있는 점들이 뽑힐 확률이 가장 높지 않을까? 그렇다면 네가 이 선분에서 한 점을 뽑았을 때, 과연 네가 뽑은 점의 뽑힐 확률이 0이었다고 말할 수 있을까? 모든 점들이 동등한 뽑힐 확률을 지니지 않을 텐데도?"

"좋아요. 제가 뽑는 건 무작위성이 없다는 말이군요. 그렇다면 뽑는 것도 기계를 시키는 건 어때요?"

"어떤 기계?"

"뭐... 그런 거 있잖아요. 무작위 추출 프로그램이라든지."

"무작위 추출 프로그램이라니... 그런 걸 믿는 거야? 그게 진짜 무작위라고? 그 전에 무작위라는 게 대체 뭔데? 주사위를 던졌을 때 나오는 눈, 그건 무작위야? 난 주사위를 100번 던져서 100번 다 3만 나오게 할 수도 있는데? 1만 나오게 할 수도 있고. 심지어 그 기술을 너한테 가르쳐 줄 수도 있어. 무작위라는 게 대체 뭐야? 뭘 무작위라고 할 수 있지? 네가 무작위라고 부르는 건 대체 뭐냔 말이야."

신사는 자신이 칠판에 적은 세 글자를 가리킨다.

"한 단어로 말해 봐. 무작위란?"

"어어... 음..."

소년은 이번 강의에서만 세 번째로 말문이 막히고, 신사는 벌써부터 입이 근질근질한지 이미 입술을 당겨 혀에 정답을 장전한 상태이다.

"그러니까... 무작위란 건, 한 마디로 말하자면요... 음..."

"······'무지'야."

결국은 신사가 먼저 내뱉는다.

"네?"

"무지. 모르는 상태 말이야. 정보가 없는 상태. 거기서부터 '무작위'라는 개념이 생겨나는 거라고."

신사는 고개를 내민 채 어깨를 한 차례 으쓱한다. 그리고 그는 어절 하나하나를 내뱉을 때마다 손을 허공에 내리치듯 강조하며 말한다.

"간단히 말해, '무작위'란 '무지'에 너희들이 붙인 이름이야."

이야기가 이어진다.

"너는 주사위 던지는 걸 무작위라고 생각할 수도 있어. 그런데 그건 주사위를 던지는 일에 실제로 무작위성이 있어서가 아니고, 주사위의 움직임을 예측할 정보가 너한테 없기 때문에 그런 거야. 난 네가 주사위를 던지는 바로 그 순간에 어떤 눈이 나올지 정확하게 맞출 수 있지. 땅으로부터의 높이나 주사위를 던지는 방향, 각도, 세기 등의 정보를 가지고 계산하면 어떤 눈이 나올지는 너무나 명확해. 하지만 너한테 그런 물리량에 대한 정보가 없다면 너는 주사위 던지는 게 무작위라고 느낄 수도 있는 거지. 하지만 무작위라고 느낀다 해서 그게 실제로 무작위가 되지는 않아. 무작위는 네 머릿속에 존재하는 이론상의 개념이니까. 그 이론의 장막에서 벗어난 무작위란 걸 너는 생각할 수 없지. 무작위를 네 머릿속에서 떼어낸 다음 쳐다볼 수는 없다고. 볼 수 있는 것은 그저, '무지의 세계'일 뿐."

그는 양 어깨와 팔을 들어올려 보이고는 힘을 빼 툭 떨어트린다.

"다시 말해, 만약 네가 '무한 개의 점 가운데서 하나가 무작위로 뽑혔다.'고 말한다면, 그 말은 실제로는 '무한 개의 점 가운데서 하나가 뽑혔는데 그게 어떻게 뽑힌 것인지 나는 모른다.'는 말이 되는 거야. 너는 그 무지의 영역에 '무작위'라는 이름을 붙이고는 각각의 점이 뽑힐 확률이 서로 같았을 거라 전제하며 네 머릿속에서 확률을 구하겠지. 그렇게 해서 나온 결과가 1을 점의 개수로 나눈 값, 즉 무한대분의 1이고, 따라서 너는 뽑힌 점의 뽑힐 확률이 0이었다는 이론상의 결과를 얻는 거고. 이쯤 되면 눈치챘겠지? 확률이라는 것 또한 이론상의 개념이야. 네 머릿속에 존재하는 거라고. 그리고 확률을 결정짓는 것 또한 너의 무지함이지. 내가 하는 질문에 답해 봐."

그는 소년의 앞에 네 개의 문을 소환한다. 서로 색이 다른 네 개의 문에는 커다란 글씨로 각각 A, B, C, D가 적혀 있다.

"A문, B문, C문, D문이 있어. 넷 중 딱 하나의 문만 뒤쪽에 라우프카스텐이 놓여 있지. 그렇다면, A문의 뒤쪽에 라우프카스텐이 있을 확률은 얼마일까?"

신사는 공중에서 한 바퀴 빙그르르 돈 다음 착지해서 말한다.

"확률을 구해 봐."

잠시 눈동자를 굴리는 소년.

"그야... 당연히 25%겠죠."

소년은 태연하게 답을 말한다.

"흠, 어떻게 해서 그 답을 얻었지?"

"간단하죠. 문이 네 개잖아요. A문은 네 개의 문 중 하나고요. 네 개 중 하나, 다시 말해 4분의 1이죠. 전제에 의해 네 개의 문 중 어딘가의 뒤쪽에 상자가 있을 확률이 100%이니, A문의 뒤쪽에 상자가 있을 확률은 100%의 4분의 1, 다시 말해 25%죠."

"그러니까 문이 네 개이기 때문에 확률이 25%라는 거지?"

"그럼요. 두 개였다면 50%, 다섯 개였다면 20%. 네 개이기 때문에 25%인 거죠."

"진짜로? 아닌 것 같은데?"

신사의 말에 소년은 짜증이 확 솟구친다.

"왜 그런 말을 하시죠?"

"그게 그렇잖아. 내가 알기로는, A문의 뒤쪽에 상자가 있을 확률이 0%거든."

"왜 0%인데요?"

"왜냐하면 말이지..."

다음 말을 이어가려는 신사의 얼굴엔 이미 회심의 미소가 번져 있다.

"나는 분명 C문의 뒤쪽에 상자를 놓았거든."

네 개의 문이 모두 열리고, C자가 새겨진 문 너머에만 받침대 위에 라우프카스텐의 모습이 보인다.

"............"

"이제 감이 와? 확률이란 게 실제로는 얼마나 부질없는지?"

신사는 손을 입에 가져다 대고 낄낄거린다.

"이... 이렇게 하는 건 아니죠. 이미 답을 알고 계셨잖아요."

"바로 그게 요점이야."

소년의 항의에 신사는 오히려 나선다.

"아는 상태였으니까 확률이 달랐던 거라고. 알고 있었으니까, 상자가 있는 문에 대한 정보가 있었으니까 나는 너랑은 확률을 다르게 구할 수밖에 없었던 거야. 네가 만약 C문의 뒤쪽에 상자가 있다는 걸 알았다면 내가 한 질문에 확률이 25%라고 답했을까? 그럴 리가 없지. 너는 나랑 똑같은 답을 했을 거야. 그렇지만 넌 25%라고 답했어. 왜? 넌 몰랐거든. 넌 무지했거든. 네가 가진 정보는 네 개의 문 중 어느 하나의 뒤쪽에 상자가 있다는 것뿐이었거든. 그 정도의 정보밖에 없는 상태에서 넌 네가 할 수 있는 판단을 한 거야. 다른 정보가 있었다면 다른 판단을 했겠지. 상자가 사실 D문의 뒤쪽에는 없다는 정보가 있었다면? 넌 확률을 3분의 1이라고 했을 거야. B문의 뒤쪽에도 상자가 없다는 정보가 있었다면? 2분의 1이라고 했겠지. 그럼 만약 내가 너한테 '네 개의 문 중 하나'라는 말 대신 네 개의 문을 포함해서 메디아 인피니타스에 무한 개 있는 모든 문 가운데 어느 한 곳에 상자가 있다고 했다면 어땠을까? 넌 확률이 0이라고 답하지 않았겠어? 설령 C문의 뒤쪽에 상자가 있을 확률을 질문 받았어도 넌 똑같이 확률이 0이라고 답했겠지. 그런데 C문을 열었더니 상자가 있었어. 그럼 불가능한 일이 일어난 거야? 아니지! 너한테나 확률이 0%지 나한테는 100%란 말이야! 난 상자가 어디 있는지 알고 있었으니까! 확률은 무지에 의해 결정된다고. 머릿속에서 말이야. 실제로 저 문들에 확률이 깃들어 있는 게 아니야. 우리가 현실이라 부르는 현상 세계에서 확률이란 부질없는 것이지. 네 머릿속에서나 의미가 있을 뿐이라고."

신사는 손가락을 딱따구리 부리처럼 구부려 머리를 계속 가리킨다.

"이제 네가 했던 질문에 담긴 의문점이 해소되었으려나?" 그가 말한다.

"다시 점 얘기로 돌아가서, 우리가 점을 두 부류로 나눈다고 해 보자고. 홀로그램을 써서 한 부류에겐 빨간색을 입히고, 다른 한 부류엔 하늘색을 입히는 거야. 만약 우리가 딱 하나의 점에만 빨간색을 입히고 나머지 무한 개의 점에는 모두 하늘색을 입힌다면 어떨까? 너에게 뽑힐 단 하나의 점이 빨간색 점일 확률을 구한다고 한다면, 별 생각 없이 계산할 경우 확률은 0이 되지. 그렇다고 빨간색 점이 절대로 못 뽑히는 게 아니라는 거야. 바로 그게 오늘 강의의 핵심이라고. 확률이 0이란 건 네 머릿속에서 구한 이론상의 결과야. 그게 곧 현실일지는 몰라. 실제로는 무작위가 아니지만 소위 '무작위 추출 프로그램'을 써서 최대한 무작위성을 담보하려 한들, 넌 내가 미래를 엿봐 어떤 점이 뽑힐지 알아내고는 점에 색깔을 입힐 때 딱 그 점을 골라 빨간색으로 칠했을 가능성까지 부정할 수는 없어. 만약 내가 그랬다면 빨간 점이 뽑힐 확률이 100%잖아. 물론 그럴 경우 점을 뽑는 과정에 처음부터 무작위성이 없었던 게 되지만, 애초에 무작위성이 있다는 확증은 어디 있었는데? 네 머릿속에서야 '여러 개의 점에서 하나를 무작위로 뽑았다.'와 같은 이론적인 상상을 할 수 있겠지만, 현실에서 점을 뽑는 과정에 무작위성이 있다고 100% 확신할 수 있어? 무엇이 100% 무작위인지 네가 알 방법이 없는데? 너는 그저, '네가 최선이라고 생각하는 판단'만을 할 수 있지 않을까? 딱 하나만 빨간색인 무한 개의 점, 그중에서 한 점이 뽑혔다는 제한된 정보만 가지고 판단을 내려야 할 때, 네가 최선이라고 생각하는 판단이 바로 빨간색 점이 뽑힐 확률이 0이라는 판단이 아닐까?"

신사는 칠판에 적힌 '확률'에 밑줄을 긋는다.

"웃긴 게 뭔 줄 알아?" 그가 묻는다.

"뭔데요...?"

"만약 내가 빨간색 점과 하늘색 점의 비율을 얘기하지 않은 상태에서 같은 질문을 했다면, 너는 아마도 빨간색 점이 뽑힐 확률이 50%라고 답했을 것 같다는 거지."

"하!" 소년은 짧게 웃음을 터트린다.

"그렇겠네요... 전 '무지'하니까요."

"왜 확률을 구할 때 그런 판단을 하게 되는 걸까? 내가 이걸 부르는 말이 있는데 말이야."

신사는 분필을 집어 칠판에 여덟 글자를 적는다.

'동확률추정의 원칙'

"동확률추정의 원칙?" 소년은 혼잣말로 의문을 표한다.

"그래. 쉽게 말해 '모르면 같은 확률인 것으로 한다.'는 거야. 각 경우가 일어날 확률이 서로 같다는 근거가 전혀 없음에도 확률 정보의 부재 시 무의식, 혹은 의식적으로 그렇게 추정하게 되는 경향성을 지칭하는 말이지."

신사는 원을 하나 그려 두 조각으로 나눈 다음, 한쪽은 빨간색으로, 다른 한쪽은 하늘색으로 칠한다.

"무한 개의 점이 있어. 하나의 점을 뽑을 건데, 너한테 있는 정보는 빨간색 점과 하늘색 점이 있다는 것뿐이야. 빨간색이 얼마만큼, 하늘색이 얼마만큼 있는지는 모르지. 이럴 경우, 특정한 색의 점이 뽑힐 확률을 너는 모른다고 해야 맞아. 넌 '무지'하니까. 그러나 그럼에도 판단을 해야 한다면? 만약 네가 내기에서 한쪽 색에 걸어야 하는 상황이라면, 너는 확률 판단을 어떻게 하겠어? 빨간색이 뽑힐 확률이 90% 이상이라고 판단한 채 무조건 빨간색에 올인할 거야? 하지만 그렇게 판단할 근거가 없잖아. 그러니 두 색이 뽑힐 확률이 똑같다고 해야겠지. 어, 생각해 보니 그것도 근거가 없는 건 마찬가지인데? 두 색이 뽑힐 확률이 똑같을지는 모르는 거잖아. 빨간색이 뽑힐 확률이 90% 이상이라는 것도 근거가 없고, 두 색이 뽑힐 확률이 똑같다는 것도 근거가 없다면, 어떻게 확률 판단을 하든 무슨 상관이야? 그냥 하늘색이 뽑힐 확률 무시해. 빨간색 확률 100%로 가자고. 그래도 되잖아. 물론 되지. 그러나 그럼에도, 개인적인 선호가 반영되지 않는다는 전제하에 너는 아마 두 색이 뽑힐 확률이 똑같다고 추정할 거라는 거지. 왜? '빨간색이 뽑힐 확률이 100%다.'라는 말에는, '하늘색이 뽑힐 확률이 100%다.'라는 맞수가 있거든. 확률 수치를 다르게 해도 마찬가지야. '빨간색 확률 90%'에는 '하늘색 확률 90%'가 있고, '빨간색 확률 51%'에는 '하늘색 확률 51%'가 있지. 한쪽의 확률이 다른 쪽보다 살짝만 높아도, 그에 대적하는 맞수가 존재해. 결국 한쪽에게 편향적인 확률 판단은 모두 자신들의 맞수와 충돌하여 상쇄되고, 오직 하나의 판단만이 남는 거지. 빨간색과 하늘색, 둘에게 똑같이 50%의 확률을 부여한 판단만이 말이야."

그는 자신이 그린 원을 톡톡 친다.

"이 원만 해도 그래. 실제로는 빨간색 영역이 훨씬 더 크잖아. 그러나 원을 직접 보지 못하고 내가 원을 두 조각으로 나눴다는 말만 들은 사람들은, 내가 원을 반에 가깝게 나눴을 거라고 지레짐작할 가능성이 크단 말이야. 동확률추정의 원칙이 이렇게 강력한 거라고."

말을 마친 그는 회심의 미소를 지어 보인다.

"아, 둘로 나뉜 거였어요? 저는 지금껏 빨간색 원이라고 생각했는데요."

어리둥절해하는 소년에게 그는 웃으면서 하늘색 영역의 위치를 가리켜 보인다. 그의 손가락이 향한 곳에 보이는 하늘색은 없다.

"주사위 얘기를 해 볼까?" 그는 말을 이어간다. "주사위의 확률은 왜

6분의 1이라고 해? 주사위를 던져서 어떤 특정한 눈이 나올 확률이 다른 한 눈이 나올 확률보다 조금이라도 높거나 낮지 않고 완전히 같다고 할 수 있어? 근거가 없잖아. 1이 나올 확률이 2가 나올 확률보다 높을 수도 있는 거거든. 주사위를 만드는 과정에서 1이 있는 면이 더 크게 만들어질 수도 있고, 또 주사위를 던지는 과정에서 특정 눈에게 편향성이 생기기도 하지. 그럼 도대체 무슨 이유에서 1이 나올 확률이 6분의 1인 거야?"

"대략 6분의 1이니까 그렇게 말하는 것 아닐까요? 주사위의 각 면이 완전히 똑같은 면적은 아닐지 몰라도 대략적으로는 같은 크기고, 주사위를 여러 번 던졌을 때의 통계적 확률이 6분의 1로 수렴하니까요."

"그렇게 설명할 수도 있겠지. 하지만 만약 네가 주사위로 내기를 한다고 해 봐. 1이 나올 확률이 다른 눈보다 0.001% 높다는 정보가 있다면 누구라도 1에 걸지 않을까? 0.001%가 높은 수치는 아니지만 1의 확률이 더 높다는 걸 알면서도 굳이 확률이 더 낮은 다른 눈에 걸 이유가 있어? 내기에서 지고 싶은 게 아니라면 말이야. 1의 확률이 다른 눈과 다르다는 걸 뻔히 아는데 굳이 '대략 6분의 1'이라는 틀에 묶어 동확률추정을 하진 않을 거 아니야. 그렇다면 왜 주사위의 확률은 6분의 1이라고 해? 모르니까! 어떤 눈의 확률이 높을지 낮을지를 모르니까 모든 눈의 확률이 같다는 추정을 하는 거지. 너는 1의 확률이 0.001% 높은지 모르잖아. 1의 확률이 0.001% 높다는 것에는, 1의 확률이 0.001% 낮다는 맞수가 있지. 다른 모든 눈, 다른 모든 편향된 확률도 마찬가지고 말이야. 결국 다 상쇄되고 남는 건, 모든 눈의 확률이 같다는 결론 하나뿐이지. 그래서 주사위의 확률을 6분의 1이라고 하는 거야. 주사위를 던져 한 눈이 나올 확률을 다른 어떤 눈이 나올 확률과 똑같다고 추정하는 거라고. 실제로 그렇다는 근거가 하나도 없는데도 말이야. 네가 무한 개의 점에서 하나가 뽑힐 확률이 0이라고 말하는 것과 완전히 똑같은 논리지."

그는 분필을 내려놓는다.

"오늘 강의는 여기까지야. 이젠 확률에 대한 이해가 좀 더 깊어졌을 거라고 믿어. 내가 요새 조금 바빠져서 말인데, 내일은 한번 메노스를 찾아가 봐. 재미있는 확률 얘기를 들을 수 있을 거야."

"벌써 가시게요?"

소년의 질문에 신사는 바로 대답하지 않는다. 그는 칠판을 위아래로 잡고는 벽에서 떼어 낸다.

"사실 오늘만 해도 시간 없는 와중에 네 질문에 답하려고 찾아온 거야. 답만 하고 바로 갈 생각이었지. 그래서 강의실도 따로 준비하지 않은 거고."

그는 칠판을 어깨에 둘러멘다.

"이건 내가 가져온 거니까 다시 가져갈게. 혹시나 물어볼 게 있다면 내일 말고 모레에 찾아 와. 난 터칭 빌딩에 있을 거니까. 이만 가 봐야겠어."

어색한 대기가 흐르는 와중에 신사는 소년에게 손을 흔들어 보인다. 그가 문을 열고 나설 때까지 소년은 아무 말도 하지 않는다.

"후."

문이 닫히자 소년은 한 한숨 내뱉는다.

"오늘밤은 이곳에서 1박인가... 그런데 그 비행선은 어떻게 된 게 이런 곳을 숙소랍시고 날 데려다 놓았지?"

그는 하얀 바닥 위 침대에 드러눕는다. 우주의 모습이 눈에 정면으로 들어온다. 사실 바닥은 벽면이다. 그의 눈에 보이는 우주는 반대편 벽면 너머로 보이는 광경일 뿐이다. 그가 이제는 어느 정도 익숙한, 투명화 기술의 산물이다. 그가 전혀 익숙하지 않은 것은 바닥을 벽면으로, 벽면을 바닥으로 만드는 바로 이 중력 조작 장치이다. 벽면에 붙은 침대에서 휴식을 취하며, 그는 서서히 그가 있는 드넓은 공간을 눈꺼풀 너머로 밀어낸다.

그는 그렇게, 일일 강의실이자 일일 숙소인 이스트 스테이션 격납고에서 점점 꿈속으로 빠져든다.

10번째 날

"세 개의 문이 있어. 오직 하나의 문만 뒤쪽에 우주비행선이 있지. 나머지 두 개에는, 염소가 있고."

메노스의 강의가 시작된다.

"너는 셋 중에서 하나의 문을 고를 거야. 어느 문에 무엇이 있는지에 대한 정보는 너한테 하나도 없지. 철저히 무지한 상태에서 넌 고르는 거야. 그러고 나면, 전지하신 프테 님께서 사회자로 짜잔 등장하시고는 네가 고르지 않은 두 개의 문 가운데서 하나를 열어젖히시겠지. 그 문은 당연히 염소가 있는 문이야. 만약 비행선이 있다면 다음 질문을 못하잖아. 염소가 있는 문을 보여주며 그분께서는 이렇게 물으실 거거든. '염소가 있는 두 개의 문 가운데 하나가 확인되었다. 너에게 또 한 번의 선택할 기회를 주겠다. 너는 네가 처음에 고른 문을 다시 선택할 것인가, 아니면 남겨진 다른 문으로 선택을 바꿀 것인가?' 이때, 선택을 바꾸는 것이 너에게 좋을까?"

소년의 얼굴에 의미심장한 미소가 떠오른다.

"이거 지구에 있을 때 많이 들었어요. '몬티 홀 문제'라고, 선택을 바꾸는 것이 안 바꾸는 것보다 두 배는 유리하다는 말도 안 되는 답이 나오죠."

"흠... 말투를 보아 하니 결론에 대해 회의적이구나."

"직관과는 너무 동떨어진 답이어서요. 모든 경우를 따져서 계산해 보면 그런 답이 나온다고는 하지만, 직관적으로 생각하면 선택을 바꾸든 안 바꾸든 우주비행선이 있는 문을 고를 확률은 2분의 1이죠. 문이 두 개고, 둘 중 하나에 우주비행선이 있으니까요. 어떻게 하필 내가 고르지 않은 문이 내가 고른 문보다 확률이 두 배나 높은 거죠? 잘 와 닿는 답은 아니에요."

"직관이라... 그래, 잘 와 닿는 답은 아닐 수도 있지. 하지만 말이야, 난 이렇게 생각해. 어떤 사실이 받아들이기 어려운 것은, 사실 그 자체의 문제라기보다는, 설명이 직관적이지 못해서가 아닐까 하고 말이야. 자신에게 맞는 설명을 찾기만 한다면 비직관적이었던 사실도 직관적으로 와 닿을 수 있지 않을까? 난 나에게 맞는 설명을 찾았거든."

"그게 뭔데요?"

"문을 레슬러로 바꿔 봐. 세 명의 레슬러가 있어. 셋 중 한 명은 다른 두 명을 쓰러뜨릴 수 있지. 네가 만약 그 레슬러를 고른다면 상금이 나올 거야. 물론 넌 그게 누군지 몰라. 그래서 아무나 한 명을 골랐지. 그랬더니 프테 님께서 네가 고르지 않은 두 명을 데려다가 경기 실력을 검증하시는 거야. 둘의 체력을 검증하고, 링 위에 올려 싸움을 붙이시는 거지. 승자와 패자가 갈렸어. 프테 님은 누가 패자인지 너한테 알려주시고는, 승자를 네 얼굴 앞에 들이밀면서 물으시는 거야. '선택을 바꿀 기회를 주겠다. 네가 아무렇게나 고른 첫 번째 선택을 고집할래? 아니면 나의 철저한 검증에서 살아남은 레슬러로 선택을 바꿀래?' 어떻게 할 거야? 이래도 선택을 안 바꿀래?"

"…………."

"선택을 바꾸는 게 좋지 않을까? 네가 처음에 고른 레슬러는 그 어떤 검증도 거치지 않았잖아. 반면에 다른 레슬러는 '엄선된' 레슬러이지. 그냥 거기 있는 게 아니야. 프테 님의 검증을 거쳤기 때문에 거기 있는 거라고. 물론 둘이 경기를 했을 때 콕 집어 누가 이긴다고 확신할 수는 없어. 네가 처음에 한 선택이 옳은 선택이었을 수도 있지. 하지만 그 가능성을 보라고. 둘 중 어느 쪽이 다른 쪽을 쓰러뜨릴 것 같아? 어느 쪽을 신뢰하겠어? 네가 아무렇게나 고른 레슬러가 이길 가능성이 높을까? 아니면 프테 님께서 엄선하신 레슬러가 이길 가능성이 높을까?"

"그렇지만 문은 엄선한 게 아니잖아요."

"왜 아니야. 엄선했지. 프테 님께서는 어느 문에 비행선이 있고 염소가 있는지 알고 계신단 말이야. 그게 이 문제의 핵심이지. 너는 문 뒤에 뭐가 있는지 몰라서 아무 문이나 골랐지만, 프테 님은 아무 문이나 열어젖히고 '여기 염소가 있다!'라고 외칠 수가 없어. 그랬는데 비행선이 있으면 안 되잖아. 프테 님은 비행선이 있는 문을 열지 말고 남겨둬야 한다고. 그게 '엄선'이야. 만약 네가 처음에 고른 문이 염소가 있는 문이었다면, 나머지 두 개의 문 가운데 하나는 염소가 있는 문이고, 하나는 우주비행선이 있는 문이 되지. 그럴 경우 프테 님은 우주비행선이 있는 문을 열지 않도록 주의하면서 염소가 있는 문을 여시는 거야. 그리고 그때 열리지 않은 채로 남겨진 나머지 하나의 문이, 바로 '검증에서 살아남은 문'이지. 왜 프테 님은 하필 저 문을 열지 않고 남겨두셨을까? 이 점을 생각해 봐야 해. 왜 저 문이 열리지 않았을 것 같아? 열리지 못했던 게 아닐까? 저 문에 비행선이 있으니 말이야. 저 문이 닫힌 채로 남겨진 건 우연이 아니야. 프테 님이 저 문을 열지 않으신 건 필연적인 이유가 있어서라고. 뒤쪽에 비행선이 있으니까, 저 문이 살아남은 거야!"

"그렇지만 그건 제가 처음 고른 문에 염소가 있을 경우의 얘기죠. 만약 제가 처음부터 비행선이 있는 문을 골랐다면요? 그럼 나머지 두 개의 문 가운데 어느 걸 열어도 상관없게 되잖아요. 제가 무슨 문을 고를지는 모르는 거니까, 제가 처음부터 정답을 골랐을 경우도 생각을 해야죠."

"물론이지. 그래서 그럴 확률이 얼마나 돼?"

"3분의 1이요."

"안 그럴 확률은 얼마나 되고?"

"3분의 2죠."

"처음 선택을 바꿔서 비행선이 있는 문을 고르게 될 확률은?"

"……3분의 2요."

"그것 봐. 이제 납득이 되지?"

메노스는 눈을 찡긋해 보인다. 갑자기 할 말이 없어져 버린 소년은 한 방 먹은 표정을 짓는다.

"너의 처음 선택이 맞았을 확률은 3분의 1밖에 되지 않아. 너의 처음 선택이 틀렸을 확률이 3분의 2나 되지. 프테 님이 열지 않은 문이 '우주비행선의 존재 때문에 열 수 없었던' 문이라고 전제해도 3분의 2의 확률로 맞을 거라고. 문의 수를 늘리면 결론은 더 명확해지지. 100개의 문이 있다고 해 봐. 하나의 문에만 우주비행선이 있어. 너는 그게 어느 문인지 모르니까 아무 문이나 하나 골랐지. 네가 고른 문에 비행선이 있을까? 없을까?"

"……아마도 없겠죠."

"그럼 없다고 치자고. 네가 고른 문엔 비행선이 없어. 나머지 99개의 문 가운데 어느 한 군데에 비행선이 있지. 우리가 할 일은 99개 중에서 1개를 찾는 거야. 어떻게 찾을까 고민하던 와중에 프테 님이 짠 나타나서서 우리를 도와주시네. 염소가 있는 98개의 문을 열어젖히신 거야. 99개 중 정답이 아닌 98개를 알려주신 거지. 대놓고 정답을 알려주신 거나 마찬가지잖아. 이럴 땐 당연히 프테 님이 친히 남겨주신 딱 하나의 문으로 선택을 바꿔야지. 이 상황에서 선택을 바꿀 경우 우주비행선이 있는 문을 고르게 될 확률은 100분의 99야. 당연하지. 99개 중 1개가 정답일 확률이 100분의 99인데, 프테 님이 그 1개를 알려주셨으니까!"

"그렇지만 이렇게 생각할 수도 있잖아요. 100개 중 1개가 정답인데, 정답이 아닌 98개가 밝혀지고 2개만 남았다, 이런 식으로요."

"그 2개가 다 프테 님의 선택이야? 아니지. 2개 중 하나는 '네가' 골랐잖아! 아무것도 모르는 네가! 프테 님은 100개 중 2개의 문을 남기

242   비데리 논 에쎄 - 무한대로의 모험

신 적이 없어. 99개 중 1개의 문을 남기신 거지. 결과적으로는 2개의 문이 남긴 했지만, 거기엔 네가 한몫한 거라고. 프테 님이 고르시기 전에 이미 네가 살아남을 문 하나를 확정해 버렸잖아. 그 결과로 프테 님의 선택 범위는 100개에서 99개로 줄었고, 따라서 그분은 99개 중 1개를 남기시게 된 거지. 절대로 프테 님은 2개의 문을 남기시지 않아! 레슬러 비유로 돌아가자면, 프테 님은 절대 2명의 레슬러를 남기시지 않는다고! 수많은 레슬러 중에서 언제나 가장 강한 1명만을 남기시지. 100명의 레슬러가 있다면 실력 검증을 통해 99명을 탈락시키고 딱 1명만을 엄선하실 거라고. 그런데 이 경우, 그러기 전에 네가 레슬러 1명을 데려가 버린 거야. 어쩔 수 없이 프테 님은 100명이 아닌 99명의 레슬러에서 1명을 엄선하게 되신 거지. 99명 중에서 엄선된 레슬러는, 아마 100명 중에서도 가장 강하지 않을까? 그 레슬러든 네가 고른 레슬러든 가장 강할 확률은 똑같다고 한다면 프테 님은 얼마나 황당하시겠어?"

"……그러네요."

소년은 어느 정도 수긍한다.

"이젠 꽤나 직관적으로 와 닿지 않아? 확률이 왜 2분의 1일 수가 없는지 말이야. 확률이 2분의 1이려면 프테 님 스스로 2개의 문을 남기셔야 해. 아니면 프테 님도 너처럼 아무렇게나 문을 고르셔야지. 문이 세 개가 있고 먼저 프테 님이 문 하나를 열어 염소를 보여주신 다음 너보고 비행선이 있는 문을 고르라고 하신다면, 어떤 문이든 네 입장에선 확률이 2분의 1이야. 아니면 네가 세 개의 문 가운데 하나를 고른 상태에서 프테 님이 아무렇게나 문 하나를 여셨는데 그게 우연히도 염소가 든 문이었다면, 남겨진 문은 엄선된 문이 아니니 역시나 확률은 2분의 1이지. 그렇지만 그런 규칙이 아니잖아."

메노스는 문고리를 만지작거린다.

"또 이런 식으로 딴죽을 걸 수도 있어. 네가 처음에 고른 문이 비행선이 있는 문일 경우, 프테 님에게는 남은 두 개의 문 가운데 어떤 문을 열고 어떤 문을 남길지 자유롭게 고를 수 있는 선택권이 주어지지. 우리는 고작 3분의 1의 확률로만 주어지는 프테 님의 선택권에 대해 별 얘기를 하지 않았지만, 사실 프테 님이 이 선택권을 어떻게 사용하시냐에 따라 확률은 달라질 수 있어. 이를테면 편향된 선택을 하실 수도 있다는 말이지. 예를 들어 두 번째 문과 세 번째 문 사이에서 선택권이 있다면 되도록 세 번째 문을 열고 두 번째 문을 남긴다든지 하시는 거야. 그런 정보가 너에게 있다면 선택을 유지했을 때와 바꿨을 때의 확률이 3분의 1과 3분의 2로 딱 떨어지지 않게 돼. 예를 들어 네가 처음에 첫 번째 문을 골랐는데 프테 님께서 두 번째 문을 여신다고 해 봐. 만약 첫 번째 문에 비행선이 있다면 프테 님은 세 번째 문을 여셨겠지. 따라서 이 경우, 선택을 바꿨을 때 확률은 프테 님이 얼마나 편향되어 있느냐에 따라 이론상으로는 100%가 될 수도 있어. 반대로 프테 님이 세 번째 문을 여셨을 경우, 그게 프테 님의 편향된 선택인지 어쩔 수 없는 행동인지 알 방법이 없게 되지. 따라서 프테 님이 얼마나 편향되어 있느냐에 따라 선택을 유지했을 때와 바꿨을 때의 확률이 똑같아질 수도 있어. 그러므로 선택을 바꿨을 때 확률이 정확히 3분의 2라는 건 프테 님이 편향된 선택을 하지 않으신다는 전제하에서만 성립하지, 그 전제를 걷어내는 순간 확률은 50%도 될 수 있고, 100%도 될 수 있고, 그 사이의 어떤 것이든 될 수 있는 거야. 분명 논리적으로는 옳은 주장이지. 옳긴 하지만, 부질없어."

"아, 그런 거예요?"

갑작스런 반전에 소년은 눈을 동그랗게 뜬다.

"예를 들어 내가 너 모르게 두 개의 종이컵을 뒤집어 놓고 한 개에만 동전을 넣어두었다고 해 보자고. 너한테는 둘 중 한 컵에만 동전이 있다는 정보밖에 없어. 내가 만약 어느 한 컵을 가리키며 '이 컵에 동전이 있을 확률은 얼마야?'라고 묻는다면 너는 뭐라고 대답할 거야? 아, 참고로 내가 편향되지 않았다는 근거는 하나도 없어."

"글쎄요, 그게..."

"너는 확률이 50%라고 대답할래? 아니면 '0 ~ 100%'라고 대답할래? 몬티 홀 문제에서 선택을 바꿨을 때 확률이 확정되지 않았다는 사람들의 논리에 따르면 너는 '0 ~ 100%'라고 대답해야 해. 내가 편향되었을 수도 있기 때문이지. 내가 그 컵을 너무 좋아해서 매번 그 컵에만 동전을 넣을 수도 있잖아. 그럴 경우 확률은 100%가 돼. 반대로 다른 한 컵을 너무 좋아해서 매번 거기에만 동전을 넣을 수도 있지. 그러면 확률은 0%고. 따라서 둘 중 특정한 한 컵에 동전이 있을 확률을 50%라고 할 수가 없고, '0 ~ 100%'라고 해야만 한다는 거야. 맞는 말이긴 하지. 그런데 그러면 확률을 구하는 의미가 없잖아. 그런 식이면 컵이 세 개여도, 여섯 개여도, 백만 개여도 내가 편향되지 않았다는 근거가 없는 이상 확률은 언제나 '0 ~ 100%'일 거야. 내가 편향되지 않았다는 근거가 없긴 하지. 그렇지만 너는 내가 어느 컵에 편향되었는지 모르잖아. 마찬가지로 프테 님이 문을 고르실 때 편향되지 않았다는 근거는 없지만, 그분의 선택이 어느 문에 편향되었는지 우린 모른단 말이지. 모르니까 동확률추정을 하는 거야. 모르니까 확률이란 것을 구하는 거고."

메노스는 만지작거리던 문고리를 비틀어 꺾고, 속에 숨어 있던 분필을 집어 든다. 그녀는 이렇게 적어 보인다.

'모든 주사위는 편향되어 있다.'

"주사위가 편향되지 않았다는 근거를 찾는 건 불가능해. 아무리 모든 면이 균일하게 만들어진 주사위라도 던지는 순간 편향성이 생기지. 그렇지만 주사위를 쓰는 데는 문제가 없어. 주사위가 편향되지 않았다는 근거가 있어서가 아니라, 어느 눈에 편향되었는지 모른다는 무지가 있으니까. 확률은 무지가 만들어내는 거야. 동확률추정의 원칙도 마찬가지지. 프테 님이 문을 고르실 때 편향되지 않았다는 근거는 없음에도 우린 프테 님이 편향되지 않았다고 추정할 거야. 왜? 우린 '무지'하니까."

그녀는 소년이 숨을 고를 수 있게 잠깐 뜸을 들인다. 소년이 소화를 마치자 비로소 그녀는 말을 이어간다.

"이쯤 되면 너도 느끼고 있겠지만, 확률이란 건 별로 믿음직스럽지가 못해. 확률은 불안정하고, 때때로 임의적이지. 그렇지만 나름의 의미는 있는 거야. 두 개의 종이컵에서 어느 컵에 동전이 들었는지 우리는 몰라. 세 개의 종이컵에서 어느 컵에 동전이 들었는지도 모르지. 확률은 답을 가르쳐 주지 않고, 각 종이컵에 동전이 있을 확률이 서로 같다는 임의적인 전제를 바탕으로 불안정한 수치만을 던져 줄 뿐이야. 그렇지만 컵이 두 개일 때와 세 개일 때 다른 수치가 나오잖아. 그건 의미가 있는 거라고. 물론 무한 개의 컵에서 동전이 있는 하나의 컵을 찾아야 할 경우, 실제로 동전이 있는 컵에 동전이 있을 확률이 0이었다는 모순된 결론이 나오긴 하지만, 적어도 동확률추정의 원칙을 거부하며 확률이 '0 ~ 100%'라고 답하는 것보다는 의미가 있지 않을까? '0 ~ 100%'라는 답은 그냥 동전이 어디 있는지 모르겠다는 말을 표현만 바꿔서 한 것뿐이잖아. 모른다는 것은 이미 우리도 알아. 세 개의 문 가운데 어느 문에 비행선이 있는지 알았다면 우리가 확률을 왜 구하고 있겠어? '모르니까' 확률을 구하는 거라고. 그러니까, 확률이 답을 알려주지 않는다고 해서 아무 의미가 없다고 해 버리면 안 된다는 거야. 무지 속에서도 나름의 의미를 이끌어낸 결과물이 바로 확률이지. 몬티 홀 문제에서, 처음에 한 선택을 바꿨을 때 비행선이 있는 문을 고를 확률이 선택을 바꾸지 않았을 때보다 두 배 높아. 그게 비행선이 어디 있는지 알려주지도 않고, 추가적인 정보에 따라 얼마든지 변할 수 있는 불안정한 결론이지만, 나름의 의미는 있다는 거야."

말을 마친 그녀는 소년의 얼굴을 살핀다.

"설명하다 보니 얘기가 길어졌네. 한 강의에 너무 많은 얘기를 하고 말았어."

그녀는 분필을 집어넣는다.

"다 필요 없고, 선택을 바꾸는 것이 왜 확률을 증가시키는지만 기억하면 돼. 내가 한 설명이 너에게 어떻게 와 닿았는지는 모르겠어. 직관적으로 납득이 되었으면 좋겠는데 말이야. 만약 그 설명이 직관적으로 이해되지 않는다면, 그냥 단순하게 무조건 선택을 바꾸어 봐. 만약 네가 처음에 고른 문에 비행선이 있다면, 너는 거기서 선택을 바꿀 테니까 염소가 있는 문을 고르게 되겠지. 만약 네가 처음에 고른 문에 염소가 있다면, 너는 프테 님이 엄선하여 남기신 문으로 선택을 바꿀 테고 그 문에는 비행선이 있겠지. 네가 처음에 고를 수 있는 문 가운데 염소가 있는 문이 비행선이 있는 문의 '2배'만큼 있으니까, 선택을 바꿨을 때 비행선이 있는 문을 고를 확률이 염소가 있는 문의 '2배'인 거야. 어때, 별로 어렵지 않지?"

소년은 어깨를 으쓱해 보인다.

"뭐, 그럭저럭 이해하고 있어요."

"좋아. 그럼 마지막으로 실전이야. 네가 참가자고, 나는 사회자를 맡지. 너나 나나 이제 돌아가 봐야 되잖아. 그런데 비행선에는 한 사람만 탈 수 있다고. 따라서 이건 둘 사이의 내기야. 네가 고른 문에 비행선이 있다면 넌 비행선을 타고 숙소에 돌아가는 거고, 염소가 있다면 뭐, 염소를 타야겠지. 그리고 나는 비행선을 타고. 어때?"

"좋아요. 어차피 제가 이길 확률이 훨씬 높으니까요."

"그럼 일단 문 하나를 골라 봐."

"음... 첫 번째 문을 고르겠어요."

"좋아."

메노스는 그렇게 외치고 세 번째 문을 열어 안으로 들어간다. 잠시 뒤 엔진 소리가 들리고, 별안간 문밖으로 웬 비행 물체가 튀어나오더니 순식간에 저 멀리로 날아가 버린다.

"이게 무슨..."

소년이 눈으로 비행선의 뒤꽁무니를 쫓는 동안 메노스는 빠른 속도로 그에게서 멀어져 간다.

11번째 날

생각보다 일찍 터칭 빌딩을 나서게 된 소년은 갈 곳이 없었는지 메노스의 호떡집에 다시 들어선다.

매우 좁아 보이는 가게 내부다. 허나 구석에 염소 한 마리가 떡 버티어 서서 무언가를 뜯어먹고 있는 모습을 보면 누구라도 그 이유를 납득할 것이다.

"이 녀석이 가게 안에 있던 밀가루 봉지를 터트려서 한바탕 난리가 났다고. 치우느라 얼마나 고생했는지 알아?"

가게 주인이 나타나서 소년이 오늘 아침 가게 안에 들여놓은 염소에 대해 불평한다.

"저를 속이고 비행선을 타신 대가예요. 덕분에 어제 이 녀석하고 얼마나 고생을 했는데요. 여기서 얻어먹을 구실로는 충분하지 않나요?"

"엄밀히 말해 메노스가 속인 건 아니지."

가게 안에 앉아 있는 다른 누군가가 말한다.

"네가 문을 고르면 문 뒤에 있는 것을 타고 가야 한다고만 했지, 선택한 문을 바꿀 기회를 준다고는 하지 않았잖아."

"누구세요?"

소년은 그녀를 물끄러미 바라보며 묻는다. 메노스가 다가와 소개한다.

"내 언니야. 프테 님의 친위대장이지. 아마 환영식 때 본 적이 있을 거야."

메노스의 소개를 받은 그녀는 자리에서 일어나 그에게 손을 내민다.

"마스라고 해. 반가워."

둘의 악수가 이어지고, 메노스는 소년에게 묻는다.

"근데 왜 이렇게 빨리 돌아온 거야? 프테 님의 강의를 들으러 간 것 아니었어? 오늘 아침 네가 여기 들렀을 때 그랬잖아. 프테 님한테 여쭤 볼 것이 있어서 터칭 빌딩에 간다고."

"그랬죠. 하지만 아무래도 오늘은 날이 아닌가 봐요. 제곱근에 관한 단순한 질문인데도 오늘은 강의가 없다며 문전박대를 하시더라고요. 이틀 전에는 질문이 있으면 오늘 찾아오라고 하셨는데 말이죠."

"뭐, 그런 날도 있는 거겠지. 마침 잘 됐어. 여기 단골끼리 모여서 담소를 나누던 중이었거든. 배고프면 너도 자리에 앉아."

소년은 그리하여 마스와 메노스, 그리고 웬 트라바용 족과 한 테이블에 앉게 된다.

"그래서... 프테 님이 정말로 '오늘' 찾아오라고 하신 거야? 오늘, '금일' 말이야?"

트라바용 족이 바닥에 깔린 듯한 목소리로 넌지시 물어본다.

"또 그 얘기야? 거 참, 새 영혼하고 얘기할 기회가 생길 때마다 저런

다니까."

지켜보던 마스가 한마디 한다. 메노스는 그를 '학사모 쓰고 곡괭이질 하는 이스트 스테이션의 노동자'라고 소개한다.

"렐라티오라고 해. 앞으로 잘 지내보자고."

그가 내민 커다란 손과 악수하느라 소년은 일어나서 양손을 다 쓰고야 만다. 자리에 다시 앉으며 묻는다.

"그런데 무슨 얘기예요? 오늘이란 게?"

"저기 걸린 액자를 한번 봐봐."

마스가 턱으로 가리킨 곳엔 벽에 액자가 하나 걸려 있다. 액자는 하얀 바탕에 검은 글씨로 두 문장만을 담고 있다.

> *어제가 내일이었으면 좋겠다.*
> *그럼 오늘이 금요일일 텐데.*

"재미있는 말이지. 수수께끼는 이거야. 그럼 과연 오늘은 무슨 요일인가?"

출제를 마친 노동자는 그 흡족한 턱을 내밀어 보이며 끄덕인다.

"한번 맞혀 보시게, 젊은 영혼이여. 아, '금요일'이라 답하진 말게. 그런 답을 들으려고 이 수수께끼를 내는 건 아니거든."

"어제가 내일이면... 오늘이 금요일...?"

소년은 입속으로 질문을 곱씹어 본다.

"그래. 그 사실로부터 역으로 오늘의 요일을 추론할 수 있지. 오늘이 무슨 요일이어야 그렇게 돼?"

한참을 생각하던 소년은 자신 없는 목소리로 한 답안을 꺼내든다.

"······수요일 아닐까요?"

소년을 제외한 셋은 서로 눈이 마주치며 웃는다.

"왜 그렇게 생각했어?"

메노스가 물어본다.

"······오늘이 수요일이면 내일은 목요일이잖아요. 그럼 '어제가 내일이었으면'이란 말은 '어제가 목요일이었으면'이 되고 그럴 경우 오늘은 금요일이 되죠."

소년은 주눅 들지 않고 자신의 생각을 말한다. 반응은 즉각적이다.

"좋은 논증이야! 역시 젊은 영혼이라 두뇌 회전이 빠르구먼."

렐라티오는 커다란 손을 부딪쳐 굉음에 가까운 박수 소리를 낸다.

"하지만 이렇게 생각할 수도 있지 않을까?"

그는 목소리를 낮춰 말을 이어간다.

"오늘이 수요일이면 어제는 화요일이잖아. 그럼 '어제가 내일이었으면'이란 말은 '화요일이 내일이었으면'이 되지. 화요일이 내일일 경우 오늘은 월요일이 되고. 금요일이 안 된단 말이야. 반대로 오늘이 일요일이라면 어제는 토요일이니까, 문제에 맞춰 토요일이 내일이 된다면 오늘은 금요일이 되지. 따라서 이 문제의 답은 일요일이 되어야 할 것 같은데? 어떻게 생각해?"

"글쎄요... 그게 또 그렇게 되나요?"

그의 반론에 소년은 또다시 고뇌에 빠져 생각한다. 마스가 렐라티오에게 한 소리 한다.

"그만 질질 끌고 어서 답이나 얘기해."

"알았어, 알았어."

손사래를 치던 그는 소년을 쳐다보며 말한다.

"답은 둘 다야. 문제를 해석하기에 따라 수요일도 될 수 있고 일요일도 될 수 있지."

"그런가요? 하지만 왜 그런 거죠?"

"왜냐하면 이 세상에는 내일이 두 개 있거든. 절대로 오지 않는 내일, 그리고 반드시 오는 내일. 이렇게 두 개가 말이야."

"절대로 오지 않는 내일과 반드시 오는 내일?"

"그래. 흔히들 말하잖아? 내일은 항상 하루 뒤라고. 그 관점에선 내일은 절대 찾아올 수가 없지. 시간이 지나 하루가 지난다 해도, 내일이 오늘이 된 게 아니잖아. 언제나 하루 뒤가 되는 내일은 계속 존재한다고. 내일은 항상 다음 날일 뿐이야. 그게 바로 '절대로 오지 않는 내일'이지."

"그럼 '반드시 오는 내일'은요?"

"이렇게 생각할 수도 있지. 오늘 날짜가 17일이라고 해 봐. 그렇다면 내일은 18일이잖아. 오늘 시점에서 '내일'이라는 말은 '18일'을 뜻하는 단어로 쓰일 수가 있는 거지. 그 '내일'은 언제까지고 다음 날이 아니야. 18일이라는 '특정한 날'이니까. 시간이 멈추지 않는 이상, 길어야 24시간 내에는 '반드시 오는 내일'이지."

그는 테이블 위에 올라 있는 호떡을 커다란 손으로 집어 먹는다. 호떡이 그의 목구멍으로 넘어가는 동안 메노스가 말문을 연다.

"절대로 오지 않는 내일을 '보편적 내일'이라고 해. 이곳 학계에서 쓰는 말이지. 반드시 오는 내일은 반대로 '특정적 내일'이라고 불러."

"내일만이 아냐. 어제도 마찬가지지." 호떡이 다 넘어가지도 않은 채 렐라티오는 체할 듯 말을 잇는다. "어제도 마찬가지로 '보편적 어제'가 있고 '특정적 어제'가 있어. 이 수수께끼는 바로 그 개념들을 뒤섞는 과정에서 답을 찾을 수 있는 거야."

삼키는 소리가 난 후 설명이 이어진다.

"이 수수께끼에서 해석이 갈리는 부분은 바로 '어제가 내일'이라는 표현이야. 여기서 말하는 '어제'와 '내일'이 보편적인 의미인지, 특정적인 의미인지 딱 잘라 말할 수 없어. 따라서 네 가지 경우가 존재하지. 보편적 어제와 보편적 내일일 경우, 보편적 어제와 특정적 내일일 경우, 특정적 어제와 보편적 내일일 경우, 그리고 특정적 어제와 특정적 내일일 경우. 이 네 가지 조합 중 '어제가 내일'이라는 표현이 논리적으로 가능한 조합은 딱 두 개야. 어제와 내일이 둘 다 보편적이거나 둘 다 특정적일 수는 없거든."

"왜 그렇죠?" 소년이 묻는다.

"한번 생각해 보시게. 시간이 순환하는 것도 아니고, 과거와 미래가 같은 시점일 순 없지 않겠나? 보편적 어제가 보편적 내일일 수는 없지. '하루 전날'이 '하루 다음 날'과 같은 날일 수는 없잖아. 마찬가지로 특정적 어제가 특정적 내일이라는 것도 말이 안 돼. 16일이 18일과 같은 날이 아니잖아. 따라서 가능한 경우는 보편적 어제(하루 전날)가 특정적 내일(18일)인 경우와..."

"특정적 어제(16일)가 보편적 내일(하루 다음 날)인 경우, 딱 두 가지뿐
이겠네요."

"그렇지."

"만약 보편적 어제(하루 전날)가 특정적 내일(18일)이라면 오늘은 19일
의 금요일이 되죠. 따라서 원래 오늘인 17일은 수요일이에요. 반대로
특정적 어제(16일)가 보편적 내일(하루 다음 날)이라면 오늘은 15일의 금
요일이니까 원래 오늘인 17일은 일요일이 되는 거죠! 이래서 수수께끼
의 답이 수요일, 일요일로 두 개 있는 거군요!"

"바로 그거야!"

소년은 이제 다 이해가 된 듯 설명하고, 렐라티오는 손가락을 튕기
며 외친다.

"무엇이 이런 차이를 만드는지 알 필요가 있어." 마스가 앞에서 거든
다. "내일이나 어제라는 개념의 상대성 때문에 이런 일이 일어나는 거
야. 오늘이 무슨 날이냐에 따라 내일은 달라지잖아. 어제도 마찬가지
고. 바로 그 상대성으로 인해 그 단어들의 보편적 의미와 특정적 의미
가 구분되고, 우리가 그 단어들을 쓸 때는 둘 중 한 의미만을 말하게
되지."

"상대성을 동반하는 표현이라면 모두 여기에 해당돼. 내일이나 어제
만이 아니라는 거지." 메노스도 거든다.

"또 어떤 게 있을까요?"

소년의 질문에 렐라티오는 고개를 좌우로 뒤뚱거리며 거들먹인다.

"예를 들자면 뭐, '100미터 앞'이라든지, '뒤'라든지... '너'와 '나'라든지, 이런 걸 생각할 수 있겠지. 상대적이기만 하면 뭐든지 괜찮아. 그게 무엇인지 잘 모르겠다면 보편적 의미와 특정적 의미가 극적으로 드러나는 문장에 대입해 분간하면 되지."

"어떤 문장이요?"

"저길 봐."

아까 가리켰던 액자에 소년의 눈길이 또다시 닿는다. 흥미롭게도 액자는 이제 하나의 문장을 보이고 있다.

내일이 되면, 내일은 내일이 아니게 돼.

"저 문장엔 '내일'이 세 번 쓰였네. 어떤 '내일'이 보편적 내일이고 어떤 '내일'이 특정적 내일일까? 한번 맞춰 볼래?"

"음... 일단 첫 번째 '내일'은 특정적 내일이네요."

"그렇지. 보편적 내일은 절대로 찾아오지 않으니까."

"두 번째와 세 번째는... 어... 두 번째가 특정적 내일이고 세 번째가 보편적 내일일까요?"

"그거야. 잘 맞췄네. 이제 저기에 '내일' 말고 다른 말을 집어넣어 봐. 그게 상대성을 동반하는 개념이라면, 어떤 말을 넣어 문장을 만들든 결과는 똑같을 거야."

"어제가 되면, 어제는 어제가 아니게 돼." 메노스가 다시 거든다. "100미터 앞에 이르면, 100미터 앞은 100미터 앞이 아니게 돼."

소년은 메노스가 말한 문장들을 하나하나 따져 보고는, 그것들이 보편적 의미와 특정적 의미의 구분에 있어 앞선 문장과 다르지 않다는 사실을 인정한다.

"어때? 좋은 걸 배웠지?"

렐라티오는 호탕한 소리로 외치며 냉큼 호떡을 하나 더 집어 먹는다.

"음료를 내드리지. 가뭄으로 그 목이 갈라지기 전에."

메노스는 그리 말하며 양손을 위로 올려 손뼉을 두 번 친다. 홀로그램 종업원이 쟁반에 칵테일 잔을 네 개 준비하여 나타난다.

모두 한 잔씩 집는다. 소년이 집은 잔에는 블루 레모네이드가 채워져 있다. 그는 잠시 가게 안을 돌아보다가 메뉴판을 못 찾고는 묻는다.

"갑자기 궁금해졌는데요. 여기서도 돈을 받고 물건을 파나요? 이를테면 이 음료는 한 잔에 얼마예요?"

나머지 셋은 잠깐 피식하더니 곧이어 웃음을 터트린다.

"그 음료라... 그 음료로 말할 것 같으면 말이지..." 씰룩거리는 입을 진정시키며 메노스가 말한다.

"공급을 어떻게 해? 딴 데서 사오나?"

렐라티오가 그녀에게 묻는다.

"아니. '저수지'에서 퍼 오지."

"저수지라니요?"

그녀의 능글맞은 대답에 소년은 의아해한다.

"이곳에서 서쪽으로 쭉, 시 외곽에 가 봐." 마스가 그의 의문을 해소해 준다. "투명색의 거대한 수통이 떡하니 버티고 서 있지. 우린 그걸

'저수지'라 불러. 수통에 달린 수도꼭지를 확, 거기서 물을 받으면 그게 바로 음료가 되는 거야."

"그 '저수지'는 누구나 이용할 수 있나요?"

"아니. 그건 이 가게의 사유 재산이야." 메노스가 대답한다.

"그럼 빗물 같은 걸 받아서 물을 채워두나요?"

"아니야. '저수지'라는 건 이름뿐이고, 실제로는 그냥 통이지. 밀폐된 용기라고."

"그렇다면 정기적으로 그 통에 물을 채워놓아야 할 테니 돈이 들겠네요. 그 돈은 음료를 팔 때 돈을 받아 충당하는 거고요. 맞죠?"

소년은 반짝이는 눈으로 메노스가 자신의 말을 인정하기만을 기다린다. 하지만 그녀는 그저 씨익 웃을 뿐이다.

"아무도 물을 채우지 않아. 채우지는 않고 그저 쓰기만 할 뿐이지."

"그렇다면 언젠가 물이 떨어질 텐데요... 아, 알았다."

바로 감을 잡은 소년의 눈은 방금 전보다도 더 반짝인다.

"……'저수지'가 무한히 크군요?"

"정답이야."

메노스는 씰룩이는 입 위로 고개를 끄덕인다.

"이젠 눈치가 빨라졌군 그래. 네가 짐작한 대로, '저수지'의 끝은 존재하지 않아. 폭이나 높이는 유한하지만, 길이는 무한대지. 따라서 물이 동날 일도 없고, 이 가게에서 파는 음료의 공급은 무한한 거야. 반면 유한한 크기인 가게에 올 수 있는 손님은 유한 명으로 한정되어 있으니, 수요는 유한할 수밖에 없지."

"수요와 공급의 법칙이란 게 있으니, 이 가게에선 음료가 공짜여야 겠네요."

"그런데 그게 그렇지가 않단 말이지."

"그래요?"

소년은 눈을 동그랗게 뜬다.

"이게 말이야, 음료 자체로만 보면 공짜가 맞다 할 수 있겠지만, 가게에서 상품의 가격을 정할 때는 다른 것들도 고려해서 해야 하거든. 예를 들어, '저수지'로부터 물을 길어서 여기까지 나르는 데는 노동력이 필요하단 말이지. 또한 가게 안에서 서빙을 하는 우리 홀로그램 친구도 비용을 잡아먹는단 말이야. 이 외에도 가게를 유지하고 운영하는데 드는 자잘한 노동력과 비용이 음료의 가격을 0으로 하지 못하게해. 어쩔 수 없이 어느 정도의 대가는 받아야 하지. 그래야 가게를 계속 할 수 있으니까. 가격이 0에 가까울 정도로 싸게 음료를 파는 것은 가능해도, 아예 공짜라고 정해 놓는 것은 곤란하단 말씀이야."

말을 마친 메노스는 잔을 들어 내용물을 한 모금 마신다.

"그럼 음료는 결국 돈을 주고 마셔야 한다는 것이군요? 그렇다면 이곳에도 화폐가 있을 텐데요..."

"음... 꼭 그런 건 아냐." 그녀는 소년에게 말한다. "음료의 가격이 0은 아니지만, 0에 가까울 정도로 싸다는 것에는 변함이 없지. 그리고 그건 이 세계에서 거래되는 대부분의 상품들도 마찬가지야. 따라서 굳이 특정한 매개물을 화폐로 정할 정도로 돈이 많이 필요하지 않지. 거래는 그냥 물물교환으로 하거나, 외상을 달고 나중에 부탁을 들어주는 식으로 하는 게 대부분이야."

메노스는 잔을 살짝 들어올린다.

"넌 걱정할 필요 없어. 프테 님의 제자인 것으로 이미 대가를 받은 셈 치지 뭐."

그녀는 소년에게 건배를 제안한다. 둘이 잔을 부딪치려는 자리에 렐라티오가 황급히 잔을 들어 같이 한다. 혼자 남아 당황한 마스의 잔은 뒤늦게 따라간다.

"가게에서 얻어먹는 대가가 프테 님의 가르침을 받는 거라니." 쭉 들이켠 잔을 내려놓으며 렐라티오가 부러운 듯 말한다. "이거 완전히 '꿩 먹고 알 먹고'잖아? 말하자면 마이너스 가격이네."

'마이너스 가격'이라는 말에 마스는 쿡 웃음이 터진다.

"왜요?" 소년은 의아해한다.

"아니, 그냥. 저게 저 녀석 입버릇이거든. 얘기하다가 꼭 '마이너스'란 말로 끝맺는 거."

그녀는 낄낄대며 팔꿈치로 주위에 있는 옆구리를 찌른다.

"마이너스를 참 좋아해 쟤가."

그녀의 그렇고말고 하는 얼굴에 소년은 멋도 모르고 고개를 끄덕인다.

"음의 영역이란 게 흥미로운 개념이긴 하죠. 어떤 계기가 있었나요?"

"뭐, 언쟁이 있었지. 나랑 쟤랑." 그녀가 이야기에 시동을 건다.

"철학적 토론이라고 해 두지." 렐라티오가 끼어든다.

"어쨌든, 논점은 이런 거야. 높은 곳에서 공을 떨어뜨려 본 적 있어? 한 10미터 높이에서 떨어뜨린다고 해 보자고. 혹시 위치에너지랑 운동에너지라고 알까 모르겠네."

"네, 알아요." 소년은 재빨리 대답한다. "공을 손으로 쥐고 있는 상태에서는 공이 움직이지 않잖아요. 운동에너지가 0인 거죠. 반면 손은 힘들 거예요. 중력 때문에 공이 아래로 떨어지려 할 테니까요. 공에는 아래로 떨어지려는 위치에너지가 가득해요. 손은 말하자면 그 위치에너지가 흘러내리지 않게 담아두고 있는 그릇의 역할을 하고 있는 거죠. 어떻게든 흘러내리려는 에너지를 막고 있으려니 손이 힘든 거고요. 하지만 공을 잡고 있던 그 손을 놓는 순간, 그릇은 깨지는 거죠. 공에게는 떨어질 일만 남았어요. 흘러내리는 위치에너지는 운동에너지로 변해요. 공은 아래로 움직이고, 위치에너지는 계속 흘러내리죠. 더 흘러내릴수록 운동에너지는 많아지고요. 공은 점점 더 빨리 떨어지죠. 그렇게 10미터를 떨어지는 동안, 공의 위치에너지는 줄어들고 운동에너지는 늘어나면서 공은 점점 가속하는 거예요."

"이젠 이 친구가 모르는 것도 있을까 하는 생각이 드네." 렐라티오가 감탄의 눈을 하며 메노스에게 말한다.

"그렇게 공은 계속 빨라지고, 깨진 그릇에선 위치에너지가 계속 새어 나가겠지요. 어느 순간 위치에너지는 다 새어 나가고 없을 거예요. 그때가 바로 운동에너지가 공에 가득해지는 순간이며, 공이 최고 속력에 이르는 시점이죠."

"바로 그 시점이 문제야! 이 녀석이 갑자기 딴죽을 걸더라고."

마스가 렐라티오를 가리키며 외친다.

"이 녀석 말이, 그 시점에서 공은 최고 속력일 수가 없다는 거야."

"왜요?"

소년의 물음에 당사자가 직접 말한다.

"말하자면 이런 거지. 공이 바닥에 부딪혔을 텐데 어떻게 최고 속력이 나와?"

소년은 잠시 생각한 후에야 그 질문의 의미를 깨닫는다.

"그러니까, 위치에너지가 0이 된 시점에서 공은 이미 10미터를 다 떨어졌으니 바닥에 가로막혔다는 거군요?"

"그렇지! 가로막혔거나, 아니면 부딪힐 때의 충격으로 튕겨 나오거나, 어느 쪽이든 공이 최고 속력으로 떨어지는 건 아니잖아."

"듣고 보니 그러네요."

그의 말에 고개를 끄덕이면서도 소년은 피식 터져 나오는 웃음을 참지 못한다.

"그래서 결론이 뭐였어요? 최고 속력은 공이 바닥에 닿진 않으면서 무한히 가까운 위치에서... 뭐 이런 식의 말로 매듭지었나요?"

"천만에. 메노스가 해결사로 나서서 싹, 이 녀석의 의문은 의외로 단순하게 정리되었지."

마스가 설명을 이어간다.

"사실 어렵게 생각할 것도 없어. 공이 10미터를 떨어진 후 맞닥뜨리는 '바닥'이, 진짜 바닥일 필요는 없잖아? 그냥 진공에 떠 있는, '가상의 기준면'이라 해도 된단 말이지. 물체의 위치에너지와 운동에너지를 설명하는 데 있어 굳이 물질적인 의미의 바닥을 설정하여 또 다른 학문 용어인 수직항력을 변수로 개입시킬 이유가 처음부터 없는 거였어. 다른 변수가 문제가 된다면 빼고 생각하면 된다, 그게 메노스가 한 답변의 요지였지."

"그렇게 생각하면 해결되긴 하겠네요. 바닥이 가상의 기준면이라면 공을 가로막을 일도 없을 테고 공은 그냥 통과할 테니까요."

소년은 고개를 끄덕끄덕한다.

"그러면 바닥을 통과한 공은 어떻게 되는 거죠?"

"계속 떨어질 거야."

이번엔 메노스가 답한다.

"계속 떨어질 거고, 심지어 점점 더 빨리 떨어질 거야. 운동에너지는 계속해서 늘어날 거거든. 중력을 받고 있는 이상 공은 가속할 수밖에 없지."

"그렇지만 위치에너지가 다 떨어졌잖아요."

"그렇지. 그러니 우린 이걸 보고 뭐라고 얘기해야 할까?" 마스가 옆에서 거든다.

메노스는 한번 어깨를 으쓱해 보이고는 말을 이어나간다.

"뭐, 그냥 해석상의 문제긴 한데... 이런 경우에 위치에너지는 마이너스가 되었다고 해야겠지."

"아, 그래서 '마이너스'군요!"

소년은 이제야 알겠다는 표정으로 테이블에 앉은 셋을 둘러본다. 마스도 신이 나서 말문을 터트린다.

"한 마디로 공은 에너지까지 꾸면서 떨어진다는 얘기지! 공을 막는 장애물이 하나도 없다고 가정한다면, 공은 중력이 계속되는 한 끝없이 더 빠른 속력으로 떨어질 거야."

"그렇지만 그 말은 공이 바닥에 닿았을 때보다도 바닥을 통과한 후에 더 빨리 떨어진다는 얘기잖아요. 그렇다면 결국 바닥에 닿은 시점에서 공이 최고 속력이 아니라는 말은 맞았던 게 되는데요?"

"바로 그게 이 녀석의 지적이었어." 그녀는 렐라티오를 가리키며 외친다. "이 녀석도 똑같은 말을 했지."

"어떻게 답변하셨나요?"

"메노스가 답변했지. 요지는 이런 거야. 바닥에서 수직으로 솟아오르는 공이 있어. 1초에 3미터를 올라가지. 그럴 경우, 이 공이 3초 후에 어디 있을지를 따지지, '마이너스 3초' 후에 어디 있을지를 보통 따질까?"

"어..."

감을 못 잡은 소년이 가만히 있자 해당 설명의 장본인이 직접 나선다.

"마이너스의 세계는 사람들에게 친숙히 다가오지 않지. 플러스의 질량, 플러스의 신장을 지닌 존재에게 마이너스 높이라는 게 와닿기는 어려울 거야. 1초에 3미터를 오르는 공의 경우, 사람들은 그 공이 딱 기준면에 놓였던 시점을 기준 시점으로 잡아. 거기서 플러스의 방향으로만 사고를 확장하지, 군이 마이너스 쪽으로 가서 '그럼 마이너스 3초 후에는 공이 지하 9미터에 있었냐?'와 같은 질문을 던지진 않는다고. 떨어지는 공도 마찬가지야. 공이 기준면에 닿아 위치에너지가 0이 되면, 사람들의 사고는 딱 거기까지지. 한 발짝만 내딛으면 '마이너스 위치에너지'라는 음의 영역을 밟을 수 있지만, 사람들은 굳이 그 영역을 침범하려 하지 않아. 마이너스의 세계는 플러스의 존재 대부분에겐 불필요하고 낯선 이상한 세계니까. 그러니 네 말이 맞아. 렐라티오도 지적했던 대로, 공은 엄밀히 말해 기준면에 닿는 시점에서 최고 속도를 내는 게 아니지. 하지만 위치에너지가 음의 영역을 침범하지 않는 '보통의' 설명에선, '공이 지하에서 떨어지는 시점'을 모두 들어내 버린 설명에선 그 시점이 최고 속도의 순간이 맞는 거야."

"바로 이렇게! 메노스는 렐라티오를 홀라당 넘겨 버린 거지." 마스가 추임새를 넣는다.

"하지만 그것에 너무 연연할 필요는 없어." 메노스는 계속 말한다. "보통의 설명은 말 그대로 보통의 설명일 뿐이잖아. 마이너스 세계를 배제하고 가는 것이 통상적이라고 해서 우리까지 그래야 하는 것은 아니지. 오히려 어떤 사람에겐, 통상적으로 다뤄지지 않는다는 점이 더욱 흥미를 끌 수도 있는 거잖아?"

"맞아요. 그런 것들이 절 여기에 오게 했죠." 소년은 격하게 동의한다.

"그러니 원하는 만큼 마이너스 위치, 마이너스 시간 등을 얘기하도록 해. 지상에서 수직으로 발사된 로켓이 마이너스 한 시간 후에 지하에 있었다는 얘기를 해도 여기선 아무도 널 놀리지 않을 거야."

소년은 웃음 띤 얼굴로 조용히 고개를 끄덕인다. 마스가 그에게만 들리게 조용히 말한다.

"이제 왜 렐라티오가 마이너스에 빠졌는지 알겠지?"

그녀는 감상에 젖어 키득거린다.

"지금 저 얘기를 그때도 하셨던 거군요..." 소년은 순순히 납득한다.

"그러면 로켓의 발사 위치는 어떻게 되는 거야?" 그녀가 모두의 주의를 환기한다. "지상에 있던 것이 발사되어 올라갔다고는 못하잖아? 마이너스 세계를 도입한다면 로켓은 발사 시점 이전엔 지하에 있어야 할 테니..."

"지하에서 위로 솟아오르던 로켓이 기준 시점에 딱 맞춰서 지상에 이르고, 그 뒤로는 하늘을 향해 끝없이 나아간다는 시나리오가 되겠지."

메노스는 깔끔하게 문장을 마무리한다.

"그럼 로켓의 위치가 최저인 시점은 언제야? 마이너스 방향으로 시간이 흐를수록 로켓의 위치는 계속 낮아지잖아. 마이너스 무한 시간 뒤엔 지표면보다 무한히 낮은 곳에 있을 테지."

"그러니 마이너스 무한 시간 뒤라고 할 수밖에 없겠지. 로켓에게는 더 이상 바닥이 없다고 보면 돼. 발사대 같은 것도 없고, 그냥 무한히 아래에서 올라와 무한히 위로 나아가는 거야."

"출발 지점이란 게 없다는 거지? 어딘가에 멈춰 있던 로켓이 어느 시점에 발사된 게 아니라. 아무리 마이너스 시간이 지나도 로켓은 여전히 불꽃을 뿜으며 움직이고 있는 상태일 거라는 얘기네."

"그렇지. 마이너스 무한 시간 뒤엔 지하 무한 미터에서 올라오고 있었고, 플러스 무한 시간 뒤엔 지상 무한 미터에서 올라가고 있겠지. 그냥 그런 거야. 영원히 멈추지 않는 로켓. 로켓의 궤적은 마이너스와 플러스의 존재하지 않는 끝을 잇는 하나의 직선이 되겠지."

"마치... 터칭 빌딩 같겠네요. 지상으로도 지하로도 무한 층이니까
요."

소년이 던진 한마디가 모두의 정곡을 찔러 웃음을 유발한다.

"그래. 사람들은 꼭 터칭 빌딩의 지상만 기억하더라니까. 지하층도
무한대인데 말이야."

렐라티오가 외친다.

"그러고 보니 궁금한 게 있어요." 소년은 이건 꼭 물어봐야겠다는
듯이 몸을 앞으로 빼며 말한다. "무한대의 반대말이 무한소인가요? 마
이너스 무한대가 아니라?"

"그야 관점에 따라 다르겠지."

마스는 그리 말하며 턱으로 또 어딘가를 가리킨다. 뒤돌아본 소년
은 'MVLTIPLICO QVOD SVM'이라고 쓰인 액자의 옆에서 이런 글
귀를 발견한다.

'가다'의 반대말은 '오다'일까, '멈추다'일까?

"내가 생각하는 바는 이래."

메노스가 말문을 연다.

"무한대의 반대가 마이너스 무한대라고 한다면, 그건 덧셈 뺄셈의
관점이야. 무한대는 덧셈의 극단이잖아. 양의 극단 말이야. 그렇다면
그 반대는 뺄셈의 극단이니까, 무한대의 반대는 마이너스 무한대가 되

는 거지. 반면에 곱셈 나눗셈의 관점에서는, 무한대가 곱셈의 극단이
야. 그럼 나눗셈의 극단은 뭐겠어? 곱셈의 극단을 나눗셈의 극단으로
뒤집는 방법은 덧셈의 극단을 뺄셈의 극단으로 만드는 것만큼이나 간
단해. 둘 다 가로줄 하나로 해결되지. 덧셈의 극단은 앞에 조그만 가
로줄 하나만 덧붙이면 뺄셈의 극단이 되고, 곱셈의 극단은 가로줄의
위에서 아래로 끌어내리기만 하면 나눗셈의 극단이 되고. 그래. 예를
들면 무한대분의 1 같은 거 말이야. 전형적인 나눗셈의 극단이지. 다
른 이름은 '무한소'이고."

　소년은 이해가 간다는 듯 고개를 끄덕인다.

　"덧셈 뺄셈의 관점에서는 부호를 바꾸어서 무한대의 반대를 만들고,
곱셈 나눗셈의 관점에서는 역수를 취해서 무한대의 반대를 만드는 거
군요."

　"그래."

　"그렇다면 왜 곱셈 나눗셈의 관점이 덧셈 뺄셈보다 중요한 거죠?"

　"왜 그게 더 중요하다고 생각하는데?"

　메노스는 눈을 동그랗게 뜨며 묻는다. 소년의 대답은 이러하다.

　"프테 님은 무한대분의 1을 '끝없이 작은 것'이라고 하셨거든요. 마이
너스 무한대를 '끝없이 작은 것'이라고 할 수도 있잖아요. 덧셈 뺄셈의
관점에서는 그게 말이 되고요. 그 관점에서 보면 무한대분의 1은 그
저 '중간 크기의 수'일 텐데 말이죠."

　메노스는 턱을 괴고 잠깐 생각한다. 손을 떼며 말한다.

　"나도 그건 잘 모르겠다."

"이런 거 아닐까?"

이번엔 렐라티오가 운을 뗀다.

"10살짜리 애가 11살이 되는 건 60세의 노인이 61세가 되는 것보다 큰 의미가 있지. 10살짜리한텐 한 살을 먹는다는 것이 훨씬 크게 느껴질 거야. 같은 이유로 만약 너한테 100개의 과일이 있는데 어느 날 과일 하나가 더 생겼다면 넌 별 차이를 못 느끼겠지만, 1개의 과일만 있는 상태에서 같은 일이 일어난다면 그건 엄청난 차이겠지. 왜 그럴까? 덧셈 뺄셈의 관점에서 보면 그런 것들은 말이 안 돼. 한 살을 먹는다는 것은 누구에게나 똑같은 일이어야지. 1에 1을 더하든 100에 1을 더하든 '더하기 1'은 언제나 같은 의미여야 해. 하지만 우리의 마음이 그렇지가 않잖아. 가슴 깊은 곳에서 우리는 이미 느끼고 있는 거야. 곱셈 나눗셈의 관점이 옳다고. 사물의 가치는 상대적이라고 말이야."

"흥미롭네요. 왜 우리의 마음은 그렇게 느끼는 걸까요?"

소년의 질문에 렐라티오는 그저 어깨를 으쓱해 보인다. 한 사람을 제외하고 가게 안의 모두가 그 질문을 외면한다.

"이 세상엔 '나'라는 게 있기 때문이지."

마스가 묵직한 한 마디를 던진다.

그녀의 말이 이끈 침묵과 시선 속에서, 그녀는 철학을 시작한다.

"아까 들었겠지만, '나'라는 건 상대성을 동반하는 표현이야. 내가 존재함으로써 세상은 두 개로 나뉘게 되지. '나'와 '내가 아닌 것'으로 말이야. '나'는 내가 잘 알아. 하지만 '내가 아닌 것'은 잘 모르지. 잘 모르는 것을 무슨 기준으로 판단해야 할까? 잠시 원시 시대로 돌아가 볼까? 네가 살던 그 울퉁불퉁한 곰보빵 행성에서 원시 인류는 사냥을 했지. 네가 사냥을 나갔다고 해 봐. 너는 너의 달리기 실력은 잘 알아. 네가 모르는 건, 사냥감의 달리기 실력이지. 그걸 알려면 너는 사냥감을 쫓아 한바탕 경주를 벌여야 해. 그 경주에서 네가 확인해야 하는 건 뭘까? 딱 한 가지밖에 없어. 그 사냥감이 너보다 빠른가? 느린가? 그것만 알면 되는 거야. 사냥감이 달리는 속력이 시속 몇 킬로미터인지는 그 자체로 중요하지 않지. 속력을 어떤 숫자로 나타낼 수는 있을 거야. 하지만 그 숫자가 의미가 있는 것은 '비교'를 했을 때뿐이지. 누구랑? '나'라는 존재랑. '나'는 '내가 아닌 것'을 판단하는 기준이야. 그리고 그 판단은 비교를 통해 이루어지지. 비교해야만 의미가 있는 거야. 렐라티오의 팔은 굵을까? 몰라. 하지만 나보단 굵어. 그게 내가 줄 수 있는 답이야. 그 다음엔 비교를 확장하여 이렇게 말할 수 있겠지. 너보다도 굵어. 메노스보다도 굵어. 저 염소의 다리보다도 굵어. 이렇게 확장된 비교를 통해 우리는 다음과 같은 결론에 이르는 거야. '렐라티오의 팔은 굵은 편이다.' 비교가 없었다면 절대로 낼 수 없는 결론이지. 우리는 비교하는 존재야. 그게 우리를 곱셈 나눗셈의 관점으로 이끌리게 하지."

"그렇지만 왜 비교하는 행위가 곱셈 나눗셈의 관점으로 이어져야 하는 거죠? 덧셈 뺄셈의 관점으로 이어질 수는 없나요?"

"덧셈과 뺄셈에는 단위가 없잖아." 렐라티오가 끼어든다. "단위가 있는 건 곱셈과 나눗셈이지. 유한수계에선 주로 '1'이지만, 다른 수일 수도 있고. 그런데 비교하는 행위 또한 단위가 있단 말이지. 주로 '나'지만, 다른 존재일 수도 있고."

"그렇군요."

납득이 된 소년은 천천히 고개를 끄덕인다.

"요약하자면, 우리가 곱셈 나눗셈의 관점에 이끌리는 것은 우리가 비교하는 존재이기 때문이야. 우리가 비교하는 존재인 것은 우리가 '존재'이기 때문이지. 우리의 존재로써 세상은 '나'와 '내가 아닌 것'으로 나뉘고, '내가 아닌 것'을 판단하려면 비교가 필요하니까. 모든 인류가 마찬가지야. 모든 동물이 마찬가지지. 상대성의 DNA는 우리 모두에게 내재되어 있다고."

마스가 자신의 말을 끝맺는다.

"프테 님도 같은 DNA를 공유하신다니 흥미롭네요."

소년은 살짝 덧붙인다.

갑자기 울음소리가 들린다. 구석에서 지금껏 잠자코 있던 염소가 무슨 이유에서인지 울음을 시작한다.

"왜 이러는 거죠?" 소년이 묻는다.

"이제 돌아갈 때가 된 모양이야."

메노스는 자리에서 일어나서 염소의 머리에 손을 얹는다. 잘 보이진 않지만 그녀의 눈동자가 홀로그램으로 빛나고 있다. 그녀가 눈길을 주자 마스도 자리에서 일어선다.

"미안. 친위대장이라는 게 한가할 시간을 안 주네."

"어디 일하러 나가셔야 하는 거예요?"

서둘러 나갈 채비를 하는 두 사람을 보며 소년이 묻는다.

"내가 하는 일이란 게, 항상 어디서든 일이 생기거든. 요사이 좀 더 그런 것 같지만."

"맛있게 먹고 있어. 금방 돌아올 테니까."

"운이 좋다면 말이지."

두 사람은 염소를 데리고 가게 문을 나선다. 소년과 렐라티오도 덩달아 나온다.

"둘이 같이 가는 거야? 어딘데 그래?"

렐라티오가 큰 소리로 외쳐 묻자 마스가 뒤돌아 대답한다.

"프테 님의 은총이 내리는 곳이야."

"그 염소도 데리고 가는 건가요?"

이번엔 소년이 묻는다. 메노스는 그를 보며 말한다.

"마지막으로 좋은 걸 하나 알려주지. 메디아 인피니타스의 모든 염소는 말이야, 특별한 능력이 있어. 굉장히 유용한 능력이지."

"뭔데요?"

"백문이 불여일견이라고, 직접 보도록 해."

메노스는 그리 말하고는 염소에 올라탄다. 마스도 곧이어 그녀의 뒤에 따라 올라타고, 그러자 그녀는 염소의 귀를 잡고는 웬 주문을 초고속으로 외운다.

"공이는 선을 못 봐 서럽고! 원이는 점을 못 봐 서럽다!"

"공이는 선을 못 봐 서럽고! 원이는 점을 못 봐 서럽다!"

뒤에 앉은 마스까지 주문을 외자 염소의 눈에서 빛이 나더니 곧이어 섬광이 폭발한다. 소년이 시야를 되찾자 그의 눈에 보이는 것은 염소의 가죽과 똑같은 색으로 칠해진 2인승의 소형 우주선이다.

"염소는 우주선을 겸해. 주문만 안다면 누구든 쓸 수 있지."

조종석에 앉은 메노스가 그리 말한다.

"잘 있어!"

이번에도 소년이 눈으로 뒤꽁무니나 쫓을 동안 우주선은 빠른 속도로 그에게서 멀어져 간다. 남겨진 소년은 허탈한 표정으로 주저앉는다.

"마스뿐만 아니라 메노스까지도 갔네. 이건 굉장히 중요한 일이라는 뜻이야."

그의 옆에서 하늘을 올려다보던 렐라티오가 말한다.

"프테 님의 은총이 내리는 곳에 간다고 했어. 그건 목적지를 말할 수 없거나 알려주고 싶지 않을 때 마스가 둘러대는 말이지. 나한테도 얘기 못한다는 건…"

말끝을 흐리던 그는 옆에 앉은 소년에게 묻는다.

"이제 뭐 할 거야?"

"잘 모르겠어요. 프테 님과의 강의도 흐지부지되었고요."

소년은 고개를 들며 말한다.

"더 할 것도 없고, 오늘은 이만 숙소로 들어가는 게 어떨까 생각하던 중이었어요. 계속 얘기 나누다 보니 어느새 피곤해졌거든요."

그는 렐라티오를 보며 묻는다.

"두 사람이 금방 돌아올까요?"

"솔직히, 그럴 가능성은 호떡 하나를 이스트 스테이션 전체가 나눠 먹는 것만큼이나 적다고 보는데."

"역시 그렇겠죠?"

렐라티오는 뭔가 생각난 듯 말한다.

"말 나온 김에, 언제 한번 이스트 스테이션에 놀러오게. 우주의 절경을 대접해주지."

"정말요? 그러면 저야 대환영이죠."

소년은 이스트 스테이션의 풍경을 떠올리며 반색한다.

"언제 올 건가?"

"저야 뭐, 내일이라도 괜찮은데요. 내일도 딱히 할 일은 없을 것 같아서요."

"좋아. 그럼 내일로 하지. 나도 괜찮으니까."

"기대되네요. 내일 일찍 일어나야겠어요."

소년의 입가에 미소가 걸린다.

"그럼 오늘은 일찍 들어가야겠군."

"그러네요. 오늘은 이쯤에서, 그리고 내일 뵈는 게 어떨까요?"

"그래. 내일 보도록 하세."

렐라티오는 손을 가볍게 들어 인사하는데도 소년에게 세찬 바람을 안긴다. 갑작스런 바람에 앞머리가 헝클어진 소년은 깜짝 놀라 웃는다. 자그마한 미풍으로 그의 인사에 보답하고는, 소년은 가벼운 몸짓으로 뒤를 돌아 총총 발걸음을 옮긴다. 바람이 그를 태워다 주듯 금방 숙소까지 흘러간다.

12번째 날

우주는 인간의 목을 아프게 한다.

인간의 목은 밤하늘을 감상하도록 진화하지 않았기 때문이다.

그러나 이스트 스테이션에서는 상관없는 얘기다.

하늘을 바닥에 둔 카페에서, 소년은 의자에 앉아 따뜻한 음료를 기울이며 투명한 유리 바닥 너머로 우주를 내려다보고 있다. 자신의 잔에 담긴 우유 거품과 밤하늘에 담긴 은하수가 한 쌍의 눈에서 녹아내리는 희귀한 광경에 즐거워하던 그는, 별안간 고개를 들어 테이블 너머의 렐라티오를 응시한다.

"듣던 대로 굉장한 경치네요. 생각만큼 사람이 많진 않지만."

소년이 말한다. 렐라티오는 카페 내에 흐르는 조용한 음악과 함께 들이마신 코코아의 잔을 테이블에 내려놓는다.

"원랜 많았는데, 요샌 다들 집에서 안 나오잖아."

"이유를 물어봐도 될까요?"

"나도 사실 잘은 몰라. 내가 아는 건 프테 님은 언제나 옳다는 거지."

소년은 더 이상 묻지 않기로 한다. 카페의 음악만이 그들의 귀를 간질인다. 분위기를 깨는 얘기를 하기도 싫었지만 이대로 침묵의 음료만 홀짝이기도 싫었던 그는 화제를 바꾸어 말문을 연다.

"트라바용 족이 이 세계의 기념비적인 건축물을 다 지었다는 게 정말이에요?"

천천히 위아래로 끄덕이던 렐라티오의 고개에선 이어서 어쩔 수 없는 웃음이 새어 나온다.

"뭐, 그냥 네가 보는 건축물은 우리가 지었다고 보면 돼."

"그렇군요."

소년은 이어서 고개를 끄덕인다. 너무 거만하게 들리긴 싫었던 렐라티오는 자신의 말에 덧붙인다.

"물론 우리가 그렇게 할 수 있었던 것도 다 프테 님의 감독 아래에서였지."

"터칭 빌딩 얘기를 듣고 싶어요. 건축 과정에 대해 얘기해 주세요."

소년은 깍지 낀 양손을 테이블 위에 올리며 청한다.

"뭘 알고 싶은데?"

"어떻게 무한 층이나 되는 건물을 올리셨어요?"

"어려운 질문이네."

렐라티오는 의자의 등받이에 기댄다.

"사실 무슨 특별한 비법이 있는 것도 아니야. 우린 그냥 일만 했거든. 일하고 계속 일하고… 처음에는 우리가 짓는 빌딩이 무한히 올라간다는 사실조차 모르고 있었지. 알았다면 건설 현장에 자원했을까?

어쨌든 우린 건물을 계속 올리기만 했어. 기약 같은 건 없었지. 계속 올리다 보니 점점 근무 속도가 빨라지고, 빨라진 만큼 더 올리다 보니 더 올린 만큼 더 빨라지고, 그러다 보니 어느 순간 끝이 보였어. 착공 후 90년 만에, 우린 무한히 빨리 건물을 올리는 방법을 터득했고, 그와 동시에 건물을 완성했지. 그게 터칭 빌딩 건축 과정의 전말이야."

"그게 다예요? 스스로의 힘으로 유한을 뛰어넘으셨잖아요. 더 이상 예전과 같을 수 없는 지점이라고요. 무슨 깨달음의 순간도 없었어요? 물아일체를 경험하였다거나..."

소년은 그의 김새는 대답에 입꼬리가 내려간다.

"사실 나도 완공 순간에 대한 기억은 없어. 너무나 짧은 순간에 건물의 대부분이 지어졌거든. 정확히는 무한히 짧은 순간이지. 내가 아는 건, 정신을 차리고 보니 건물이 완성되어 있었다는 거야."

"무한히 짧은 순간에 무한히 많은 일이 일어났으니, 두뇌가 그걸 인지할 여력은 없었다는 건가요? 만약 그렇다면 트라바용 족은 두뇌에서 일을 하라고 명령을 내리기도 전에 일을 끝마치는 것이 가능하다는 얘기가 되네요?"

"그래. 그럴지도 모르지."

"두뇌가 정보를 처리하는 속도는 유한한데, 근육이 움직이는 속도는 무한할 수 있다는 거잖아요. 의식은 유한히 빨리 움직이는데, 육체는 무한히 빨리 움직인다는 거죠."

"그렇겠네."

"그럼 육체는 누가 통제하는데요?"

갑작스런 질문에 렐라티오는 머뭇거린다.

"의식이 육체를 따라잡을 수는 없잖아요. 육체가 너무 빨리 도망가니까. 그럼 도망가는 육체를 붙잡아서 건물 짓는 일을 마무리하도록 타이르는 것은 누구죠?"

"글쎄, 그건 나도 잘 모르겠다." 렐라티오는 몸을 앞으로 일으켜 코코아 잔을 샐쭉해진 입에 갖다 댄다. "같은 작업을 반복하다 보니 몸이 동작을 기억하는 게 아닐까? 자세한 건 몰라. 거기까진 생각을 안 해 봤거든."

그는 소년의 시선에 아랑곳하지 않고 잔을 내려놓는다. 소년은 입을 비죽 내민다.

"무한대의 영역에 스스로의 힘으로 이르렀다는 것이 트라바용 족의 정체성이잖아요. 명성이 자자한 만큼 거기에 대해 해줄 이야기가 많을 줄 알았는데요..."

기대했던 수준의 답이 안 나오자 소년은 더 이상 할 말이 없어진다. 그저 고개를 저을 뿐인 렐라티오에게 뭔가 더 물어보고 싶은데 뭐라고 말해야 할지 몰라 입을 오물거린다.

"다른 건물은 어때요? 터칭 빌딩 이후에 지은 건물들은 무한히 빨리 지어지던가요?"

"그게 꼭 그렇지도 않더라고. 일부 대형 작업을 빼면 우리의 노동력은 터칭 빌딩 이전과 달라진 게 없었어."

"그런가요?"

눈을 동그랗게 뜨며 물은 소년은 잠시 생각에 잠긴다. 그의 사색은 누군가의 방해로 인해 오래가지 못한다.

"아니 이게 누구야?"

갑작스레 들린 목소리는 또한 갑작스레 격양된다.

"이게 누구란 말인가! 학사모!"

렐라티오는 목소리의 주인을 알아보고는 반가움의 포옹을 한다. 사실 포옹이라기보다는 렐라티오가 그를 자신의 품 안으로 들어오게 놔둔 것에 가깝다.

그의 신장은 소년의 팔뚝 정도이다. 몸은 너무 말라서 나뭇가지로 만든 인형 같고, 인형극의 소품처럼 투명한 줄에라도 매달려 있는 건지 이리저리 날아다닌다. 테이블 위에 착지하는 그의 모습을 보며 소년은 자신이 동화 속에 있는 것 같다는 느낌을 받는다.

렐라티오는 그를 부아용 족의 차를라탄이라고 소개한다.

"부아용 족은 우리 트라바용 족과는 오랫동안 공생해 온 이웃이지. 차를라탄은 내가 일했던 터칭 빌딩 건설 현장의 감독관이었어. 그 뒤로도 계속 알고 지냈고."

"반가워요."

"나야말로 반갑지."

소년은 손을 내밀었지만 그는 소년의 손가락을 잡고 흔든다. 마치 소년이 렐라티오와 악수했을 때처럼 양손으로 잡고 악수를 한다.

"나도 뭘 좀 마셔야겠어."

그는 옷 주머니에서 엄지만한 태블릿을 꺼내들어 메뉴판을 띄운다. 그러더니 갑자기 말한다.

"그보다는 화장실이 먼저겠군."

태블릿을 테이블에 놓아두고서 그는 자리를 뜬다. 남겨진 소년은 남겨진 태블릿에 눈길이 간다.

지구의 것이라고는 생각되지 않는 괴이한 형태의 문자들이 화면에 띄워져 있다. 소년이 전에 숙소에서 웹 서핑을 하다 맞닥뜨린 문자와 같은 것으로 추정된다.

"외계 문자 처음 봐?"

소년의 용태를 살피던 렐라티오가 묻는다. 소년은 물음을 되받는다.

"이게 부아용 족이 쓰는 문자인가요?"

렐라티오는 눈을 동그랗게 뜨며 고개를 끄덕인다.

"터칭 빌딩 건설 현장의 도면들도 다 이 문자로 되어 있었어. 내가 기억하고 있지. 적어도 내가 봤던 도면들은 죄다 그랬거든."

"무슨 얘기예요? '내가 봤던 도면'이라니."

"그야 뭐... 내가 터칭 빌딩의 모든 도면을 본 건 아니니까."

"그래요?"

소년은 놀란 듯 눈을 크게 뜨며 반문한다. 렐라티오는 그게 뭐 대수냐는 듯 어깨를 으쓱해 보인다.

"터칭 빌딩에서 내가 짓지 않은 부분의 도면은 내가 볼 일이 없지. 이를테면, 터칭 빌딩 지하층의 도면을 내가 볼 일이 있을까?"

"잠깐만요. 그럼 지하층을 안 지으셨다는 얘기예요? 지하층은 누가 지었는데요?"

"누가 지하층을 지었는가!"

안 그래도 새로운 사실에 당황한 소년은 돌아온 목소리에 깜짝 놀란다.

"누가 지었을 것 같아? 올릴 것 다 올린 이 녀석은 아니라는데."

어느새 차를라탄은 테이블 위에서 능글맞은 얼굴로 이야기하고 있다. 한바탕 가슴을 쓸어내린 소년이 그를 보며 말한다.

"정말 금방 돌아오셨네요."

"몸집이 작으면 통도 작거든." 그는 고개를 좌우로 뒤뚱거리며 거들먹인다.

"그래서, 누가 지었을까?"

그는 질문을 이어간다.

"글쎄요... 다른 트라바용 족일까요?"

"아니." 그는 간결하게 답하고는 말을 잇는다. "아무도 짓지 않았어."

"네?"

소년은 오늘 여러 차례 당황한다. 어쩔 줄 모르는 그의 얼굴에선 실없는 웃음이 새어나온다.

"웃기지? 그치?" 차를라탄 또한 그의 웃음을 자신의 얼굴에 씌운다. "이게 진짜 웃긴 거야. 아무도 지하층을 짓지 않았는데 지하층은 완공되었거든. 지상층이 완공되던 바로 그 순간에 저절로."

"잠깐, 잠깐만요."

소년은 터져 나오는 웃음을 말리며 그의 표정을 살핀다. 농담이 아님을 느낀 소년은 정색한다.

"진짜예요?"

"그렇다니까! 터칭 빌딩이 지상으로 무한 층을 도달하는 바로 그 시점에 아무도 판 적 없는 땅이 그냥 뚫려버렸다고."

"그냥 그렇게 지하층이 생겨나 버렸단 말이에요?"

"동료들과 내려가 보니 거기엔 건물이 있었지. 건물에 바닥은 없었어. 원래 터칭 빌딩의 바닥이었어야 할 부분이 이젠 중간 부분이 된 거야. 설계도엔 분명 존재했던 빌딩의 바닥이, 땅이 뚫리면서 사라져 버렸다고! 우리가 설계했던 터칭 빌딩과는 완전히 다른 건물이 되어 버렸지! 바닥없는 터칭 빌딩, 설계보다 두 배는 기다란 터칭 빌딩 말이야!"

"그거 이상하지 않아요?"

"이상하지. 트라바용 녀석들은 그때 다 위에 가 있었거든."

꺼림칙한 맛이 소년과 그 주위를 감싼다. 그는 렐라티오를 바라본다.

"이거 알고 있었어요?"

노동자는 고개를 젓는다.

"애초에 난 건물을 짓는 과정에 대해 별로 깊게 생각해 본 적이 없어. 그러고 싶지도 않고. 나는 그저 우리 트라바용 족이 스스로 일어서 프테 님의 무릎에라도 닿은 걸 자랑스럽게 여길 뿐이야."

"하지만 이건 트라바용 족에게 있어 가장 중요한 건축물이라고요. 그런 것 치고는 너무 의문투성이라고 생각하지 않으세요?"

"그래. 이상한 점이 너무 많다고." 차를라탄도 한마디 한다.

"나한텐 아니야."

렐라티오는 단호히 말하고는 마시던 잔을 순식간에 비워 테이블에 내려놓는다.

"나한텐 터칭 빌딩만큼이나 튼튼한 두 팔이 있어. 우리 트라바용 족은 언제나 그걸로 살아왔지. 머리 위에 씌우는 섬유 조각보다 트라바용의 몸이 더 단단해. 내 팔이, 내 가슴이 그 증거야. 화장실은 어디 있어?"

"어디 있는지 알지 않아?"

"몰라서 물어본 거 아니었어."

그는 그렇게 말하고는 자리를 뜬다. 순식간에 둘만 남겨진 소년과 차를라탄은 서로를 바라본다.

차를라탄은 어깨를 으쓱하며 말한다.

"이렇게 되었으니 저 녀석 돌아올 때까진 우리끼리 얘기 나누어야겠네."

그는 첫마디를 이렇게 뗀다.

"프테 님에게서 뭐가 미심쩍은지 말해 봐."

"네?"

소년의 반응에 그는 능청스러운 표정을 짓는다.

"다 알고 있어. 뭔가 말끔히 해결되지 않은 듯한 쌉쌀함이 네 혀끝을 맴돌고 있잖아. 넌 궁금한 게 생기면 질문을 하지 않고는 못 배기는 성격이지. 분명 프테 님에게도 이것저것 물어 봤을 거야. 뭘 물어봤지?"

"저-저는 그냥..." 소년은 당황해 머뭇거린다. "⋯⋯딱히 별 건 없었는데요."

"괜찮아. 편하게 얘기해."

"저기, 무슨 얘기를 하고 싶으신 건지..."

"혹시 해소되지 않은 의문 같은 거 없어? 답을 듣지 못한 질문이라든지."

"그러고 보니, 어제 있었던 일인데요..."

"무슨 얘기 해?"

렐라티오가 다시 나타난다.

"오! 빨리 돌아왔네?" 차를라탄은 놀람의 반동으로 그를 과장스럽게 맞이한다. "벌써 화장실 갔다 온 거야?"

"딱히 화장실에 간다고 말한 적은 없어."

렐라티오는 그렇게 한마디 툭 던지고서 다시 자신의 자리에 앉는다. 군기침을 몇 번 하던 차를라탄은 주머니에서 휴대전화를 꺼내 만지작거리더니 전화를 받는 듯 쥔 손을 귀에 갖다 대며 밖으로 나간다.

"중요한 거라서. 금방 돌아올게."

밖으로 날아가며 그는 그렇게 말을 남긴다. 그러고는 잠시 후 돌아와서 자신은 급한 일이 생겼으니 이만 가 봐야겠다는 말을 또 남긴다.

"오랜만에 카페에서 여유롭게 시간을 보내고 싶었는데, 내 마음대로 잘 안 되네."

아쉬운 표정을 마지막으로 그는 퇴장한다. 소년은 그가 나간 출구를 빤히 건너다보다가 이윽고 시선을 거두며 어깨를 한 차례 으쓱한다.

"또 갑작스럽지만, 다시 우리 둘뿐이네요."

그가 갑작스레 왔다가 갑작스레 떠났음을 소년은 지적한다.

"근데 나 왔을 때 무슨 얘기 하던 중이었어?"

렐라티오가 묻는다.

"별 건 아니었고, 그냥 어제 프테 님에게 질문한 게 있었다는 얘기를 하려던 참이었어요."

"그래? 무슨 질문이었는데?"

"무한대가 제1무한계에 속할 경우, 무한대의 제곱근은 뭐가 되냐는 질문이었죠. 대답은 못 들었어요."

소년은 생글 웃음을 지어 보인다. 음료를 마시러 잔을 들어 올린 그는 테이블 위에서 무언가를 발견하고 주워 올린다.

"이거 아까 그 분이 쓰신 태블릿 아니에요? 놓고 가셨나 보네."

그는 태블릿을 손가락으로 만지작거린다. 주변에서 오는 침묵을 밀어내려 다른 손으로는 계속 음료 잔을 기울이는 채이다. 조용한 음악이 그의 귀를 간질인다. 잔에 담긴 우유 거품은 형체를 잃었다. 바닥 아래 세상은 계속 움직인다.

이스트 스테이션의 오붓한 하루는 그렇게 저물어 간다.

13번째 날

열셋째 날은 정신없이 지나간다.

오랜만에 신사를 만난 소년은 처음으로 터칭 빌딩의 지하층을 구경하게 된다. 신사를 따라 엘리베이터에 오른 그는, 홀로그램 조작으로 마이너스 층수를 입력하는 신사의 모습과 그 뒤로 닫히는 엘리베이터 문을 자신의 눈으로 확인하며 싱글벙글한다.

문은 닫히자마자 바로 열리지 않는다. 잠깐의 기다림을 요구한 문은 열리면서 다른 경치를 선보인다.

지하층임에도 건물의 둘레는 유리창으로 되어있다. 창은 아무것도 보이지 않는 순흑의 하늘에 삼켜져 있다. 유리 표면에 찰싹 붙은 뒤에야 소년은 상공에 있는 거대한 오로라를 발견한다.

"왜 하늘이 보이는 거죠?"

소년은 궁금해져서 묻는다. 신사는 잠깐 의아해하다가 말한다.

"아, 왜 땅속의 모습이 아니냐고 묻는 거였군? 네가 울퉁불퉁한 행성에서 살았을 때 보았던 지하층의 모습은 이런 게 아닌데 말이지?"

그는 이렇게 대답을 대신한다.

"지하라고 해서 계속 땅속인 건 재미없잖아. 게다가 땅의 깊이가 무한대라면, 그 위에 사는 유한한 존재들은 중력 때문에 곤란하지 않을까?"

소년은 문득 고개를 끄덕이고는 유리창 너머를 힐끗 쳐다본다. 암흑 속에서 오로라 빛을 받아 언뜻 떠다니는 생물의 형체가 번득인 듯했다.

"더 내려가 보자고." 신사를 따라 소년은 다시 엘리베이터에 오른다.

이번에는 금방 문이 열리지 않는다. 닫힌 엘리베이터의 문이 다시 열릴 때까지 소년과 신사는 한 시간을 훨씬 넘게 내려간다. 소년에게는 그런 경험이 처음이었으며, 신사는 마침내 엘리베이터가 도착하고 문이 열리기 직전까지도 그에게 엘리베이터가 고장 난 게 아니라고 설명하느라 진땀을 뺀다.

문이 열리자 커다란 신전의 내부 모습이 펼쳐진다. 터칭 빌딩의 외곽 구조를 틀로 삼아 만들어진 신전은 고개를 완전히 들어도 천장이 보이지 않는다. 신전 바닥의 한가운데에는 거대한 조각상이 박혀 있다.

"에티마 여신상이라고 해. 이 세계의 모든 이들을 밑에서 지켜보는 존재지." 신사가 설명한다.

소년은 조각상 앞에 서서 정지 화면을 만든다.

무슨 마력이었을까. 그는 눈앞에 보이는 신전의 전경에 붙잡혀 헤어나오지 못한다. 사방의 빛줄기를 독차지하고 있는 조각상을 그는 한동안 올려다본다. 미동도 없이, 아무 말 없이 그저 바라보기만 한다.

조각상의 두 눈을 뚫어져라 응시하던 그의 입가에 마침내 조용한 미소가 떠오른다.

"무슨 일 있어?"

소년의 계속된 침묵에 뒤에서 그를 지켜보던 신사가 묻는다. 소년은 그저 달가운 눈과 함께 웃음을 지으며 고개를 가로젓는다.

"좋아. 여기서 조금 더 올라가 볼까?"

신사가 제안한다.

"이 신전 바로 위에도 또 뭐가 있거든."

소년은 승낙하고, 둘은 엘리베이터를 타 살짝 올라간다. 이번에도 문은 닫히자마자 바로 열리진 않는다.

문밖을 나선 그들을 맞이하는 건 또 다른 문이다. 윗부분에 커다란 글씨로 무어라 쓰여 있는 그 문은 자신의 몸집으로 방문객을 압도하는 입구처럼 보인다.

"뭐라고 쓰여 있는 거예요?" 눈이 글씨를 따라가던 소년이 묻는다.

"……터칭 빌딩 도서관."

둘은 더 이상 아무 말도 하지 않고 도서관 문을 밀어젖힌다.

"책들이 방마다 조금씩 놓여 있네요. 방 하나하나는 아늑한데, 수가 굉장히 많은가 봐요. 저 멀리에도 방이 뵈는 걸 보니."

"메디아 인피니타스에서 가장 큰 도서관이야."

"얼마나 큰데요? 아, 말 안 해도 알겠네요."

소년은 이젠 메디아 인피니타스를 알 만큼 오래 지냈다는 눈빛을 보내며 도도하게 말한다.

"그래. 이곳은 끝없는 도서관이지. 사실 모든 책의 도서관이기도 해. 이곳의 책들은 존재할 수 있는 모든 문자와, 그 문자들로 만들 수 있는 모든 조합을 이용해 정렬되어 있거든."

"모든 조합이요?"

"한 마디로 모든 문장이 담겨있는 도서관이라는 거지. 네가 어떤 문장을 상상하든, 그 문장은 이 도서관 어딘가에 있을 책에 이미 적혀 있다는 거야. 어떤 내용이든 간에 이 도서관에 존재하지 않는 책은 없어. 네가 울퉁불퉁한 행성에서 읽었던 모든 책들, 읽지 않았던 모든 책들, 거기서 출판되지도 않았던 모든 책들, 집필되지도, 구상되지도 않았던 모든 책들이 여기엔 이미 다 존재한다고. 혹시 알아? 어딘가에는 네 여정을 기록한 책도 있겠지. 아니, 반드시 있을 거야. 이 도서관 어딘가의 방에 그 책이 있고, 지금 누군가는 그 책을 펴서 읽고 있을 거라고 확신해."

"정말요? 그럼 한번 보고 싶네요!"

"아, 그건 좀 다시 생각해야 될 것 같은데." 신사는 흥분한 소년을 말린다. "내가 마음만 먹으면 그곳으로 널 데려가 줄 순 있겠지만, 독자의 독서를 방해하면 안 되잖아. 기껏 널 주인공으로 한 책을 읽고 있는데 네가 갑자기 나타나면 어떻게 되겠어."

신사는 그리 말하고는 소년에게 알싸한 웃음을 지어 보이며 어깨를 두드려 준다. 기가 서늘해진 소년은 주제를 돌린다.

"제가 오늘 아침에 메시지 한 통을 보냈는데요. 짤막하고 단순한 질문으로…"

"아, 그거? 이 도서관에 기록되어 있어."

"네?"

소년은 놀란 듯 반문한다.

"뭘 그리 놀라? 여긴 모든 문장이 기록되어 있다니까."

신사는 품에서 라우프카스텐을 꺼내 공중에 휙 던진다. 상자가 제 멋에 날아 어딘가로 향하기 시작하자 그는 상자를 쫓는다. 소년은 얼떨결에 상자를 쫓는 신사를 쫓아간다.

둘이 도서관 내에서 한참을 달렸을 때쯤 라우프카스텐이 한 책장 앞에서 멈춘다. 책장에 꽂혀 있는 어떤 책을 들이받더니 힘없이 바닥으로 떨어진다. 신사의 손이 바닥보다 빨리 움직인다.

소년은 상자가 건드렸던 책을 바라본다. 책을 펴 보니 모든 페이지가 비어 있고, 단 한 페이지만이 문장이라고 할 만한 것을 보이고 있다.

이루어질 확률이 0인 일을 무한 번 시도하면,
그 일은 언젠가 이루어지는가?

"어때? 이게 네 질문 맞지?" 신사는 페이지 위에 손가락을 올리며 묻는다.

소년은 조용히 고개를 끄덕인다.

"하!" 신사의 얼굴에 회심의 미소가 떠오른다.

"놀랍지 않아? 네가 나한테 메시지를 보내기 전부터 이 책은 여기 있었다고. 네가 이 질문을 생각해 내기 전에도 여기 있었지."

또다시 고개를 끄덕이는 소년의 얼굴은 한층 더 진지해진다.

"질문의 답도 어딘가에 있겠군요? 잘 찾아보면 원래부터 이 도서관에 있었던 답을 어딘가의 책에서 발견하겠네요."

"물론이야. 오답이 담긴 책을 무수히 발견한 후에 말이지."

"그렇지만 라우프카스텐은 제 질문이 담긴 책을 정확히 집어냈는데요."

"그거야 라우프카스텐이 너한테서 받은 메시지를 읽었으니까 그렇지. 찾아야 할 문장이 입력된 상태에선 이 녀석에게 책을 찾는 일은 쉬워. 찾아야 할 문장이 뭔지도 모르는 경우엔 얘기가 다르지. 이 녀석의 메모리 카드엔 네가 보낸 질문은 있어도, 질문의 답이 들어 있지는 않단 말이야. 정답을 모르는데 정답이 담긴 책을 어떻게 찾겠어?"

신사는 자신의 머리를 손가락으로 톡톡 치며 말한다.

"결국 네가 네 질문의 답이 담긴 책을 찾는 방법은, 내가 이 머릿속에 있는 정답을 너에게 얘기해서 네 머리에 입력시킨 뒤, 네가 이 도서관의 책을 일일이 뒤져가며 머리에 입력된 내용과 일치하는 문장을 찾는 거야. ……생각해 보니 마지막 과정은 생략해도 되겠군. 안 그래?"

"그러네요. 저는 답만 들으면 되니. 어서 답을 얘기해 주세요."

"먼저 질문을 하나 하지. 성공할 확률이 3분의 1인 일을 세 번 시도했을 때, 한 번이라도 성공할 확률이 얼마야? 또 그걸 구하는 과정은 어떻게 되고?"

"먼저 한 번도 성공하지 못할 확률을 구해야겠죠. 그 확률만 배제하면 한 번이라도 성공할 확률이 되니까요. 성공할 확률이 3분의 1이라는 건 성공하지 못할 확률이 3분의 2라는 얘기가 돼요. 한 번 시도했을 때 실패할 확률이 3분의 2라는 건데, 세 번을 다 실패할 확률을 구하려면 3분의 2에 3분의 2를 곱하고 거기에 또 3분의 2를 곱해야겠죠. 즉, 27분의 8이 돼요. 이제 세 번을 다 실패할 확률을 구했으니, 그 확률을 전체 확률에서 빼야 해요. 전체 확률은 100%, 다른 말로 1이니, 1에서 27분의 8을 빼면..."

여기서 소년은 신사에게 닭다리 살을 떼어 준다.

"27분의 19지."

"네. 따라서 성공할 확률이 3분의 1인 일을 세 번 시도했을 때 한 번이라도 성공할 확률은 27분의 19예요."

소년은 자신의 설명이 마음에 들었는지 말을 끝내고 나서 한 번 세차게 고개를 끄덕인다. 그 모습을 보고 있자니 신사는 얼굴에 부르트는 실소를 느낀다.

"잘했어. 이제 그 원리를 확장해서 네 질문에 적용하면 돼. 성공할 확률이 0인 일을 무한 번 시도했을 때, 한 번이라도 성공할 확률을 어떻게 구하지?"

"먼저 무한 번을 다 실패할 확률을 구해야겠죠...?"

"그래. 성공할 확률이 0이라는 건 실패할 확률이 1이라는 얘기야. 한 번 시도했을 경우 무조건 실패한다는 것인데, 그럼 그런 일을 무한 번 시도했을 때 모조리 실패할 확률은 얼마일까?"

"…………."

"간단한 질문이야. 한 번 실패할 확률이 1인 일에 무한 번 실패할 확률을 어떻게 구해?"

"1을... 무한 번 곱하나요?"

"그렇지. 결국 네 질문의 답은 1의 무한제곱이 얼마냐는 질문에 달려 있는 거야. 1의 무한제곱을 1에서 뺀 값이야말로 성공할 확률이 0인 일을 무한 번 시도했을 때 한 번이라도 성공할 확률이라고."

"그래서 1의 무한제곱이 얼만데요?"

"그게 문제야. 답이 정해지지 않았거든."

"네?"

소년은 실망스런 대답에 얼굴에서 기운이 쫙 빠진다.

"결국 답은 없는 거였어요?"

"설명은 끝까지 들어. 1의 무한제곱이 뭐라고 콕 집어 말할 수 없는 것은 무한소계적인 이유 때문이라고."

신사는 웨스트 스테이션의 무한히 긴 기타를 비유로 들어 설명한다.

"곱셈의 단위는 1로 설정했어. 숫자 1 탄환을 기타 줄에 부착하지. 줄감개를 돌려도 탄환의 길이는 변하지 않을 거야. 탄환의 길이와 곱셈의 단위가 똑같으니까. 분자 하나만큼의 차이도, 움직임도 없지. 그렇지만 그건 유한수계의 얘기일 뿐이잖아? 유한수계에서 정확히 똑같은 수인 두 개의 1이, 무한소계에서도 정확히 똑같을 거라고 보장할 수는 없는 노릇이지. 만약 탄환의 길이가 곱셈의 단위보다 약간 짧다면? (여기서 '약간'은 무한소를 얘기하는 거야.) 줄감개를 돌렸을 때 탄환의 길이는 여전히 1로 변한 게 없지만, 무한소계적으로는 약간 길이가 늘어나는 거지. 그 상태에서 두 번째 탄환을 줄에 올리고 방아쇠를 당겨 봐. 두 번째 탄환은 유한수계에서 볼 땐 그대로지만, 무한소계적으로 보면 길이가 짧아질 거야. 첫 번째 탄환이 원상 복귀되면서 덩달아 길이가 줄어드는 거지. 1은 더 이상 항등원이 아니야. 곱셈의 단위보다 짧은 1을 곱하면 수의 크기는 줄어들고, 반대로 곱셈의 단위보다 긴 1을 곱하면 수의 크기가 늘어나지. 모두 무한소만큼의 차이라 유한수계에는 영향을 미치지 않지만..."

여기서 신사는 뒷말을 강조하기 위해 숨을 한 차례 돌린다.

"곱셈을 무한 번 한다면 얘기가 달라진다는 거야."

소년은 그 말을 듣고는 잠시 가만히 있는다. 눈동자를 굴리던 그는 이윽고 짧게 입을 연다.

"그럼 1의 무한제곱은..."

"1보다 작을 수도 있고 1보다 클 수도 있지. 단위가 되는 1보다 작은 1을 무한제곱하면 1보다 작은 수가 나오고, 단위가 되는 1보다 큰 1을 무한제곱하면 1보다 큰 수가 나오는 거야. 혹은 그냥 1이 나올 수도 있지. 단위와 정확히 일치하는 1, 적어도 제1무한소계 수준에서는 정확히 일치하는 1을 생각할 수 있잖아. 그런 1에게 무한제곱을 하는데, 만약 그 무한대가 고작 제1무한계의 무한대라면? 1의 무한제곱은 여전히 1인 거지. 확률의 최대는 1이니까, 우리가 신경 써야 하는 건 1의 무한제곱이 1보다 작은 경우뿐이야. 1의 무한제곱이 항상 1보다 작다면 좋겠지만, 그건 마음대로 되는 일은 아니지. 성공 확률이 0인 일을 무한 번 시도한다고 해서 성공 확률이 꼭 올라간다고 할 수는 없다는 말이야. 실패할 확률이 1인 일에 무한 번 실패할 확률은 여전히 1일 수도 있거든."

"그렇지만 1보다 작을 수도 있는 거죠?"

"그래. 그럴 경우, 성공할 확률이 0인 일을 무한 번 시도했을 때 한 번이라도 성공할 확률이 0보다 높게 되겠지. '반드시'라고 말할 수 없는 게 문제지만, 무한 번 시도함으로써 어쩌면 불가능한 일이 가능한 일이 될 수도 있어. 다만 이런 결론들이 너에게 큰 의미가 있을 것 같진 않은데."

"어째서요?"

"어떤 일을 무한 번 시도하는 것 자체가 불가능하잖아."

소년은 신사의 몸에서 뭔가 지직대는 것을 본다.

"한 번 시도하는 데 드는 시간이 0이 아닌 이상, 무한 번 시도하는 데에는 무한히 긴 시간이 걸릴 수밖에 없지. 이루어질 확률이 0인 일을 무한 번 시도해 어쩌다 그 일이 이루어진다고 해도, 그건 지금으로부터 무한 시간 뒤의 얘기야. 내가 여러 번 말하지만, 무한 시간 뒤라는 것은..."

"절대로 오지 않는 시점이죠. 네." 소년은 수긍하며 고개를 끄덕인다.

"불가능한 일이 무한 번의 시도를 거친 후 가능한 일이 될 수 있다고 해도, 애당초 무한 번의 시도가 불가능한 일이라면 무슨 의미가 있겠어." 신사는 달관한 얼굴로 덧붙인다.

소년이 본 것은 헛것이 아니었다. 정말로 신사의 몸은 지직대고 있다. 처음에는 몸통과 다리 쪽만 그러더니 나중에는 온 몸으로, 심지어 얼굴로도 퍼진다.

"무, 무슨 일이에요? 왜 그러는 거죠?"

신사는 아무 말 없이 따뜻한 미소만을 얼굴에 띠운다.

"라우프카스텐을 보고서 네가 눈치챌지도 모른다고 생각했는데."

"네?"

문을 쾅쾅 두드리는 소리가 신사의 등 뒤에서 들려온다. 잡음과 함께.

"난 지금 그 곳에 없어. 라우프카스텐이 거기서 내 모습을 재현하느라 수고하고 있지. 우리 홀로그램 기술 참 뛰어나지 않아?"

"무슨 얘기예요? 지금 설마…"

"맞아. 원격 강의야. 내가 그 곳에 못 가게 되어서, 이번 강의는 원격 강의로 준비할 수밖에 없었어. 오늘로 마지막 강의인데 마지막 강의를 또 이렇게 하게 되네."

문 두드리는 소리가 점점 심해진다. 잡음과 지직거림도 그에 따라 격렬해진다.

"아무튼 종강 인사를 이렇게 하게 돼서 미안하고. 이 접속이 언제 끊길지 몰라서 지금 이렇게 서둘러 말하는 거야."

"무슨 일이 일어나고 있는 거예요? 괜찮은 건가요?"

"나야 언제나 괜찮지. 잘 들어. 접속이 끊기고 나면 나가는 길을 내가 안내해 줄 수 없을 거야. 그때는 무조건 라우프카스텐을 따라가도록 해. 라우프카스텐은 어떻게든 출구를 찾으니까. 시간이 오래 걸릴지도 모르지. 하지만 길을 잃지는 않을 거야. 명심해야 돼. 사방이 어두컴컴할 때 이 녀석의 빛이 신호가 되는 거야. 그 빛을 놓친다면 넌 끝없는 어둠 속에서 헤엄치는 거야. 꽉 달라붙어 있으라고. 안 그럼 어느 쪽이 수면인지도 모를 테니까. 그동안 수고 많았고, 같이 놀아 줘서 고마웠어. 할 수만 있다면 훗날 너 같은 영혼을 또 만나 가르치고 싶다.”

그 말을 끝으로 뒤에서 와지끈하는 소리와 함께 신사의 홀로그램은 소년의 시야에서 사라진다. 공중에 떠서 윙윙거리던 라우프카스텐은 열기가 금방 식는다. 잡음도, 문 두드리는 소리도 더 이상 없다. 소년을 둘러싼 도서관의 풍경은 언제나 그랬듯이 고요하다.

참 기구한 타이밍으로, 하필 그 순간에 전기가 나가고 사방이 새까매진다.

마지막 날

    소년이 건물에서 나왔을 때, 바깥은 전혀 다른 세상이 되어 있었다.

    그는 가장 중대한 사건을 놓쳤다.

    '신'은 더 이상 존재하지 않는다. 그저 기만자(欺瞞者)가 존재할 뿐이었다. 절대자의 권능은 주민들의 믿음과 더불어 사라졌고, 프테는 주민들의 분노에 떠밀려 쫓겨났다.

    의문. 프테는 그들의 의문을 모두 들어주지는 못했다. 모두 들어줄 수가 없었다. 그가 모든 문제의 답을 아는 것이 아니었기 때문에. 그가 그들이 매일 경배하는 존재가 아니었기 때문에.

    매일 밤 기도와 함께 올라오는 무한 개의 질문에 답하는 일이 얼마나 어려울까? 전지전능하신 절대자에게는 전혀 어렵지 않다. 전혀 어렵지 않을 터이다. 그가 전지전능하신 절대자라면.

    그 긴 세월 동안, 신이었을 그는 쉬운 일이었을 그 일을 꼼꼼히 해냈다. 올라온 질문의 수가 답변된 질문의 수보다 많아지는 것을 그냥 내버려 두지 않았다. 절대자로서 언제나 그 둘의 완벽한 균형을 맞추었다. 마땅한 일이다. 그리고 지속 가능한 일일 터였다. 언제나 그렇게 되었을 터였다.

물론 그는 그렇지 못하다는 걸 알고 있었다. 둘의 균형은 언젠가 깨지고, 늘어나는 질문들을 자신은 언젠가 포기해야 할 것이었다. 그래서 그는 그 시점이 오는 날을 최대한 밀어내려 했다. 전지함을 유지하는 유일한 방법은 무지함을 늦추는 것뿐이었다. 그는 자신의 권능과 메노스라는 오른팔을 활용하면서까지 지연작전을 펼쳤다. 메노스와 공모하여 온갖 방법으로 주민들의 의문을 흩뜨려 놓았고, 이는 무지함의 순간이 찾아오는 것을 '유한히' 미루는 효과가 있었다.

유한히. 무한대를 다루는 신이었을 그에게 이 단어는 실패를 의미했다. 유한의 시간은 흘러 그날은 온다. 그가 해결하지 못하는 의문은 어디서든 튀어 오른다. 그들은 그의 앞에 모인다. 신이었을 그의 앞에 모인다. 무지함이 아닌, 답을 위해 모인다.

무한대의 제곱근을 묻는 질문은 짜릿했다. 적어도 누군가에게는 짜릿했을 것이다.

그는 언제까지고 군중들을 피할 수는 없었다. 그 중에서도 가장 성난 트라바용 족은 말할 것도 없었다. 그가 '신'이 아니었다는 배신감에 이어서, 자신들이 '스스로의 힘으로 유한을 뛰어넘은 유한한 존재'가 아니었다는 충격에 연달아 휩싸인 그들은, 그에게 가장 충성스러웠던 위치에서 그를 몰아내려는 군중의 선봉으로 발걸음을 옮겼다.

그는 자신이 지은 건물을 남이 지은 것처럼 꾸미지 말았어야 했다. 적어도 높이가 무한대인 건물에 대해서만큼은 그러지 말았어야 했다. 선의로 시작했던 그 일은 하나의 거대한 정체성을 형성하였고, 거짓에 근거한 행복이 진실로써 불행이 될 때 그 비극의 곡괭이 날이 향할 곳은 정해져 있었다.

비극은 모두를 삼켰다. 그리고 프테는 메디아 인피니타스에서 뱉어 내어졌다. 그에 대한 마지막 목격담은 '저수지' 방향으로 저벅저벅 걷는 신사의 뒷모습으로 끝이 났다. 그게 그들이 소년에게 해 주는 마지막 말이었다.

시 외곽의 거대한 수통. 소년은 수도꼭지 옆에서 벽에 부착된 사다리를 발견한다. 투명한 물만 보이는 전경을 한동안 손발로 짚으며 올라가다 보니, 어느 순간 물의 벽이 끝나고 세찬 바람과 함께 불그스름한 하늘이 펼쳐진다. 저기, 투명한 옥상 바닥에 주저앉아 태양이 떨어지는 광경을 잠자코 지켜보는 어떤 한 형체가 있다.

소년은 형체에 다가선다. 어떤 부분은 딱딱하고 어떤 부분은 물컹물컹한 그 생명체는 소년이 처음 봤을 때 그 모습 그대로이다.

"왜 그런 모습을 하고 계세요?"

소년은 옆에 걸터앉아 달팽이에게 묻는다.

"권능이 사라지면서 내 본모습이 드러난 거지."

달팽이는 건조하게 답한다. 소년은 꽤나 황당해하는 눈치다.

"그럼 진짜 달팽이였단 말이에요? 제가 처음 봤을 때 그 모습이 원래 모습이었단 얘기네요?"

"널 놀라게 하는 힘만은 아직 잃지 않은 것 같군. 다행이야."

달팽이의 얼굴에 신사가 소년에게 마지막으로 지어 주었던 따뜻한 미소가 떠오른다.

"얘기 들었어요."

"그래."

"오랫동안 신으로 모셨던 자를 그렇게 하루아침에 쫓아내다니, 정말 믿을 수가 없네요."

"신이 아닌데 신 대접을 받으면 결국 이렇게 되는 거지. 처음엔 나도 내가 전지하다고 믿었던 시절이 있었었는데... 신혼기가 끝나고 환상이 깨진 뒤에는 두려움 때문에 내 자리에 매달리게 되더라."

빨간 하늘을 넘어다보는 생명체의 눈빛은 다시 덤덤해진다.

"무한대의 제곱근은 정말 정곡을 찌르는 것이었지. 네가 나한테 와서 뭘 제곱해야 제1무한계의 무한대가 되느냐고 묻기 전까진 생각조차 못하고 있었어. 지금 돌아보면 왜 그걸 생각 못 했는지 모르겠네."

소년의 얼굴에 어쩔 수 없는 미안함이 퍼져 나간다.

"혹시... 저 때문에 이렇게 된 건가요?"

"그러지 마. 이건 모두 진실 때문이지. 내가 진실을 모른다는 진실. 그걸 누가 들추든 간에, 진실이 거기 있으니까 들춰지는 거야. 그게 거기 남아 있는 이상 내가 이렇게 되는 건 당연한 수순이지. 태양을 가려 안 보이게 해 놓고 태양이 없다고 선언해 봤자, 정말로 태양이 거기 없는 게 아닌 이상 태양열이 지구를 따뜻하게 감싸는 건 못 막잖아. 안 그래?"

달팽이는 시선을 바깥으로 되돌려 이제는 거의 잠겨버린 붉은 배를 다시 한 번 바라본다.

"유한대와 무한대의 사이... 거기엔 무엇이 있을까? 오랫동안 고민해

봤지만 답이 안 나오더군. 유한대의 영역에서 무한대의 영역으로 이동하는 일은 스위치를 껐다 켰다 하듯 불연속적으로 이루어진단 말이야. 두 영역을 모두 섭렵한 나조차도 둘 사이의 영역에 대해서는 아는 바가 없지. 그걸 알았다면, 뭘 제곱해야 제1무한계의 무한대가 되냐고 묻는 네 질문에 답할 수 있었을 텐데. 그렇잖아? 유한대를 제곱해도 유한대가 될 뿐이지. 제1무한계의 무한대를 제곱하면 제2무한계의 무한대가 되고. 그렇다면 곱셈의 단위를 바꾸기라도 하지 않는 이상, 제1무한계에 속하는 무한대의 제곱근은 유한수계와 제1무한계 사이의 영역에 꽂힐 수밖에 없단 말이야. 우리에게 미지로 남아있는 바로 그 영역, 하필 그 영역에."

달팽이는 얼굴을 떨어트려 쓴웃음을 짓는다.

"너의 질문은 마치 1, 2, 3 따위의 수만 알던 사람에게 '1 나누기 2'가 뭐냐고 묻는 것과 같은 질문이었어. 그 사람은 '2 나누기 2'가 뭔지는 알지. '4 나누기 2'가 뭔지도 알아. 하지만 '1 나누기 2'나 '3 나누기 2'와 같은 것에 대해선 대답을 할 수가 없는 거야."

"거기에 대답하려면 더 광범위한 수 체계가 필요하겠지요. 0.5나 1.5 등의 수가 존재하는, 그 사람에겐 새로울 수 체계가요."

"그래. 그리고 그 말에 따라, 우리가 유한수계와 제1무한계 사이에 새로운 영역을 만들어서 제1무한계에 속하는 무한대의 제곱근에게 할당할 수는 있어. 제1무한계와 제2무한계 사이엔 제3무한계의 제곱근을 넣고, 다시 유한수계와 제1무한계 사이로 돌아가 이번엔 제1무한계의 세제곱근을 넣고, 제2무한계의 세제곱근을 넣고, 이런 식으로 새로운 무한계를 만들면서 하나하나 해결해 갈 수는 있지. 그렇지만 문제의 본질은 여전히 남아 있다고. 본질은 '유한대와 무한대의 경계'를 내가 모른다는 거야. 제1무한계에 속하는 무한대의 제곱근을 질문 받았을 때, 나는 '제0.5무한계'와 같은 말을 적당히 만들어서 둘러댈 수도 있었지. 하지만 나는 이미 알고 있었어. 그건 본질적으로는 아무런 대답이 못 된다는 걸 말이야. 0과 1의 사이가 궁금한 사람에게 0.5라는 수를 던져줄 수는 있겠지. 그래봤자 너는 원래 질문에서 1을 0.5로 바꾼 것뿐이야. 다음 질문은 0과 0.5의 사이가 뭐냐는 질문일 테니까. 그럼 너는 0.25를 던져주겠지. 그럼 누군가는 0과 0.25의 사이를 질문할 테고. 네가 0.125를 던져주면, 0과 0.125 사이를 물을 테고. 어떤 대답을 해야 더 이상의 질문을 멈출 수 있을까? 0과 양수의 최종적인 경계를 제시해야겠지. 근데 그걸 내가 모르잖아! 왜냐면 0과 양수의 최종적인 경계를 묻는 질문은, 유한대와 무한대의 최종적인 경계를 묻는 질문과 똑같은 거거든! 그 질문에 내가 대답할 수 있었다면 애초에 아무런 문제가 없었겠지. 대체 어디까지가 유한대고, 어디부터가 무한대일까? 가장 큰 유한대는 무엇이며, 가장 작은 무한대는 무엇일까? 내 정신이 처음 이 질문에 도달했을 때, 나는 이 문제가 얼마 지나지 않아 풀릴 줄 알았어. 금방 답을 찾을 수 있을 거라고 생각했다고. 하지만 아무리 생각해도 모르겠어. 유한대와 무한대의 경계엔 무엇이 있는 거야? 두 영역의 사이에 해당하는 게 대체 뭐냐고! 어떻게 해야 거기에 도달할 수 있는 거지? 내가 묻고 싶어지더군. 나는 질문을 받고 대답해야 할 입장인데 말이야. 그 시점에서, 나는 이미 실패한 거겠지."

한동안 감정이 막 끓어오르던 프테는 말끝을 즈음하여 다시 덤덤해진다. 소년이 묻는다.

"하지만 단순히 그거 하나 몰랐다고 해서 상황이 이렇게 되었다고 하긴 어렵지 않을까요? 터칭 빌딩을 지은 게 실제로는 트라바용 족이 아니었다고 들었어요. 실은 직접 지으신 거라면서요?"

"터칭 빌딩! 그거야말로 나의 그러한 무능력을 상징하는 심벌이지. 아까도 말했지만 나는 유한대와 무한대의 경계 문제가 곧 풀릴 줄 알았어. 내 능력만 있으면 얼마 지나지 않아 그 경계에 도달하는 방법이 톡 튀어나올 줄 알았다고. 적어도 터칭 빌딩 건설 계획의 초안을 그들에게 보여줬을 때는 그렇게 생각했던 거야. 그래서 내가 생각하기엔, 우리가 유한대와 무한대의 경계에 이를 수만 있다면, 가장 큰 유한대에서 가장 작은 무한대로 뛰어넘어 가는 것도 불가능은 아닐 것 같았지. 그렇게만 된다면 유한한 존재가 스스로 유한의 영역을 뛰어넘는 길이 열릴 터였어. 내가 계획했던 것은 그런 거야. 내가 스위치를 탁 올리니 어느새 무한한 건물이 있더라는 게 아니고, 건설 노동자가 한 층 한 층 건물을 올려 가장 큰 유한대에 이르고, 유한대와 무한대의 경계를 거쳐 가며 마침내 스스로의 힘으로 무한한 건물을 완성한다는 시나리오였다고. 모두가 준비되어 있었지. 나만 빼고. 정작 나는 답을 못 찾고 있었으니까! 이건 나의 실책이었어. 내 실책 때문에 이제 와서 계획을 취소하고 노동자들을 해고할 수는 없었지. 그렇다고 그들 앞에서 내 무지함을 털어놓을 수도 없었어. 그래서 나는 그런 선택을 했던 거야. 당시로선 그게 모두가 행복한 선택이었어. 그 사건이 메디아 인피니타스의 영혼들에게 그렇게 큰 여파로 남을 줄은 꿈에도 몰랐다고!"

목이 아파진 프테는 입을 굳게 다물고 한동안 허공을 응시한다. 생명체가 다시 입을 열었을 땐 쉰 목소리가 흘러나온다.

"결국 내가 답을 몰라서 이렇게 된 거야. 유한대와 무한대의 사이에 갈 수만 있었다면 생기지 않았을 문제들을 내가 일으킨 셈이지. 그 대가로, 나는 더 이상 이 세계를 이끌 수 없어. 애초에 그럴 자격도 없었지만."

"그럼 이 세계를 이끌 자격은 누구한테 있는 건데요?"

"유한대와 무한대의 사이에 있는 것을 알아내는 영혼이 자격을 얻게 될 거야. 그 전까지는, 절대적인 권능이 부재한 상태로 세계가 돌아가야 하겠지. 이 상황이 얼마나 지속될지는 몰라. 유한히 지속될지, 무한히 지속될지조차 모르지. 그저 누가 되었든 답을 빨리 찾아 이 상황을 끝내면 좋겠다, 하고 바랄 뿐이야."

"직접 찾으러 나서고 싶진 않으세요? 이제라도 답을 찾으면 권능이 돌아올 텐데요."

소년의 그 말에 프테는 시선을 바닥으로 떨구며 웃음을 짓는다. 왠지 씁쓸해 보이는 웃음이다.

붉은 하늘 아래 고요함은 태양이 하늘에서 막 사라질 때까지 이어진다.

"……마침내 네 누나에 대해 얘기할 때가 왔다고 해야겠군."

"네?"

소년은 잘 못 들은 듯 묻는다.

"네 누나 말이야. 네가 이 세계에 온 이유잖아."

"그렇죠."

"네 말이 맞았어. 내가 거짓말을 했지. 네가 말했던 대로, 네 누나는 지금 이 세계에 존재해."

"알고 있었어요."

소년은 입가에 조용한 미소를 띠워 보인다. 달가운 눈으로 그는 웃음을 짓는다.

"네 누나가 너랑 같은 세계에 있으면서도 어째서 이제껏 한 번도 모습을 드러내지 않았는지 알고 싶지 않아?"

"그러게요... 하지만 저는 이미 누나의 존재를 느끼는걸요."

"그렇지만 넌 누나를 찾고 싶지?"

"물론이죠."

"그래. 이젠 솔직히 털어놓을 때가 됐지."

프테는 '저수지' 꼭대기의 가장자리에 걸터앉아 얘기를 시작한다.

"네가 아까 답을 직접 찾으러 나서고 싶진 않냐고 물었잖아. 사실은... 예전에 이미 그걸 직접 찾으러 나선 영혼이 있었어."

소년의 눈꺼풀이 점점 크게 벌어진다.

"그 영혼은 나의 신뢰를 얻었지. 나는 그녀에게 내 고민을, 내 무지함을 털어놓았어. 오랫동안 신이라고 생각했던 존재의 불완전함을 알게 되었는데도 그녀는 전혀 놀라지 않았지. 그저 씨익 웃어 보이며, 이렇게 말했을 뿐..."

"……저한테도 도울 기회가 생겨서 다행이에요..."

소년의 끼어듦에 달팽이는 눈이 휘둥그레져 그를 쳐다본다. 그가 해명한다.

"왠지 제가 누나라면 그렇게 말했을 것 같아서요."

프테는 반쯤 넋이 나간 표정으로 고개를 끄덕이며 말한다.

"정말로 넌 그 아이의 동생이군..."

"완전하지 않으니까, 완전하게 만들도록 도울 수 있는 것 아니겠어요? 진리가 밝혀지지 않았으니까, 진리를 찾으러 모험을 떠날 수 있는 거죠. 이 세계의 절대자가 모르는 진리가 있다는 말을 전해 들었을 때, 제일 먼저 제 머리에 떠오른 생각은 그걸 찾는 과정이 어떤 모험들로 채워질까 하는 것이었어요. 분명 누나도 그렇게 느껴, 그 모험에 직접 나서고 싶었을 거예요. 절대자가 존재하는 세상에서 스스로 진리를 찾아 나설 기회란 좀처럼 없으니까요. 누군가에게 물어서 알아내지 않고, 설령 물어봐도 알려주는 사람 하나 없는 상태에서 답을 찾는 것이야말로 '진짜 모험'인 것이죠. 이젠 저도 그 모험을 하고 싶네요."

달팽이는 아까 지었던 쓸쓸해 보이는 웃음을 다시 한 번 뱉어 낸다.

"내가 졌네. 아... 내가 또 졌어. 두 남매에게 모두. 완전한 내 패배네."

조용히 고개를 끄덕이며 혼잣말처럼 되뇌던 프테는 그에게로 몸을 돌린다.

"누나가 갔던 길을 정말로 가고 싶어?"

소년은 끄덕임으로 답을 대신한다. 달팽이는 그와 처음 만났을 때 썼던 홀로그램 유리판을 꺼내 든다.

"잘 봐."

우주복 같은 형상이 위로 떠오른다. 사람보다 큰 날개가 등 부분에 부착되어 있다는 점이 우주복과의 차이라면 가장 큰 차이다.

"여기 헬멧 부분에는 착용자의 머리에 직접 연결되는 코드가 달려 있어. 착용자의 생각을 읽어서 원하는 거리만큼 이동시켜 주지."

"이게 뭔데요?"

소년은 재촉하듯 묻는다. 프테는 답하기 전에 잠깐 뜸을 들인다.

"잠재적 무한대 비행 장치. 네 누나가 모험에 사용했고, 지금도 착용하고 있는 이동 수단이지."

설명이 이어진다.

"무한히 가는 것과 무한히 먼 곳에 가는 것의 차이점은 이미 설명해 줘서 알고 있을 거야. 이 장치는 '무한히 가는 것'을 가능케 하는 장치이지. 이걸 착용하고 머릿속으로 만 킬로미터를 가고 싶다고 상상하면 그대로 될 거야. 방금 간 거리의 열 배를 가고 싶다고 상상해도 그대로 될 거고. 아무리 먼 거리라고 해도 이 장치는 널 거기까지 데려다 줄 수 있어. ……무한히 먼 거리만 아니라면."

"게다가 연료는 절대 동나지 않겠군요? 즉, 이걸 착용하면 유한한 거리를 무한히 이동할 수는 있지만, 무한한 거리는 한 번 이동하는 것조차 불가능하단 얘기네요."

"그게 이 장치의 오묘함이지. 이 장치의 연료는 분명 무한대야. 그러나 그 연료를 무한대 분량으로 쓸 수는 없지. 아무리 멀리 이동해도 너는 유한대만큼 연료를 쓸 뿐이야. 그렇지만 그러한 이동을 끝없이 할 수 있으니, 그 의미에서는 무한대가 맞지. 하지만 무한히 이동한다 한들, 무한히 연료를 소비하는 그 과정 내내 소비될 연료의 총합은 언제나 유한대인걸. 그러니까 '잠재적 무한대'라고 하는 거야. 분명 무한하지만, 항상 유한대거든. 굳이 무한대인 것을 꼽자면 잠재성이 무한대이지. 이 장치의 이동 거리에 관한 잠재성 말이야."

"이동 거리의 잠재성은 무한대지만, 이동 거리는 언제나 유한대일 수밖에 없다는 거군요?"

"그렇지. 그런 '원칙'이야..."

말끝을 흐리는 달팽이의 모습에서 소년은 이 대화의 요지를 눈치 챈다.

"누나는 거기에 도전하는 거군요? 이 장치를 써서 유한의 영역을 벗어날 수 있는지 보려고요. 만약 그 방식으로 유한의 영역을 벗어날 수만 있다면, 유한대와 무한대의 사이에 관한 비밀도 풀릴 테니까요."

이번엔 프테가 끄덕임으로 답을 대신한다.

"누나는 어디 있죠?"

"터칭 빌딩 꼭대기에. 방금 그건 무한계의 관점으로 말한 거야."

"유한계의 관점으로 말한다면요?"

소년은 다급한 듯 재촉한다. 대답은 입속에서 잠깐 구른 뒤 새어 나온다.

"터칭 빌딩 꼭대기에 있'었'지. 지금은 추락 중이고."

달팽이는 공중으로 떠올라 소년의 눈앞으로 바짝 다가선다.

"잘 들어. 네 누나는 상상이 허락하는 가장 빠른 속도로 꼭대기에서 멀어지고 있는 거야. 생각할 수 있는 최대한 먼 거리를 상상하고, 그 다음 순간엔 방금 상상한 거리가 콩알만 해질 정도로 먼 거리를 바로 떠올리는 거지. 그걸 끝없이 반복하며 지금 네 누난 터칭 빌딩의 바닥을 향해 날아오고 있어. 어떤 일인지 상상이 돼? 나에게 신의 권능은 더 이상 없지만, 너에게 터칭 빌딩의 엘리베이터를 이용하게 하는 것 정도는 아직까진 할 수 있을 거야. 잠재적 무한대 비행 장치는 더 이상 못 만들지만 다행히도 당시에 제작했던 여분이 좀 있지. 너는 언제든지 네 누나와 같은 모험을 떠날 수 있어. 문제는 이거야. 과연 네가 이 일을 감당할 수 있을까?"

프테의 질문에 잠시 주위가 조용해진다. 조용함을 틈타 소년의 얼굴엔 미소가 올라온다.

그는 자리에서 일어나 천천히 홀로그램 유리판을 집어 올린다. 비행 장치의 홀로그램을 손으로 감싸 쥐며 그는 말한다.

"하는 수밖에... 없잖아요?"

떠나는 자의 뒷모습엔 하늘이 배경이다.

"제가 이 세계에 온 이유가 저기에 있는걸요."

"마지막으로 뭐 하나만 묻자." 달팽이는 소년을 불러 세운다. "네 누나가 비행을 시작한 건 지금으로부터 한참 전이야. 너는 그 빌딩에서 뛰어내린 다음 최선을 다해 가능한 가장 빠른 속도로 날아가겠지만, 그건 네 누나도 마찬가지지. 출발 시점에서부터 네가 한참 뒤쳐져 있다는 점을 고려하면... 정말로 누나를 따라잡을 수 있을 거라고 생각해?"

"아니요." 고개만 돌린 소년은 이렇게 말하며 웃는다. "하지만 한 가지는 알아요. 답을 찾는 일이 곧 누나를 찾는 일이죠. 제가 만약 유한대와 무한대의 사이에 이른다면, 그곳에 누나가 있으니까요."

프테는 그의 말에서 마치 자신이 모르는 무언가를 그가 알고 있을 것 같다는 이유 모를 느낌을 받는다. 그사이 소년의 발걸음은 터칭 빌딩 쪽으로 한 발짝 한 발짝 가까워지고, 신의 권능이 없는 달팽이에겐 인간의 발걸음을 붙잡을 힘이 없다. 이제 그만 그를 놓아주라는 시간의 요구를 막을 명분 또한 없다. 보이지 않는 미소를 마지막으로 지으며, 프테는 결국 소년의 비행 장치 사용을 승인한다.

그 뒤로 소년에겐 모든 일이 한순간처럼 지나간다.

잠재적 무한대 비행 장치를 받은 그는 마지막 임무로 떠나기 전에 몇 군데에 잠깐 들른다. 웨스트 스테이션에서 기타를 만져 보고, 무한 호텔의 종업원과 작별 인사를 나눈다. 순백의 건물 속 옛 강의실에서 추억을 회상하고, 그의 첫 숙소에 들어와서 아직도 발코니 옆을 지나가고 있는 비행기를 보고는 허탈한 웃음을 짓는다.

마지막으로 터칭 빌딩 313층에 있는 숙소를 둘러보고 나온 그는 비행 장치를 착용한 몸을 엘리베이터에 싣는다. 한 시간이 훨씬 넘는 기다림이 이어지지만 그에게는 그 시간이 더 이상 길게 느껴지지 않는다. 그저 문 앞에 펼쳐질 임무를 생각하며 눈앞의 문을 응시하고 있자니 엘리베이터에서 내린 다음의 일들이 그의 마음을 졸이면서 지난날의 일들이 주마등처럼 지나갈 뿐이다.

승강기가 313층에서부터 꼭대기 층으로 올라와 자신의 배를 가른다. 빛이 보인다.

자궁 속 아기가 빛이 보이는 쪽으로 나아가듯, 그는 갈라진 배로부터 천천히 걸어 나오며 기지개를 켠다. 울음이 아닌 하품이 나온다. 졸음의 하품이 아닌 긴장의 하품이다.

한번 빛을 향해 걸어 나온 자에게 돌아감은 없다. 소년은 그를 밖으로 내보낸 승강기 쪽을 돌아보지도 않고서 앞으로 한 발 한 발 내딛는다. 뒤에서 문이 닫히는 소리가 들리지만 개의치 않는다.

막상 무한의 꼭대기 한가운데에 서게 되자 그는 외려 무감각해진다. 모든 것이 흐릿하고 있는 듯 없는 듯 하다. 옥상에 올라선 그는 한번 주위를 빙그르르 돌아보며 하늘을 올려다본다. 더 이상 위가 없는 곳에서는 하늘을 우러르는 감동도 없다.

그의 감각이 선명하게 되살아난 것은 그가 옥상의 가장자리에 섰을 때이다. 그동안 옥상 바닥에 가려 보이지 않았던 아래 방향에 눈이 트이자 갑자기 엄청난 기운이 그에게로 몰려온다. 위로는 아무 것도 없다. 아래로는 끝이 없다. 위로는 무한소가 존재한다. 아래로는 무한대가 존재한다. 소년은 저 아래에서 미래의 부름을 느낀다. 그가 나아가야 할 곳, 나아갈 수 있는 곳은 저 아래에밖에 없다. 또한 그는 저 아래에서 누나의 존재를 느낀다. 저 아래에서 누나가 그를 올려다보고 있으리라는 것을 그는 알고 있다.

그의 영혼이 지금까지 겪은 모든 일들이 그를 이곳으로 이끌었음을

체감하며, 그는 바로 지금, 바로 여기가 모든 것이 끝나고 시작하는 경
계라는 점을 깨닫는다. 빛에 이끌려서 여기까지 나왔지만 그가 지금
서 있는 바로 그곳이야말로 새로운 세상의 경계이다. 여기서 한 발짝
만 내딛으면, 새로운 세상은 시작한다. 새로운 세상이 시작하면, 이전
세상으로 돌아갈 수 없다. 그의 한 발짝이 운명을 결정한다. 계속 옥
상에 남을지, 새로운 세상에 뛰어들지는 그가 결정할 몫이다.

  자신의 오랜 결정을 마지막으로 가슴에 올리며, 그는 숨을 한 차례
깊게 들이쉰다.

  그는 세상에 나온다.